D0665033

CARMEN

PROSPER MÉRIMÉE

Carmen

INTRODUCTION ET NOTES DE JEAN BALSAMO

LE LIVRE DE POCHE
classique

Cet ouvrage a été publié
sous la direction de Michel Simonin

Ancien élève de l'École normale supérieure, Jean Balsamo est professeur de littérature française à l'Université de Reims.
Il a publié dans Le Livre de Poche classique une édition de *Colomba* (1995), de *Mateo Falcone* (1996), ainsi que les *Chroniques* de Maupassant : *Choses et autres. Chroniques littéraires et mondaines* (1992).

ISBN : 978-2-253-09822-5 - 1ʳᵉ publication - LGF

INTRODUCTION

Qui ne connaît *Carmen*, ou ne croit la connaître, même sans avoir lu la nouvelle de Mérimée ? Des images apparaissent à la seule évocation de ce nom, des sons, toute l'« ambiance » caractéristique d'une Espagne folklorique, des mantilles et des castagnettes, un toréador et un œil noir, des contrebandiers, des flamencos endiablés dans des tripots, une fleur jetée, une histoire d'amour surtout, qui finit à coups de poignard. Tous les chefs-d'œuvre, à la longue, se réduisent à ces simplifications et à leur seule réputation. Aussi faut-il les relire, et l'on trouvera qu'ils valent mieux que leur fantôme. On relira, ou on lira *Carmen*, en se libérant des impressions préalables et de tous les préjugés qui offusquent la force et l'intelligence de cette longue nouvelle — ou de ce bref roman. On se débarrassera tout d'abord du clinquant espagnol du livret sur lequel Bizet a écrit, à son tour, une admirable musique. On oubliera ensuite les faux prestiges que l'on se croit obligé de reconnaître à la grande histoire d'amour, surtout si elle est malheureuse, et à ses immédiates séductions. *Carmen* est certes un roman de sang et de passion torride ; il n'est pourtant pas sûr que la passion s'épure et soit plus digne au soleil des sierras, que son authenticité soit, pour Mérimée, dans sa violence primitive. Cherchons aussi à ne pas être trop dupes du romancier et de ses personnages. Lisons *Carmen*, une nouvelle qui ne se réduit pas à sa seule anecdote, en oubliant Carmen.

La prise du Trocadéro (baie de Cadix)
par les troupes du duc d'Angoulême (1823).

Don Prospero, l'Espagnol

Entre 1830 et 1840, la littérature française connut véritablement son heure espagnole, et les Français, qui n'abandonnaient ni leurs rêves italiens ni leurs goûts anglais, avaient aussi l'Espagne en tête. Les défaites militaires de Napoléon dans la Péninsule avaient eu le mérite, du moins, de leur rappeler que l'Espagne existait encore comme puissance politique, et qu'elle gagnait à être connue de plus près. Sous la Restauration, le gouvernement Villèle avait fait de ce pays déjà déchiré entre factions rivales, entre progressistes et ultras, un lieu privilégié de son action diplomatique. En 1823, une expédition militaire commandée par le duc d'Angoulême fut envoyée pour rétablir l'ordre. La « promenade militaire » connut la gloire de la prise du Trocadéro, et des troupes françaises restèrent dans le pays jusqu'en 1828. L'Espagne vit aussi, avec amusement, ses premiers voyageurs, que ne rebutaient pas l'état des routes

B.N.F.

L'Espagne du *Voyage pittoresque* du baron Taylor (1826).

et la saleté des auberges isolées. Les quelques relations qu'ils laissèrent, le *Voyage pittoresque et historique de l'Espagne* (1806-1820) d'Alexandre de Laborde ou le *Voyage pittoresque* du baron Taylor (1826), offrirent à la curiosité des lecteurs des sites nouveaux et des mœurs parfois étranges, bientôt réunis sous forme de lieux communs, mais des lieux qui avaient encore le charme de la nouveauté et qui savaient faire rêver. Car si l'Espagne était à la mode, elle restait lointaine, comme vouée à l'imagination, et les occasions de faire l'expérience du voyage étaient rares autrement que par écrit. Musset, Vigny, Balzac, Flaubert ont écrit sur l'Espagne et n'y sont pas allés, Gautier ne fit qu'en 1840 un voyage dont il exploita, il est vrai, les souvenirs jusqu'à la satiété.

Aucun écrivain français n'eut de la Péninsule, de sa langue et de ses gens, une connaissance plus précoce et plus intime que Mérimée. Aucun n'eut de l'Espagne une expérience plus longue, plus durable et plus formatrice. L'Espagne ne fut pas, comme pour tant d'autres, l'occasion d'une inspiration commode et superficielle. Elle constitua une part maîtresse de sa culture et de sa personnalité. Durant toute sa vie, il répéta cette expérience par ses voyages, il l'enrichit par ses relations, fréquentant, à Paris même, la société espagnole en exil, par sa correspondance, ses lectures, cherchant avec une gourmandise qu'on ne soupçonnerait pas chez ce gentleman réservé, qui s'habillait à Londres, à épuiser le champ de tout ce qu'elle avait de meilleur à offrir, ses voluptés exacerbées et ses saveurs rares, sa langue ou plutôt ses langues, sa littérature, son art de vivre. L'Andalousie était pour lui la quintessence de l'Espagne, l'absolu contraire d'une France devenue plébéienne jusque dans ses salons, ennuyeuse, sans maintien, sans élégance véritable.

Le voyage que Mérimée fit dans la Péninsule du mois de juin au mois de décembre 1830, avait été pour lui une révélation, mieux que la confirmation d'une Espagne rêvée telle qu'il l'avait évoquée dans *Le Théâtre de Clara Gazul* (1825), et qu'il ne cessa de chercher par la suite. Il ne cessa de la parcourir avec les yeux de Rodrigue pour Chimène, attentif à saisir tout ce qu'elle recelait d'exquis et sachant déjà y lire les termes conjugués du romanesque et de l'esprit. L'Espagne, pour lui, était une femme, à plusieurs visages. Celui d'abord et surtout de l'épouse du comte de Teba et de Montijo, doña Manuela Kirkpatrick (1794-1879), la mère de cette Eugénie qui allait devenir impératrice des Français ; un accident de voiture, la rencontre fortuite, sur une route déserte, les échanges de civilité avaient créé des liens destinés à exercer sur sa vie de jeune romancier une profonde influence. C'étaient les aristocratiques amies de la comtesse, c'étaient aussi toutes les femmes du peuple, si aimables et si dignes. Ce furent enfin les rencontres plus secrètes dont il célébrait les charmes dans sa correspondance de garçon. Mérimée aimait les Valenciennes, « cambrées des reins, blanches, sveltes et bien faites », au contraire des Catalanes « grasses, grosses, courtes et mal bâties », et rappelait, dans une lettre du 30 avril 1835 à Stendhal qu'une piastre « vous procure une fille de quinze ans très jolie... J'ai passé vingt et un jours à Valence sans m'ennuyer, mais j'y ai tiré une trentaine de coups. J'avais quatre filles en activité de service, appelées toutes les quatre Vincenta [1]... ». L'expérience espagnole fut pour Mérimée une expérience érotique majeure, dont portent témoignage non pas les *Lettres d'Espagne* publiées au retour, mais ses lettres privées. Cette expérience, tantôt avouée tantôt soumise dans son expression à toutes les contraintes auxquelles Mérimée se pliait pour ne pas choquer ses lecteurs, explique aussi l'étonnante tension de *Carmen*, nouvelle de la passion, mais d'une passion des sens, d'un envoûtement charnel, que don José révèle avec une réserve toute gonflée d'allusions brûlantes au narrateur complice qui l'écoute : « Ah ! Monsieur, cette journée-là », et l'évocation des jambes de Carmen ! Et comme Basilisa, l'héroïne de Calderon, la gitane de Séville était « *Levando los pecados mortales entre el talle y la cintura* », toute pleine de péchés mortels entre la taille et les reins.

Si Mérimée connut plus intimement et de façon plus juste l'Espagne que ses compatriotes, c'est parce qu'il eut la faveur de deux initiateurs aux choses espagnoles : la comtesse de Teba lui fit connaître la haute société, et tout ce qui comptait, à Madrid, de femmes du monde et d'hommes de lettres. Chez elle, il rencontra le poète Serafin Estebanez Calderon (1799-1867), *El Solitario*, qui était un membre assidu de son salon. Calderon venait de publier sa *Coleccion de Poesias* (Madrid, 1830). Il y avait entre lui et Mérimée de frappantes similitudes, qui iront en s'accentuant : avocats de formation tous deux, futurs hauts fonctionnaires, engagés malgré eux dans les vicissitudes politiques de leur propre pays (préfet de Séville, Calderon fut destitué lors d'un coup d'État en 1838), ils avaient un même goût pour l'érudition et les femmes, les vieux livres et les jeunes corps, une même curiosité pour l'étude des mœurs, *in vivo*. Calderon entraîna Mérimée dans la société bigarrée des bas-fonds madrilènes, dans un milieu fermé mais d'un pittoresque moins apprêté que celui du *Cafè flamenco* à l'usage des

---

1. *Correspondance générale*, éd. M. Parturier, Paris-Toulouse, 1941-1964, tome XVI, p. 89.

La société bigarrée des bas-fonds madrilènes.
Gravure de Gustave Doré.

touristes, ainsi qu'auprès de nymphes vénales, où il trouvait « beaucoup de poésie et pas mal de crasse ». Historien officiel de l'Infanterie espagnole, Calderon s'adonna, comme Mérimée, à une brillante œuvre historique. Comme lui, il avait la passion des langues, et il devint un arabisant distingué. Il fut également l'auteur d'un roman historique, *Cristianos y moriscos* (Madrid, 1837).

Le voyage de 1830 avait été offert à Mérimée par son

père, et il venait à point pour lui éviter un faux pas sentimental : « J'allais être amoureux quand je suis parti pour l'Espagne. C'est une des belles actions de ma vie[1]. » Durant ce qui put lui apparaître comme ses dernières grandes vacances marquant la fin de son apprentissage des lettres et du monde, entre la publication de la série de nouvelles, qui avaient assis sa réputation d'écrivain, et les débuts d'une carrière de haut fonctionnaire, Mérimée, d'une totale disponibilité d'esprit, découvrit dans une Pénin-

La comtesse de Montijo et ses deux filles.

sule qui avait encore les charmes de l'inconnu, sa patrie de cœur et son pays « mental », au point parfois, plus tard, dans les moments de découragement qui touchaient même cet esprit si lucide, de souhaiter s'y retirer : il n'est aucun lieu, écrira-t-il en 1845, où il ne se trouvât « moins exilé qu'à Madrid ». Il y retourna en 1840, séjournant dans la capitale à la fin de l'été, s'arrêtant au retour à Burgos et à Vitoria. Il y retrouva la comtesse de Montijo, revenue après son bref exil parisien, et il assista à la « tragi-comédie » de la Révolution : l'abdication de la régente, les émeutes, la nomination d'un comité de salut public. L'Espagne de ces années était aussi pleine de couleur locale qu'agitée par les rivalités politiques. Avant son premier voyage, évoquer la Péninsule était pour le jeune Mérimée, voltairien et progressiste, l'occasion d'exprimer sa sympathie politique pour les libéraux, marquer son aversion pour les ultras, les cléricaux, au nom même d'un paradoxal idéal de liberté aristocratique qu'il avait cru trouver dans la littérature du Siècle d'Or, et

_____

1. *Correspondance générale*, I, p. 184.

L'Espagne du XIXᵉ siècle connut elle aussi ses révolutions.

il tremblait encore d'indignation au seul nom de l'Inquisition. Or l'Espagne du XIXᵉ siècle connut elle aussi ses révolutions, et c'est par ce spectacle, entrevu sur place et suivi avec intérêt de Paris, à travers la presse et commenté par la comtesse, qui s'était réfugiée en France, qu'allait se faire l'éducation politique de l'écrivain. Il y gagnait une leçon de réalisme ; les choses, en Espagne du moins, ne se prêtaient pas aux simplifications, le progrès de la civilisation et des mœurs n'était pas nécessairement lié au progrès politique : « Je pense que la révolution commence seulement en ce pays, et pour arriver à un état de choses stable, il faudra que cette classe de paysans se mêle des affaires. Depuis l'établissement de la Constitution, chaque gouvernement semble s'être étudié à rendre le peuple plus malheureux. Il souffre avec patience, mais il se vengera. Alors vous verrez une épouvantable réaction. Dans un pays où les gens éduqués font fusiller des femmes et des enfants de quatre ans, jugez ce que feront les paysans [1]. »

---

1. *Correspondance générale*, II, p. 468.

L'amour qu'éprouvait Mérimée pour l'Espagne était assez fort pour ne pas souffrir du mouvement de modernisation qui la rapprochait des autres nations européennes et qui allait la banaliser. La réserve qu'il manifestait à l'égard de ce théâtre confus des ambitions qu'était la politique espagnole, où s'affrontaient libéraux, partisans du régime constitutionnel de la régence, et modérés, partisans du prétendant carliste, avait pour contrepartie la découverte du bonheur de l'homme privé, sans obligations officielles, préoccupé des seules activités savantes et entouré des plus jolies femmes de Madrid : « J'ai trouvé, écrira-t-il à Jenny Dacquin, qu'il est très doux d'être ainsi sultan, même *ad honores*[1]. » Mérimée retourna en Espagne au mois de novembre 1845, alors qu'il venait de publier *Carmen*. La nouvelle ne venait pas achever le voyage, elle donnait des raisons plus fortes encore de retrouver l'Espagne réelle. Mérimée comptait y poursuivre de nouvelles recherches savantes dans les archives, préparées de longue date par ses correspondants, assister à de nouvelles courses de taureaux, fréquenter le casino, visiter à nouveau ce qu'il nommait d'une exquise métaphore, dans une lettre du 1er novembre 1845 à Calderon, « la bibliothèque de D(on)a Augustina[2] ». Il trouva le pays bien changé, et, pour la première fois, disait s'ennuyer dans une société que les événements politiques avaient fort transformée. Cela ne l'empêcha pas de retourner dans la Péninsule dès l'année suivante, en Catalogne cette fois. Il poussa jusqu'à Barcelone une de ses tournées d'inspection des monuments historiques, afin de travailler à la biographie d'un roi de Castille du XIVe siècle, don Pedro Ier. Il revint en Espagne en 1853, toujours accueilli à Carabanchel par la comtesse, en 1859, trouvant son amie « bien vieillie », une dernière fois en 1864.

Une part essentielle de l'œuvre de Mérimée fut marquée par l'Espagne, et l'Espagne resta une référence durant toute sa carrière : une Espagne littéraire et romantique, d'avant le voyage, exprimée dans les termes du pastiche et de la mystifi-

---

1. Lettre à Jenny Dacquin, du 12 mars 1842, *Correspondance générale*, III, p. 155 ; les termes proviennent de la lettre à Madame de Montijo, du 16 octobre 1840, *Correspondance générale*, II, p. 449. — **2.** *Correspondance générale*, IV, p. 393.

Clara Gazul et...   Prosper Mérimée.

cation, *Le Théâtre de Clara Gazul*, une Espagne du voyageur, dont il tira les *Lettres* publiées dans *Mosaïque* en 1833, une Espagne mondaine, qui se retrouve tout au long de la correspondance, 434 lettres aujourd'hui publiées [1], adressée à la comtesse de Montijo, une Espagne ancienne, celle du romancier qui, en 1834, dans *Les Âmes du purgatoire*, donna une fine variation sur le mythe de Don Juan, celle de l'historien de don Pèdre, une Espagne savante, celle des notices d'histoire de l'art, des recensions d'ouvrages consacrés à la littérature espagnole, de la biographie de Cervantes, publiée posthume dans la *Revue des Deux Mondes* en 1877. Mérimée avait rapporté de son premier séjour une riche moisson d'images, de textes, de souvenirs et de suggestions. *Carmen* fut comme le fruit longuement mûri de ces jardins enchantés.

L'expérience littéraire du voyage d'Espagne

Carmen était au cœur de l'œuvre « espagnole » de Mérimée, et elle s'inscrivait, en 1845, dans sa vaste culture d'hispaniste. L'étude des « sources » de l'œuvre et de ses

---

1. *Lettres à la comtesse de Montijo*, éd. Cl. Schopp, Paris, Mercure de France, 1995.

références, si nombreuses, n'ôte rien à son originalité, elle permet, au contraire, d'en apprécier toute la portée. Mérimée connaissait les œuvres du Siècle d'Or. Un récit aussi « parisien » par son inspiration et ses personnages que *La Double Méprise* ne négligeait pas les allusions à Calderon et à Lope de Vega ou les citations. Mais dans *Carmen*, la référence était plus subtile, de l'ordre de l'allusion, presque du *private joke*, à l'usage des intimes, la comtesse de Montijo probablement, à qui il allait lire la nouvelle. La description du lieu où le narrateur rencontrait don José en est l'exemple remarquable. L'évocation des marécages de l'antique Munda venait de César, et celle de la source, véritable lieu privilégié, *locus amoenus* de la tradition pastorale, renvoyait à une page bien connue de *Don Quichotte*. Ces références donnaient tout son sens, littéral et allusif, au commentaire du narrateur : « A moi n'appartenait pas l'honneur d'avoir découvert un si beau lieu », il y avait été précédé et par don José et par Cervantes. A bien des égards aussi, *Carmen* pourra apparaître comme une dernière variation sur le thème picaresque, le récit de vagabondage d'un gueux ou d'un délinquant, dont la convention était aussi d'être un récit de conversion, et qui constituait le plus important emprunt des lettres françaises du XVIIIe siècle aux lettres espagnoles. Mérimée avait lu *Lazarillo de Tormès*, il connaissait les romans espagnols et les adaptations françaises de Lesage.

L'expérience littéraire que Mérimée avait de l'Espagne ne se limitait pas à la tradition. Ami d'Estébanez Calderon, il avait connu les esquisses de ses études de mœurs, les *Escenas andaluzas*, publiées en volume en 1847 seulement, mais qui avaient paru en revue entre 1831 et 1832. Calderon vint à Paris en 1843 et il rencontra Mérimée. La même année, il avait collaboré au premier volume d'un ouvrage collectif, auquel participèrent également Sebastian Herrero, Juan Juarez, Bonifacio Gomez, Antonio Flores, *Los Espanoles pintados por si mismos*, dans lequel Mérimée put retrouver les éléments désormais obligés de toute peinture de l'Espagne : la gitane, le contrebandier, le bandit, la femme du bandit, dévouée à son époux, les cigarières, représentées au cours de leurs querelles. Ces scènes de

Roger-Viollet

Cervantès. Gravure de Geo Vertue. 1738.

genre n'étaient pas nouvelles, elles reprenaient ce que l'Espagne avait de plus convenu, en confirmant ainsi, autant que des traits à imiter, une « couleur locale » à préserver. Une phrase dans *Carmen*, évoquant Gibraltar comme une autre Babel, témoigne d'une lecture précise du recueil en même temps que du travail de variation auquel s'était livré Mérimée.

La vie de Lazarillo de Tormès.
Gravure de Ransonnette, 1801.

Édition de Plantin, Anvers
1595.

L'a nouvelle entrait aussi, par certains de ses aspects, dans
une autre tradition littéraire et un genre bien défini. *Carmen*
était moins liée au voyage qui précédait immédiatement sa
rédaction, qu'elle ne se rattachait aux souvenirs du premier
voyage, celui de 1830. La nouvelle avait pour cadre l'Andalousie. Elle prolongeait ainsi les *Lettres d'Espagne*, qui sont
plutôt des lettres andalouses, dont elle reprenait les lieux,
les personnages typiques, et dont elle développait les situa-
tions. Elle portait à leur terme toutes les virtualités romanesques dont elles étaient riches, mais qui n'étaient
esquissées qu'en quelques pages. Ces souvenirs initiaux,
déjà transformés en littérature, furent précisés et enrichis
par le voyage de 1840. Une étape à Vitoria offrit au
voyageur l'occasion de parfaire ses connaissances en basque. Il sut se souvenir et du lieu et de la langue dans
Carmen.

Pour rédiger sa nouvelle, Mérimée relut des récits de
voyages, en particulier celui du marquis de Custine, *L'Espagne sous Ferdinand VII* (1838). Le *Voyage en Navarre
pendant l'insurrection des Basques*, d'Augustin Chaho,
publié en 1836, relatait les événements de 1830-1835 dont

Mérimée avait suivi le déroulement dans la presse[1]. Une note dans *Carmen* faisait allusion à l'ouvrage, où Mérimée prit de quoi caractériser les origines navarraises de don José et d'évoquer les héros qu'il rêvait d'égaler. Une nouvelle des *Excursions en Espagne* (1836) d'E. Magien, *Le Picador et l'Alcade*, lui offrit la conclusion de l'épisode entre Carmen et Lucas.

Il reprit surtout, avec attention, les notes de son propre voyage en Espagne, le brouillon ou le souvenir de la lettre du 8 octobre 1830 qu'il avait adressée à Sophie Duvaucel, ainsi que les lettres qu'il avait fait paraître dans *La Revue de Paris* entre 1831 et 1833, réunies ensuite au recueil *Mosaïque*[2]. Ces lettres, en effet, se présentaient comme des documents sur l'Espagne, offerts en chemin, transcrivant une expérience immédiate et une expérience vécue par leur auteur. Mérimée, avec beaucoup d'habileté, jouait des conventions d'un genre. Car si les *Lettres* relataient son propre voyage, elles relataient aussi ses lectures et les anecdotes que lui avaient racontées ses hôtes, et datées selon les étapes du voyage, elles avaient été composées au retour, relues et corrigées dans les éditions suivantes. Par leur invention et le soin de leur composition, tout autre qu'improvisée, elles ne déparaient pas un recueil de nouvelles. Par leurs thèmes, par leur violence et la précision de leur écriture, elles accompagnaient sans incohérence *Mateo Falcone* et *Tamango*, et romanesques autant que documentaires, elles pouvaient se prêter à une nouvelle amplification romanesque, exacerbée comme elles et qui gardait le cadre rassurant et convaincant du récit de voyage.

La première de ces *Lettres*, datée de Madrid du 25 octobre 1830, décrivait, pour le lecteur parisien qui en ignorait tout, la plus caractéristique des coutumes espagnoles, les combats de taureaux. Mérimée, ou plutôt le narrateur, analysait ses propres sentiments, avouait le passage si surprenant pour lui d'une réticence initiale à la fascination créée par un rituel sanglant qui semblait révéler les vertus les plus

---

1. *Correspondance générale*, II, p. 16. — **2.** Ces textes sont cités dans *Mosaïque*, éd. J. Balsamo, Paris, Le Livre de Poche classique, 1995, pp. 159-208 et 213-217.

Roger-Viollet

Le matador Francisco Montes.

secrètes de l'homme et de l'animal, « courage, grâce, sang-froid, adresse merveilleuse ». Dans les dernières pages, il célébrait quelques grands toreros, Pepe Illa, Romero, Sevilla, qu'il nommait dans *Carmen*, et il reprit l'essentiel dans l'épisode de la Plaza de Cordoue et du picador Lucas. La deuxième lettre, datée de Valence, du 15 novembre, relatait les préparatifs d'une exécution capitale. Rien ne prouve, du reste, que Mérimée ait assisté à la scène. Il pouvait en avoir repris la description du *Voyage pittoresque en Espagne* du baron Taylor. Le condamné était un *majo*, « un dandy de la classe inférieure et un homme excessivement délicat sur le point d'honneur », qui après avoir tué un rival amoureux s'était débarrassé d'un alguazil. Le narrateur attachait autant d'importance à la cérémonie elle-même, la

Exécution d'un bandit par le garrot.

procession à travers les rues de la ville, la pompe funèbre, longuement décrites, qu'à l'exécution, vue à travers la réaction d'une jeune spectatrice à la fois apitoyée et secrètement troublée. Il admirait la patiente assistance des moines qui accompagnaient le condamné et savaient lui éviter de mourir seul. Une allusion aux trois journées précédant l'exécution, pendant lesquelles le condamné était placé « en chapelle », enfermé dans une cellule meublée d'un autel et d'un crucifix, en compagnie de deux franciscains qui le réconfortaient, allait offrir une ressource de toute importance pour l'ordonnance de *Carmen*, et justifier la rencontre, impossible en d'autres circonstances, entre le narrateur et don José dans sa prison.

La troisième lettre était la plus attendue des lecteurs, pour qui les voleurs de grands chemins constituaient déjà les personnages typiques du folklore espagnol et de sa littérature. Mérimée aimait à se jouer de ces attentes et de la couleur locale. Toute sa lettre reposait sur l'inversion du lieu commun, sur la crainte de voleurs qui ne viendront pas.

La lettre offrait ainsi un subtil récit de récits, ceux des frayeurs que faisaient naître les exploits supposés des brigands, récits paradoxaux des malheurs de ceux qui, tel le voyageur anglais, finissaient par ne plus croire aux histoires de brigands. *Carmen* se rattachait plus étroitement encore à cette lettre, qui consacrait un long développement aux contrebandiers et au fameux José Maria, le « modèle du brigand espagnol ». A l'identité des thèmes et des lieux, des paysages, des couleurs, la *venta* isolée, l'auberge crasseuse ou la cuisine infecte, allait s'ajouter dans la nouvelle l'identité du narrateur, ce même narrateur qui « regarde l'heure de sa montre de Bréguet, qu'il croit consulter pour la dernière fois », et qui se fait voler cette montre par la Gitane. Les deux premiers chapitres de *Carmen* apparaissent ainsi comme deux nouvelles lettres d'Espagne, variations sur les précédentes. La première serait le récit d'une rencontre avec un vrai bandit, au moment précis où le narrateur évoque les bandits comme un lieu commun des lettres de voyage. La seconde, sur un registre plus ambigu, raconterait la rencontre avec une *manola*, une grisette, et la déception du voyageur à la quête d'une aventure galante.

Mérimée écrivit deux autres lettres, qui ne furent pas reprises dans *Mosaïque*. Il oublia la dernière qui étudiait les antiquités du musée de Madrid, et gardait en réserve pour *La Revue de Paris* une quatrième lettre consacrée aux sorcières. Cette lettre ne fut jamais publiée du vivant de l'auteur[1]. Elle était intéressante pourtant à deux titres. Elle montrait tout d'abord l'étonnante confrontation entre le rationalisme sceptique et voltairien du narrateur et la superstition de son guide. Mais la lettre ne se bornait pas à l'effet facile né d'une supériorité attendue. Le voyageur, suivant la leçon de Montaigne, limait sa cervelle contre celle d'autrui et découvrait que la superstition pouvait n'être pas naïve et que l'esprit des Lumières n'expliquait pas tout. La lettre était singulière par son ton de facétie, passant, plus que dans les lettres précédentes, toute couleur locale au crible de l'ironie, et elle jouait des ressources de la fable et du

---

1. Nous donnons cette quatrième *Lettre d'Espagne* en Appendice.

merveilleux. Comme cette lettre n'avait pas été diffusée, Mérimée pouvait facilement la reprendre, et il fit, dans *Carmen*, un usage précis de ce texte. Le début de la nouvelle reprend en le parodiant le début de la quatrième lettre. Le narrateur n'est pas antiquaire et se moque des ruines romaines. Dans *Carmen* au contraire, il recherche le site de l'antique Munda. Il est accompagné d'un guide, Vicente, prototype d'Antonio ; l'un frotte le cheval de son maître pour mieux boire son vin, le second, pour fuir le bandit. La même *venta* servit de cadre aux deux récits : « A une lieue de Murviedro, il y a un petit cabaret isolé. Je mourais de soif, et je m'arrêtai à la porte. Une très jolie fille, point très basanée, m'apporta un grand pot de cette terre poreuse qui rafraîchit l'eau. Vicente, qui ne passait jamais devant un cabaret sans avoir soif, ne paraissait pas avoir envie de s'arrêter dans cet endroit... Je fus inflexible. Je bus l'eau qu'on me présentait, je mangeai du *gazpacho* préparé par les mains de Mlle Carmencita, et même je fis son portrait sur mon livre de croquis. » L'auteur de *Carmen* avait déjà le prénom de son héroïne, la demoiselle Carmencita, qui n'est pas gitane, mais, comme l'indiquait son guide, « *primero p..., luego alcahueta, pues bruga* », d'abord c..., puis maquerelle, enfin sorcière. Dans cette lettre, à travers l'histoire d'Henriquez du Grao, qui relève du merveilleux, le narrateur découvrait le préjugé « vieux chrétien » qui guidera don José, et dans l'histoire du *zagal*, le coureur, un cas de possession. Enfin, la lettre s'achevait sur l'évocation, une nouvelle fois répétée, du bandit José Maria « qui fait tant parler de lui », par quoi commence la nouvelle.

Carmen ainsi était une variation sur cette matière espagnole offerte par les *Lettres*, elle retrouvait tous les types et les « lieux » géographiques et narratifs parcourus par Mérimée depuis 1830, elle les réunissait et les condensait. Mais surtout, elle les renouvelait. La lecture des *Lettres* elles-mêmes donne seule la mesure de cette nouveauté.

Un nouveau divertissement de lettré

Carmen fut publiée, le 1er octobre 1845, dans la *Revue des Deux Mondes*, où Mérimée donnait régulièrement textes littéraires et études. On en connaît un tiré à part, imprimé par Henri Fournier, avec une dédicace de l'auteur à l'helléniste Boissonade[1]. La nouvelle avait été ébauchée dès le milieu du printemps 1845, et fut achevée le 16 mai, avant la tournée d'inspection des Monuments historiques que Mérimée fit dans le sud de la France. La publication fut hâtée à son retour. Il écrivait à Requien : « La misère, suite inévitable d'un long voyage, m'a fait consentir à donner *Carmen* à Buloz[2] », et à Vitet, le 21 septembre : « Vous lirez dans quelque temps une petite drôlerie de votre serviteur qui serait demeurée inédite, si l'auteur n'eût été obligé de s'acheter des pantalons[3] » ; ce n'était là qu'une boutade, la pauvreté de Mérimée était toute relative, et l'argent que lui rapportait *Carmen* devait surtout lui permettre de faire un nouveau séjour en Espagne. Il annonça en effet à son ami Rémusat : « J'ai fait une nouvelle immorale dans la Revue, et je vais la manger de l'autre côté des Pyrénées[4]. »

A en croire Mérimée, il avait rédigé la nouvelle en peu de temps ; le 16 mai, il écrivait à la comtesse de Montijo : « Je viens de passer huit jours enfermé à écrire, non point les faits et gestes de feu D. Pedro, mais une histoire que vous m'avez racontée il y a quinze ans, et que je crains d'avoir gâtée. Il s'agissait d'un jaque de Malaga qui avait tué sa maîtresse, laquelle se consacrait exclusivement au public. Après Arsène Guillot, je n'ai rien trouvé de plus moral à offrir à nos belles dames[5]. » L'aveu de cette rapidité, surprenante chez un écrivain à la plume peu facile — il avait mis plus de quatre mois pour rédiger *Les Âmes du purgatoire,* et avait pour habitude de retoucher avec soin

---

1. Voir *Bulletin du Bibliophile*, 1925, p. 221. — **2.** *Correspondance générale*, IV, p. 367. — **3.** *Correspondance générale*, IV, p. 347. — **4.** Lettre du 30 octobre 1845, *Correspondance générale*, IV, p. 390. — **5.** *Correspondance générale*, IV, p. 294.

Une soirée mondaine.

ses textes —, était une habitude de dandy et l'expression de sa désinvolture. *Colomba* aussi passait pour avoir été écrite en quelques nuits. Mérimée possédait la matière de *Carmen*, il la méditait depuis quinze ans, en avait probablement fait des esquisses, et l'écrire avait surtout consisté à retranscrire une invention longuement et sûrement élaborée, complétée par des notes de lectures. Mais rien des brouillons de Mérimée ne subsiste, toutes ses archives ont brûlé dans l'incendie de son appartement durant les émeutes de 1871, et nous n'avons pas de document de première main, le manuscrit de *Carmen*, qui pût en révéler le travail. Le lieu commun de la rapidité et de la nonchalance était à l'usage de la correspondance mondaine. Il ôtait aussi, en mettant l'accent sur le chic de l'exécution tout ce que la facture pouvait avoir de surprenant, cette touche érudite qui lui fut immédiatement reprochée. Il rappelait surtout l'importance exacte accordée à *Carmen*, nous indiquant la nature profonde des œuvres de fiction auxquelles Mérimée se consacrait. La nouvelle entrait dans le cadre d'échanges amicaux et mondains, elle avait tiré son objet d'une conversation, elle devait en renouveler le souvenir et être comme

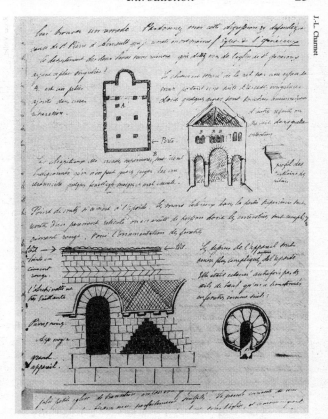

Notes de voyage. Manuscrit de Prosper Mérimée.

un hommage offert à celle qui l'avait suggérée, elle était destinée, en retour, à renouveler avec esprit d'autres conversations. *Carmen* trouvait son origine dans une belle histoire, racontée à Mérimée en 1830 par la comtesse, dans le palais madrilène de la *calle del Sordo*. Mais elle n'était pour son auteur, qui lui-même se voulait un amateur, qu'une « drôlerie », un simple divertissement qui devait adoucir les longs travaux administratifs ou savants qui l'accaparaient. Dans les quelques mois qui précédaient la parution de *Carmen*, durant sa rédaction, Mérimée avait eu le temps de se faire élire à l'Académie française, où il avait dû faire l'éloge de son prédécesseur Nodier, qu'il détestait, il avait eu le temps de publier *Arsène Guillot*, les *Etudes sur l'histoire romaine*, ainsi qu'une longue étude consacrée à l'architecture en France au XIXᵉ siècle. Dans l'intervalle, il avait fait une longue tournée d'inspection dans l'ouest et le centre de la France, participé aux réunions de la Commission des monuments historiques, répondu à d'innombrables lettres. Ecrite à un moment d'intense activité, la nouvelle accompagnait d'autres œuvres, plus sérieuses, qui l'éclairaient de leur rayonnement. Plus qu'un simple divertissement, *Carmen* était un divertissement lettré et participait, à sa manière, des prestiges de l'histoire et de l'érudition.

L'effort de sa rédaction demandait d'autres raisons, plus fortes, et d'autres stimulants qu'un goût pour la littérature de fiction et même que toutes les nostalgies pour l'Espagne qu'il eût fallu conjurer de la sorte. Pour écrire, Mérimée devait être pris dans le mouvement d'entraînement d'une écriture imposée. De la même manière que *Colomba* avait été écrite à la suite du voyage de Corse, et prolongeait la rédaction des *Notes* érudites auxquelles Mérimée devait consacrer tout son soin, ainsi, l'histoire de Carmen venait accompagner un ouvrage plus important et d'autres études plus riches dans l'esprit même de leur auteur, pour les compléter, au mieux des couleurs de la fiction. Les huit jours, ou les quelques semaines, que Mérimée consacra à la rédaction de sa nouvelle, interrompaient en effet la longue rédaction de l'*Histoire de don Pèdre Iᵉʳ*, une ambitieuse biographie qui allait, elle, le retenir cinq ans. Sans ce travail savant qu'il s'était imposé, Mérimée n'aurait sans doute jamais écrit *Carmen*.

Autant que la couleur locale, l'Espagne avait offert à Mérimée une couleur historique. Dans une lettre du 4 novembre 1843, où il annonçait à la comtesse sa candidature à l'Institut [1], Mérimée envisageait de se consacrer à Pierre Iᵉʳ de Castille, Pèdre le Cruel : « Je vous rappellerai votre promesse d'un manuscrit sur le roi don Pedro. J'y

---

1. *Correspondance générale*, III, p. 450.

pense toujours fort sérieusement. » La comtesse de Montijo apparaissait une nouvelle fois comme la patronne de l'inspiration espagnole, facétieuse ou érudite, de l'écrivain. Dès le mois de janvier suivant, alors qu'il devait corriger les épreuves des *Etudes sur l'histoire romaine*, il passait son temps « à lire l'histoire de don Pedro dans tous les auteurs qui en disent quelque chose », Ayala, Mariana, Zurita, Froissart[1]. Et il ne cessait, dès ce moment, de harceler sa correspondante de demandes savantes, lui réclamant les livres qui pourraient lui être utiles ou ses lumières sur des points de haute érudition, assez étranges dans des lettres adressées à une dame du meilleur monde et non pas à un de ses collègues de l'Institut. Cette première période, consacrée à la documentation, dura de l'automne 1843 à la fin de 1844. Mérimée rédigea son texte en suivant la *Cronica del rey Don Pedro* d'Ayala, qu'il lisait dans l'édition de Llaguno (1779). Il la complétait par la lecture des *Anales de Aragon* de Zurita et des *Chroniques* de Froissart. La mise au point d'une première version, enrichie de nombreuses données anecdotiques tirées des *Anales eclesiasticos y seculares de Sevilla* de Zuniga (d'après l'édition de 1795), l'occupa durant toute l'année 1845 et le premier semestre de 1846. Ce travail connut ses moments d'exaltation et de doute : « Plus je relis, moins je comprends cette époque-là », écrivait-il à plusieurs reprises. Cette version fut achevée le 4 juillet. Au cours d'une troisième phase, après la publication de *Carmen*, Mérimée se consacra à des recherches d'archives, à Madrid, auprès de la Real Academia de Historia, et l'année suivante, à Barcelone, dans les Archives d'Etat, qui permirent d'achever la version définitive de son ouvrage, le 1er juillet 1847. L'*Histoire de don Pèdre* parut dans la livraison du 1er décembre 1847 de la *Revue des Deux Mondes*, avec une dédicace à la comtesse de Montijo. La parution en volume, retardée par la Révolution dite de 1848, eut lieu le 2 septembre de cette année.

Le livre consacré au roi don Pèdre est un des sommets

---

1. *Correspondance générale*, IV, p. 15.

Don Pèdre, roi d'Espagne de
1350 à 1370.

de l'œuvre de Mérimée et probablement celui qu'il eût souhaité voir passer à la postérité, celui qui couronnait sa carrière, non pas seulement d'historien, mais d'écrivain au sens le plus général. Dès sa rédaction cependant, dans une lettre du 22 septembre 1847 adressée à Jenny Dacquin, il ne se faisait guère d'illusions sur le succès de son travail : « Je me suis donné bien du mal pour une exactitude dont personne ne me saura gré[1]. » Son ambition était vaste. Il voulait tracer le portrait d'un personnage qui le fascinait et trancher entre deux traditions contradictoires. Figure nationale de l'Espagne, roi sévillan, monté sur le trône en 1350, héritier de tout l'effort de la reconquête, placé au centre d'un conflit européen, don Pèdre fut victime d'une intervention étrangère, au cours de laquelle notre Du Guesclin avait joué un vilain rôle, et il fut assassiné en 1370. La source principale des historiens, la chronique d'Ayala, suivant le cours des événements, avait enregistré toutes les exécutions qu'il avait ordonnées pour asseoir son pouvoir, elle donna ainsi naissance à une légende noire, combattue par un courant apologétique de l'action du roi. Mérimée examinait et discutait les versions légendaires pour faire apparaître la « fortune » historique et littéraire du personnage, d'un don Pèdre le Cruel ou d'un don Pèdre le Justicier. Mais il voulait traiter en historien un sujet qui semblait voué à inspirer les poètes et les romanciers, auquel

---

1. *Correspondance générale*, V, p. 170.

Voltaire avait consacré une tragédie (1774), Dumas père, une brève nouvelle. Mortonval, en 1831, avait publié un roman, *Don Martin Gil*, tiré de la chronique d'Ayala, et en 1838, Joseph Rosier avait donné un roman, *Maria Padilla*, qui prenait la maîtresse du roi pour héroïne. « Pour moi, je n'ai pas entrepris de défendre don Pèdre ; mais il m'a semblé que son caractère et ses actions méritaient d'être mieux connus, et que la lutte d'un génie énergique comme le sien contre les mœurs du XIVe siècle, était digne d'une étude historique [1]. »

Sur un sujet éminemment romanesque, Mérimée faisait le choix de l'écriture historique, objective autant qu'il était possible et fondée sur des documents soumis à la critique, et, en novateur, celui d'une histoire totale, traçant le tableau de l'Espagne du XIVe siècle dont on reconnaît, aujourd'hui, toute la qualité. Pour lui, la vérité du document permettait seule une restitution exacte des faits ; l'histoire « doit encore enregistrer les faits qui font connaître les mœurs et les caractères des hommes d'autrefois », et l'historien se refusant toutefois à juger avec les idées modernes, peut alors retrouver en soi les catégories d'un homme du passé. Comprendre et non pas juger ; c'était aussi le rapport que le narrateur, dans *Carmen*, allait entretenir avec don José. C'est à ce point seul que pouvait commencer la création littéraire : l'imagination fleurit sur la méthode.

Le divertissement de la fiction offert par *Carmen* trouvait peut-être sa raison dans les affres d'un travail savant en panne. La nouvelle s'inscrivait dans une phase de travail intense, comme divertissement savant d'un travail savant, comme la « crème sur le lait », fiction née de tout l'effort de rédaction de la biographie de don Pèdre. On comprend que la nouvelle ait pu être rédigée si vite, grâce à l'effet d'entraînement de la rédaction historique. On comprend aussi que la nouvelle porte en elle les caractères d'une écriture « historique », de la même manière que la biographie était rendue « vivante » par des notations de physionomie ou de mise en scène, par des analyses psychologiques, toujours mesurées et prudentes, qui appartenaient en propre à l'art du romancier.

---

1. *Histoire de don Pèdre Ier*, Avant-propos, éd. Laplane, Paris, 1961, p. 19.

Entre *Don Pèdre* et *Carmen* toutefois, les relations restaient de l'ordre de l'allusion, limitées à deux notes en bas de page. La première était consacrée à la rue du Candilejo. Don José raconte la folle journée passée en compagnie de Carmen, dans un bouge de cette rue « où il y a un portrait du roi don Pedro le Justicier ». La longue note raconte l'aventure galante du roi et explique l'origine de la statue, qui rappelle sa punition symbolique, qui seule permet de comprendre la phrase suivante de don José, une funeste prémonition : « Elle aurait dû m'inspirer des réflexions. » Mérimée avait connu cette anecdote, à travers une comédie de Juan de la Hoz, *El montanes Juan Pascal*, dont Louis de Vielcastel avait fait le compte rendu dans la *Revue des Deux Mondes* du 1er novembre 1840. Il la rapportait à la comtesse en janvier 1844, et lui demandait des précisions [1]. La seconde note expliquait la légende de Maria Padilla, « la maîtresse de don Pedro, qui fut, dit-on, la *Bari Crallisa*, ou grande reine des Bohémiens », invoquée par Carmen peu avant sa mort. Don José transmettait la version populaire, sans la prendre à son compte, la note la développait, en racontant le charme attribué à Maria Padilla, et dans *Don Pèdre*, une autre note complétait celle de la nouvelle en donnant la vérité historique : « On ajoute que Marie de Padilla était une reine de Bohémiens, leur *Bari Crallisa*, partant consommée dans l'art de préparer les philtres. Malheureusement les Bohémiens ne parurent guère en Europe qu'un siècle plus tard [2]. » A deux reprises, par l'effet du parallélisme entre le texte et la note qui l'explique, don José suggérait une similitude possible entre le roi ensorcelé comme lui et voué au châtiment ; comme lui, il fallait le comprendre : était-il cruel ou justicier ? Mais l'historien infirmait un élément essentiel de la légende. La vraie Maria Padilla n'était pas une Gitane.

L'étude des Gitans

Le double travail consacré à l'histoire de l'Espagne ancienne et à la rédaction d'une nouvelle moderne s'accom-

---

1. *Correspondance générale*, IV, p. 16. — 2. *Don Pèdre*, p. 157.

Gitans à Grenade. Gravure de Gustave Doré.

pagnait d'autres curiosités, indépendantes de la biographie
de don Pèdre, mais qui nourrissaient à leur tour la nouvelle.
Mérimée s'intéressa aux Gitans, et cette connaissance
contribua à profondément transformer l'histoire de Carmen
dans le récit original qu'avait fait la comtesse de Montijo.
Carmen, en effet, n'est devenue gitane que sur le tard :
« Comme j'étudie les Bohémiens depuis quelque temps
avec beaucoup de soin, j'ai fait mon héroïne bohémienne[1]. » Sans doute les Gitans appartenaient-ils à l'Espagne
et à son folklore. Mérimée ne pouvait pas ne pas avoir
croisé leurs bandes lors de son premier voyage. Mais les
Lettres d'Espagne ne leur prêtaient aucune attention. La
Carmencita rencontrée près de Murviedro n'était pas gitane,
quoi qu'on ait prétendu, elle était sorcière, juive ou marrane. En 1830, le voyageur ne les reconnaissait pas, et dans
Carmen, le narrateur, incapable de deviner l'origine exacte
de la jeune femme qu'il abordait, avouait aussi ne pas comprendre sa langue : « La Bohémienne lui dit quelques mots
dans une langue à moi inconnue, que je sus depuis être la
rommani ou *chipe calli*, l'idiome des gitanos. » Comme

---

1. Lettre du 16 mai 1845 à Madame de Montijo, *Correspondance générale*, IV, p. 295.

celle du narrateur, l'initiation de Mérimée se fit plus tard, et ailleurs qu'à Séville.

En 1840, Mérimée aimait à se promener, sous la conduite de son ami, le poète Estebanez Calderon, à travers les quartiers populaires, où se regroupaient les Gitans[1]. Calderon parlait leur langue, et Mérimée reconnaissait en lui un « maître en *chipe-calli* », c'est en ces termes qu'il lui rendit hommage dans la dédicace de l'exemplaire qu'il lui offrit de la nouvelle. Il n'est pas impossible que la transformation de l'héroïne, de simple maîtresse d'un *jaque* de Malaga en Bohémienne aux pouvoirs magiques, ait été suggérée par Calderon, qui connaissait mieux que personne les ressources dramatiques de ce type littéraire. Toujours est-il que grâce à lui, Mérimée avait découvert les mœurs singulières d'un peuple et, en élève doué, pouvait, lui aussi, à bon droit se vanter de sa maîtrise du gitan, qu'il avait approfondie par les livres. Quelques mois après la publication de sa nouvelle, le 10 novembre 1846, il écrivait à Jenny Dacquin, non sans forfanterie : « J'ai trouvé à Perpignan deux Bohémiens superbes qui tondaient des mules. Je leur ai parlé *calo*, à la grande horreur d'un colonel d'artillerie qui m'accompagnait, et il s'est trouvé que j'étais bien plus fort qu'eux et qu'ils ont rendu à ma science un éclatant témoignage dont je n'ai pas été peu fier[2]. » Mérimée fut un des premiers Français à prêter attention à une question qui suscitait la curiosité de la communauté savante, en Allemagne et en Angleterre, dans les années 1840, celle de l'origine des Gitans. *Carmen* accompagnait l'étude novatrice de Paul Bataillard, publiée en 1844 dans un des premiers numéros de la *Bibliothèque de l'Ecole des Chartes*.

Dès le mois d'août 1844, dans une lettre à Edouard Grasset, alors consul à Janina, Mérimée évoquait des curiosités linguistiques qui se prolongeaient en curiosités historiques, et il écrivait : « J'ai étudié pendant quelques jours le jargon des Bohémiens (Zingari). Probablement vous devez en avoir en Albanie comme dans toutes les provinces turques.

---

1. Voir Rafael Mitjana, « Lettres de Mérimée à Calderon », *Revue bleue*, 12 novembre 1910, p. 609. — **2.** *Correspondance générale*, IV, p. 557.

Pourriez-vous répondre à ces deux questions. — Ont-ils une langue particulière, ou seulement un patois ? Savent-ils, sait-on l'époque de leur arrivée en Albanie, et de quels côtés ils sont venus ? Il y a un Allemand qui écrit en ce moment leur histoire, et qui me paraît faire une espèce de roman. Un Anglais missionnaire ou espion a fait sur les Gitanos d'Espagne un livre très amusant. C'est un Mr. Borrow. Il ment effroyablement mais parfois dit des choses vraies et excellentes[1]. » Le premier savant évoqué par Mérimée était August Pott, qui renouvelait les études antérieures de Passa et de Grellmann dans ses *Zigueuner in Europa und Asien* (Halle, 1844), dont le premier volume venait de paraître et fut couronné par l'Institut.

Mérimée trouva la source principale de son savoir consacré aux *gitanos* d'Espagne[2] dans deux ouvrages de George Borrow, le second auteur mentionné dans la lettre à Grasset. La vie de Borrow (1803-1881), un Écossais extravagant, valait tous les romans. Agent de la British and Foreign Bible Society, il mettait au service de son œuvre de missionnaire d'étonnants talents de polyglotte. Après avoir séjourné en Russie et diffusé la bonne parole en mandchou, il s'était préoccupé d'évangéliser les Espagnes. En 1836, il parcourut la Péninsule en vendant un *Testament* espagnol qu'il avait fait imprimer. Ses voyages lui firent découvrir les Gitans, qu'il entreprit de convertir, mais en 1838, il fut emprisonné pour avoir diffusé, sans autorisation, une traduction de l'Evangile en rommani et une autre version en basque. En 1841, il fit paraître, à Londres, une grande étude, les *Zincali, or an account of the Gypsies in Spain*. L'ouvrage connut plusieurs éditions, il fut l'objet d'un compte rendu de Philarète Chasles, publié dans la *Revue des Deux Mondes* dès le mois d'août 1841. En 1843, Borrow compléta son ouvrage par *The Bible in Spain*, récit de ses pérégrinations, qui fut traduit en français en 1845, et en 1851, il tira de toute cette masse documentaire et autobio-

---

1. *Correspondance générale*, IV, pp. 139-140. — **2.** Mérimée écrivait souvent le terme à l'espagnole, à la manière de Borrow, et ne mettait pas la majuscule.

Campement de Tsiganes en Hongrie.

graphique un roman, *Lavengro, the Scolar, the Gypsy and the Priest*[1].

Les travaux de Borrow ne manquèrent pas de susciter la curiosité de Mérimée. Au mois de novembre 1844, il revint sur le sujet, évoquant Borrow dans une lettre à la comtesse ; il connaissait l'édition anglaise des *Gypsies in Spain (The Zincali)*, et la *Bible in Spain*, « deux ouvrages assez intéressants », et il demandait à la comtesse de lui procurer, si elle le pouvait, un troisième ouvrage, publié en 1838 et tiré à petit nombre d'exemplaires, dont il avait eu connaissance par l'ouvrage de Pott : « Il a traduit en *chipi calli*, c'est la *gerigonza* des *gitanos*, l'Évangile de saint Luc. Cela s'ap-

---

1. Sur ce personnage, voir R. Fréchet, *George Borrow*, Paris, 1956, ainsi que la notice de la *Biographia Britannica*, 1908, pp. 869-870. Il existe une édition française du roman de Borrow, *Lavengro. Le Maître des mots,* trad. A. Fayot, Paris, Corti, 1996.

pelle *Embeo e Majaro Lucas*. » Dans la même lettre, il pro-
jetait de poursuivre en Espagne des recherches concernant
les Gitans [1]. Il portait sur son auteur, peut-être pour complaire à la très dévote comtesse, un jugement lapidaire :
« C'est dommage qu'il mente comme un arracheur de dents
et qu'il soit protestant à outrance. » Six mois plus tard, sa
curiosité n'avait pas été satisfaite, et il réclamait une nouvelle fois le livre introuvable de Borrow. Il confirmait la
poursuite de ses recherches sur les Gitans, auxquelles il
entendait donner d'importants prolongements en même
temps qu'il travaillait sur la nouvelle dont la comtesse lui
avait suggéré le sujet.

Après la rédaction de *Carmen*, Mérimée poursuivit ses
recherches. Celles-ci n'avaient pas eu la nouvelle pour fin,
mais la nouvelle était une libre variation sur ces études de
rommani et sur le caractère des Gitans. Nouvelle érudite,
Carmen accompagnait la rédaction de l'*Histoire de don
Pèdre*, mais elle ne prolongeait pas sur le mode de la fiction
la recherche historique, comme *Colomba* prolongeait sur ce
mode la recherche archéologique. *Carmen* en revanche
jouait ce rôle, fut la mise en fiction de l'histoire et de l'eth-
nologie, pour les travaux fort sérieux consacrés aux Bohémiens, qui occupèrent Mérimée durant plusieurs années,
selon le témoignage d'Adolphe de Circourt [2], et qui furent
détruits dans l'incendie de son appartement. Dès le début
de l'été 1845, Mérimée écrivit à Nicolas Maréchal, un pein-
tre de Metz, qui lui donnait des renseignements nouveaux
sur les Bohémiens. Il en profita pour établir un bref lexique,
qu'il utilisa dans le chapitre « érudit » qu'il ajouta à *Carmen* [3]. Cette première lettre fut suivie d'une autre, datée du
11 juillet 1845, dans laquelle Mérimée utilisait la version
que Borrow donnait du « Notre Père », afin que son correspondant le comparât à celui des Bohémiens de l'est [4]. Dans
le même temps, il avait reçu une réponse de Grasset qui lui
adressait un lexique des Bohémiens d'Albanie. Mérimée
demandait à nouveau à son correspondant de mettre en

---

1. *Correspondance générale*, IV, pp. 208-209. — 2. *Revue
Suisse*, 1874, p. 336. — 3. *Correspondance générale*, IV, pp. 311-
312. — 4. *Ibid.*, pp. 315-317.

parallèle mots grecs et rommani. La liste se retrouve, avec quelques variantes, dans *Carmen*.

Ces travaux de lexicographe s'accompagnèrent d'enquêtes *in situ*. Le samedi 4 octobre 1845, Mérimée partait pour Metz. Il avait le projet de rencontrer, en compagnie de Maréchal qui lui avait signalé le fait, une « vieille sorcière qui possède le manuscrit rommani [1] ». En novembre 1846, après l'impression du volume contenant la nouvelle, il se trouvait à Barcelone, où il fut reçu dans la société d'hôtes bien différents de ceux qu'il avait l'habitude de fréquenter, et il rapporta à madame de Montijo ce curieux témoignage : « J'ai des amis gitanos qui me font des visites. Hier, on m'est venu prier à une *tertulia* à l'occasion de l'accouchement d'une gitana. L'événement avait eu lieu depuis deux heures seulement. Nous nous trouvâmes environ trente personnes dans une chambre grande comme celle que j'occupais à Madrid. Il y avait trois guitares et l'on chantait à tue-tête en rommani et en catalan. La société se composait de cinq gitanas dont une assez jolie, et d'autant d'hommes de même race, le reste catalans, voleurs, je suppose, ou maquignons, ce qui revient au même... Nous n'échangions nos idées qu'au moyen de quelques mots de bohémien qui plaisaient grandement à l'honorable compagnie. *Es de nostres*, disait-on [...] Leur langue est infiniment plus pure que celle des Andalous, et ils m'ont assuré qu'ils entendaient des Bohémiens allemands et hongrois qu'ils avaient vus à Reus il y a quelques années. Je le crois d'après les échantillons qu'on m'a donnés [2]. » Mérimée gardait ses habitudes et ses préjugés d'homme du monde dans ce milieu, mais il avait assez de tact pour comprendre la dignité de ses hôtes et la faveur dont il bénéficiait : « N'auraient-ils pas été parfaitement justifiables s'ils m'avaient pris mon argent et mes habits et mis à la porte à coups de bâton ? » Toujours curieux de ce sujet, il écrivit à Francisque Michel, qui avait publié, en 1847, une *Histoire des races maudites de la France et de l'Espagne*, et reprenait certains arguments du livre de Pott. En 1855 enfin, il élargissait son enquête au

---

1. *Correspondance générale*, IV, p. 379. — **2.** *Correspondance générale*, IV, pp. 559-560.

Moyen-Orient, où les Gitans avaient fait une première étape dans l'errance qui les mena d'Inde au Portugal, et il adressait à Gobineau, alors en poste à Téhéran, un petit lexique bohémien, en *chippe calli*, qu'il disait avoir « baragouiné autrefois avec quelque succès à Madrid[1] ». Il posait à son correspondant la question de l'origine de cette langue et s'interrogeait sur les traits physiques de cette race : « Se distingue-t-elle des autres par une couleur plus foncée, par l'obliquité des yeux, la saillie des pommettes, etc. ? » ajoutant que « la couleur n'est pas aisée à distinguer chez des gens qui ne se débarbouillent que rarement ». Mérimée, ethnologue avant la lettre, enregistrait les quelques témoignages d'une culture gitane. Il notait leurs chants et leurs danses, et en collectionneur qui cultivait aussi les *curiosa*, il possédait « un assortiment de *seguidillas* en bohémien qui sont les plus grandes horreurs du monde, mais personne n'est forcé d'en comprendre un mot[2] ».

En composant *Carmen*, Mérimée n'avait probablement pas lu *Les Bohémiens* d'Alexandre Pouchkine (1799-1837). La traduction du poème russe fut pourtant, après la nouvelle, l'autre œuvre littéraire où se concentra l'intérêt de Mérimée pour les Gitans. On sait que Pouchkine, le grand poète russe, avait rendu un premier hommage, involontaire, à Mérimée, en se laissant prendre au piège de *La Guzla*, ce recueil de fausses poésies « illyriennes » inventées par un esprit facétieux, et qu'il avait traduit onze de ces poèmes dans ses propres *Chants des Slaves du Sud* (1833). En 1848, Mérimée à son tour, se mit à apprendre le russe avec l'aide de son amie Barbe de Lagrenée, et il fit assez de progrès pour publier, dès 1849, dans la *Revue des Deux Mondes*, une traduction du chef-d'œuvre de Pouchkine, *La Dame de pique*. Une note de la revue précisait que « l'auteur de *Colomba* tournait vers le russe la même curiosité pénétrante qu'il avait portée vers le zingari, lorsqu'il composait *Carmen* ». Le poème *Les Bohémiens*, écrit entre 1824 et 1827, évoquant les steppes et la vie nomade, narrant l'amour

---

1. *Correspondance générale*, VII, p. 439. — 2. Lettre à Madame de Montijo du 27 juin 1846, *Correspondance générale*, IV, pp. 466-468.

Les Bohémiens, poème   Alexandre Pouchkine.
de Pouchkine, première
édition (1827).

d'Aleko le *rom* pour la Bohémienne Zemfira, leur mariage,
l'infidélité de la jeune femme, la jalousie du mari, le meurtre, passait à ses yeux pour le chef-d'œuvre du poète russe.
L'éloge qu'il en fit servait aussi à comprendre sa propre
conception du style : « Je ne connais pas d'ouvrage plus
tendu, si l'on peut se servir de cette expression comme d'un
éloge ; pas un vers, pas un mot ne s'en pourrait retrancher ;
chacun a sa place, chacun a sa destination, et cependant en
apparence, tout cela est simple, naturel, et l'art ne se révèle
que par l'absence complète de tout ornement inutile[1]. » Ce
long poème était bien connu du public français par des articles du comte Tolstoï, de J.-M. Chopin, de Charles de Saint-
Julien, mais sa première traduction, due à Lecointe-Laveau,
avait été publiée à Moscou, et il fallut attendre la version
de Henri Dupont, en 1846, l'année même de la dissertation
de Mérimée consacrée aux Gitans, pour que le public français pût enfin lire le texte. Mérimée maîtrisait assez bien le
russe pour proposer, à son tour, sa propre version, en 1852,
dans les *Nouvelles*, à la suite de *Carmen*, avec laquelle il

---

1. « Alexandre Pouchkine », in *Etudes de littérature russe*, éd.
H. Mongault, Paris, 1931, p. 18.

soulignait ainsi la parenté[1]. Cette traduction, en prose, était exacte mais prudente, et Mérimée, qui connaissait les redoutables difficultés du texte russe, ne se dissimulait pas les limites de son entreprise — et de toute traduction — lorsqu'il écrivait à mademoiselle Przediecka : « Il est vrai que la poésie traduite en prose, c'est comme une jolie femme habillée en capucine[2]. »

Erudition et romanesque

Mérimée était tout aussi lucide sur la valeur des sources de sa nouvelle. L'ouvrage de Borrow était mensonger ; celui de Pott, quoique plus sérieux, ne lui parut pas moins être « une espèce de roman[3] ». En 1845 toutefois, alors qu'il composait *Carmen*, ses réserves sur une documentation qu'il pouvait confronter à sa propre expérience, et dont il connaissait l'imprécision sinon l'inexactitude, avaient peu d'importance pour l'usage qu'il entendait en faire, dans un texte de fiction. L'identification de Carmen en Bohémienne devait beaucoup au hasard d'une rencontre savante, et le dernier chapitre, ajouté en 1846, accentuait la part d'érudition qui accompagnait la nouvelle. Il serait inexact toutefois de faire de *Carmen* la simple illustration plaisante d'une étude d'anthropologie historique. Mérimée, avec beaucoup de finesse, sut tirer profit de ce contexte savant pour donner à son héroïne une personnalité mystérieuse, fortement déterminée dans ses actes, et profondément romanesque. La transformation ethnique de Carmen modifiait le sens de l'anecdote originale en la dramatisant, elle faisait de don José lui-même, par contraste, tout autre chose qu'un « jaque », un bellâtre simplement jaloux, elle infléchissait le ton même du récit.

Sous ses apparences « réalistes », qui semblaient provenir des types recensés par Borrow et des souvenirs visuels du voyage de 1830, la Gitane était une chimère, née de

---

1. On trouvera cette traduction en Appendice. — **2.** *Correspondance générale*, XIII, p. 150. — **3.** *Correspondance générale*, IV, p. 139.

l'imagination de Mérimée. Plus celui-ci approfondissait sa connaissance des Gitans, moins le portrait qu'il traçait de son héroïne ressemblait à une Gitane réelle. Le narrateur, qui n'avait jamais entendu parler de la Carmencita, dont la renommée n'avait pas dépassé les limites de Séville, n'imaginait pas qu'elle fût gitane, et après l'aveu qu'elle fit de ses origines, il doutait encore « que mademoiselle Carmen fût de race pure ». C'était en effet une Gitane vêtue en grisette, simplement, sans falbalas, et « infiniment plus jolie que toutes les femmes de sa nation ». Le charme qui rendait Carmen acceptable au narrateur et au lecteur, et qui donnait à la passion de don José quelque vraisemblance, allait à l'encontre de l'expérience vécue du voyage. En effet Mérimée n'y avait rencontré que des Gitanes « horriblement laides », plus repoussantes selon lui par leur vieillissement prématuré et par l'incroyable saleté où il les voyait que rebutantes par leurs traits qui pouvaient, chez les plus jeunes, être réguliers et harmonieux. Plus tard, Mérimée développera longuement ce point dans une lettre à Gobineau. La « belle Bohémienne » qu'il n'avait pas rencontrée, était une figure littéraire, inconcevable autrement que sous la forme d'un oxymore fatal. Avec humour, Mérimée réfutait l'explication que Borrow donnait de la chasteté des Gitanes ; il la rattachait moins à leur vertu qu'à leur laideur générale : « A Séville, à Cadiz et à Grenade, il y avait de mon temps des Bohémiennes dont la vertu ne résistait pas à un duro... La plupart de ces femmes sont horriblement laides, c'est une raison pour qu'elles soient chastes, et des meilleures [1]. » Tirée d'une lettre à la comtesse, la boutade passait dans la nouvelle, où elle était confirmée par l'autorité savante et burlesque à la fois d'une citation d'Ovide. Plus jeunes, seules quelques rares Bohémiennes échappaient provisoirement à ces deux caractères, elles pouvaient être jolies et galantes, elle n'en étaient que plus vénales, capables de faire naître un bref désir, mais jamais une passion. Carmen là aussi, pour don José, était une exception.

La Gitane Carmen se rattachait à une tradition littéraire. Elle n'était pas liée à Esmeralda, l'héroïne « gitane » de

---

1. *Correspondance générale*, IV, p. 29.

B.N.F

Les mendiants. Gravure de Gustave Doré.

Notre-Dame de Paris, le roman de Victor Hugo, que Mérimée avait lu et aussitôt refermé, un roman dans lequel « le
genre salop abonde[1] ». Carmen était l'héritière d'autres
Gitanes de fiction. Mais cette héritière n'acceptait pas le
legs modeste et la place subalterne qui lui étaient dévolus.
C'était une Gitane qui, pour la première fois, entendait
jouer le premier rôle. Or dans la tradition, celle des scènes
de genre à la manière de Calderon, des voyages romancés
ou du roman picaresque, la Gitane était un personnage
secondaire ou passager, trop frêle pour porter un destin
romanesque. La seule Gitane digne d'être l'héroïne d'une
histoire d'amour ne pouvait être qu'une fausse Gitane.
Mérimée connaissait bien un grand classique des lettres
espagnoles, les *Novellas exemplares* de Cervantes, dont il
avait lu, en 1838, la traduction française de Louis Viardot[2].
Il y trouvait la première description des bas-fonds de
Séville, le faubourg de Triana, il y lisait surtout l'histoire
d'une Gitanilla, une « Bohémienne de Madrid », histoire
assez fameuse pour que Borrow à son tour la traduisît dans
ses *Zincali*. Plusieurs passages de *Carmen* sont des allu-

---

1. Lettre à Stendhal, du 31 mars 1831, *Correspondance générale*, XVI, p. 19. — **2.** Nous donnons ce texte en Appendice.

sions précises au texte de Cervantes. Carmen, qui au début
de son aventure jouait aussi de la fiction de l'enfant enlevé
par des Bohémiens, était surnommée la « gitanilla » par don
José, et comme elle, s'exprimait, du moins à travers le récit
de son amant, en une langue étonnamment soignée. Chez
Cervantes, la gitanilla Preciosa était une fausse Gitane, une
enfant volée par des Gitans, et elle épousait, pour conclure,
le chevalier Juan de Carcamo, qui s'était, à son tour, fait
Gitan pour la conquérir. On pourra reconnaître en Preciosa
un modèle possible de l'héroïne de Mérimée, mais en rappelant que Carmen est en fait une anti-Preciosa. A l'idéali-
sation héroïque du roman espagnol qui n'accueillait la
Bohémienne que si elle était fille de hidalgo, Mérimée
opposait un autre parti pris. Ce n'était pas celui de la réalité,
puisque Carmen, jolie Gitane, n'était pas moins idéalisée
que Preciosa, c'était celui de l'ironie, qui savait jouer des
types, de leur portée symbolique et d'une couleur locale
savamment dosée, qui savait surtout jouer de son propre
discours.

Le roman de don José

On a souvent estimé que les origines gitanes attribuées
à Carmen obéissaient à une raison mondaine et tenaient
à la délicatesse de Mérimée, attentif à l'*offensio gentium*,
soucieux de ne pas déplaire à ses amis espagnols en
représentant trop vivement les mœurs de leur pays.
Louant la grâce et le raffinement des vraies Andalouses,
il ne pouvait pas leur attribuer la violence barbare de ses
personnages. Il aurait ainsi, par précaution, deshispanisé
sa nouvelle, ne peignant que les marges de l'Espagne
réelle, en la personne d'une Gitane et d'un Basque. L'argument ne tient pas, puisque le récit original de la comtesse de Montijo mettait en scène un Espagnol typique,
un « jaque de Malaga ». L'identité de Carmen avait une
raison littéraire. Mieux que par la représentation d'un
personnage de folklore, elle conduisait Mérimée au cœur
de l'« âme espagnole », telle qu'elle lui avait été découverte par ses lectures des dramaturges du Siècle d'Or,

telle que la comtesse et ses amis l'avaient révélée. La Gitane portait en elle tous les traits de l'infamie, condensait contre elle les vieux préjugés de race et de caste. Devenue protagoniste, aimée jusqu'à la démesure par don José, elle créait pour lui les conditions de l'ignominie et du sublime, révélait une dialectique de la damnation et de la grâce. Elle permettait au romancier de passer du registre anecdotique et comique à une histoire tragique. Le mélodrame de la jalousie et de l'infidélité devenait dans la récriture de Mérimée, ou du moins dans le récit de don José, une tragédie de la fatalité et de la déchéance.

Or toute l'ambiguïté de *Carmen* vient du titre même de la nouvelle, qui semble faire du personnage féminin le personnage principal et le centre de l'action. C'était aussi l'ambiguïté de *Colomba*. Dans son roman corse, écrit cinq ans avant *Carmen*, Mérimée, comme fasciné, mettait en exergue un personnage féminin dont il traçait le portrait inquiétant d'une jeteuse de sorts vindicative et cruelle. Le héros de l'action, en revanche, était Orso, rappelé à ses origines par la vendetta, pris entre ses obligations d'honneur et son devoir, entre l'amour pour Lydia et l'affection pour sa sœur, entre barbarie et civilisation. La force du roman résidait dans cette conjonction, très cornélienne, d'un tragique de la monstruosité, celui de Colomba, et d'un tragique du choix, celui d'Orso, adoucie par l'ironie d'un narrateur extérieur[1]. C'était enfin l'ambiguïté d'un autre roman fameux, *Manon Lescaut*, de l'abbé Prévost, que l'on a, très tôt, à la suite de Sainte-Beuve, considéré comme une « source » de *Carmen*. Cette parenté, toutefois, résidait pour les critiques qui l'avaient mise en évidence, dans le thème général, une grande passion, les personnages, une coquette et un amoureux ensorcelé qui connaît des vicissitudes comparables à celles du chevalier Des Grieux, et certains développements anecdotiques : les supplications de don José qui demande à Carmen de le suivre pour « chercher à vivre honnêtement dans le nouveau monde » appa-

---

1. *Colomba*, éd. J. Balsamo, Paris, Le Livre de Poche classique, 1995.

Colomba. Illustration de J. Worms (1897).

raissent très clairement comme une référence volontaire de
Mérimée au roman de Prévost, de même que le dernier épisode, l'inhumation de l'héroïne dans un désert par son
amant qui creuse sa fosse avec son épée. On pourrait ajouter l'analogie entre les personnages masculins, considérés
par leur maîtresse, l'un comme un « greluchon », l'autre
comme un *minchoro*, qui en est l'équivalent gitan. Ces rap-
prochements conduisaient à un parallèle, désormais classique, entre les deux écrivains, à l'occasion duquel Sainte-
Beuve, trop sensible à la crudité des mœurs gitanes, opposait Mérimée à Prévost, « où tout est naïf et si coulant », et

L'enterrement de Manon Lescaut. Gravure de J.-J. Pasquier.

La mort de Carmen. Illustration de Galanis.

en qui il voyait un narrateur bonhomme et trop sérieux[1]. Or ce que l'on nomme habituellement *Manon Lescaut* avait pour titre, dans le dessein de son auteur, *Les Aventures du chevalier Des Grieux et de Manon Lescaut*, et s'intégrait comme un épisode, à forte valeur morale et didactique, dans les *Mémoires d'un homme de qualité*. La séduction du personnage féminin masquait au lecteur l'organisation retorse d'une narration plaidoyer. La prétendue histoire d'amour était en fait l'histoire des malheurs du seul chevalier, racontée par lui-même après la mort de Manon, au narrateur principal du roman. Des Grieux cherchait à se disculper, il avait tout loisir d'invoquer la fatalité, on ne disposait que de sa version. Plus qu'une simple anecdote, Mérimée, qui savait lire, pouvait trouver dans le roman de Prévost une étonnante construction narrative, et à bien des égards, *Manon Lescaut* était moins une « source » de *Carmen*, que la nouvelle de Mérimée ne proposait une variation, fort habile, sur le roman de Prévost.

Dans *Carmen,* Mérimée reprenait cette distinction entre

1. Sainte-Beuve, *Causeries du lundi*, VII, Paris, 1854, pp. 371-386.

une héroïne éponyme et un héros réel, en la compliquant par le jeu très subtil d'une narration à plusieurs personnes et à plusieurs niveaux chronologiques. L'histoire de Carmen, en effet, se confond presque entièrement avec celle de don José, à l'exception d'un bref épisode du chapitre II, lorsqu'elle est évoquée et décrite par le narrateur qui la rencontre à Cordoue. Carmen ne prend toute sa dimension qu'en relation à don José, n'existe véritablement comme séductrice et comme être diabolique que dans le récit de don José, de même que l'histoire de don José se confond, presque entièrement, à l'exception du chapitre I, avec le récit qu'il en fait. Ce récit, un long monologue, est une confession, à la veille de la mort. Don José revoit sa vie, il raconte son malheur, il cherche à se justifier. L'histoire de Carmen se réduit à ce qu'en dit don José au narrateur, son confident, en une sorte de plaidoyer *pro domo*, une apologie. C'est une histoire faussée ou du moins déformée, comme l'image de Carmen est déformée par les conditions d'un récit tout autre que serein. Faire de la nouvelle de Mérimée une grande histoire d'amour, fût-elle fatale ou tragique, peu importe, revient à isoler ce seul récit à quoi la nouvelle ne saurait se réduire, à prendre pour argent comptant ce qu'affirme don José, pour une narration immédiate et objective ce que Mérimée met en perspective et dont il dévoile la partialité. Faire de Carmen le personnage principal conduit à oublier don José, qui parle et qui parle de soi, avant de parler de Carmen. Or, la construction même de la nouvelle, qui encadre le récit de don José par deux chapitres liminaires et un chapitre de conclusion, qui en préparent et en corrigent l'immédiat pathétique, interdit de ne considérer que ce seul point de vue. Le roman de l'abbé Prévost était fondé sur une solidarité de caste entre le narrateur et le personnage, et tout était fait pour que l'apologie pût porter. Tout en conservant ces liens privilégiés entre le narrateur et don José, marqués par des échanges de civilité soigneusement décrits, Mérimée donnait à sa nouvelle une portée différente. Sans intervenir dans le récit de don José, sans même commenter ce récit, par le seul effet de la construction, le narrateur principal laisse son lecteur juger, et peut-être entendre une autre version.

On comprendra, dans ce contexte, le laconisme du récit. Il tient certes à Mérimée, le plus serré, le plus concis des auteurs ; il tient surtout à la justesse du romancier, qui l'adapte à son personnage, pudique et habile à la fois. Le laconisme dans la description des combats et des scènes violentes est l'expression de la gêne du personnage. Mérimée sait mieux que tout autre romancier de son temps que l'effet réside dans la surprise et le resserrement. Mais il obéit à des raisons dramatiques et psychologiques, plus fortes, puisque ces scènes sont évoquées par don José ; criminel malgré lui, celui-ci ne s'attarde pas sur ses crimes et tout ce qui manifeste sa culpabilité ; homme d'honneur, il ne se vante pas de ses victoires. Tout au plus, il rappelle, en technicien du couteau, la supériorité de la « garde navaraise » sur la « garde andalouse » dans le combat qui l'a opposé à Garcia. On comprendra aussi la nécessité de la « couleur locale » et son traitement particulier. Cette ressource obligée du roman « exotique » est ici d'une tout autre nature que celle, rendue par l'ironie, des *Lettres d'Espagne* de 1831 et des deux chapitres liminaires. Dans *Carmen*, Mérimée semble même moins s'amuser de la couleur locale que dans ses œuvres précédentes, *Colomba*, *La Double Méprise*, *Le Vase étrusque*. Cette couleur parfois se fait insistante et même naïve : car elle l'est dans un discours rapporté, dans une sorte de traduction qui rend la pensée et les mots espagnols de don José. Ce n'est plus le narrateur ni Mérimée qui parlent, mais un personnage qui vit son Espagne au premier degré ; il ne peut pas noter une couleur qui pour lui n'existe pas, qui est son univers quotidien, corrigé toutefois par la nostalgie de ses vallées basques, il s'exprime en ses termes. Seul un narrateur français pourrait relever cette couleur, en être dupe, ingénument ou s'en moquer. Loin d'être une concession au romanesque attendu, tout ce qui exprime l'Espagne dans ce qu'elle a de plus attendu, est ici un élément de vraisemblance. Dans la bouche de don José, ces traits ont la valeur d'une attestation, et conduisent à estimer par contraste les punaises, la venta, les voleurs, les hispanismes de langage et les mots en *chipe calli*. Au contraire d'un voyageur ou d'un écrivain français, José ne décrit pas la corrida, car il ne voyait que Carmen,

mais il précise, avec dédain, que Lucas n'était qu'un « picador ». Pour lui, l'Espagne ne peut se réduire à un discours
neutre ou ironique.

A la veille de mourir, don José explique ce qui l'a conduit au garrot, sa désertion, ses vols, la contrebande, le
meurtre, en état de légitime défense et par accident, du lieutenant. De tous ces crimes, l'assassinat de Carmen est bien
le moindre. Il était nécessaire, pour en rompre l'enchaîne-
ment, et ce n'est pas pour avoir tué une Gitane, une prosti-
tuée, sa complice, que l'ancien militaire a été condamné.
Les juges, sur ce point, ont dû être indulgents. L'histoire de
sa vie, de l'enfance à la mort, suit la longue tradition du
récit picaresque. Mais au contraire du picaresque qui met
en scène un gueux qui s'élève, le récit de don José présente
un hidalgo qui déchoit, d'un « vieux chrétien » qui se fait
Gitan. *Carmen* est d'abord l'histoire de cette déchéance
sociale, dont l'amour n'est qu'un prétexte. Don José l'a
vécue en toute conscience durant les mois qu'il avait passés
avec Carmen, il la redit sans l'adoucir à la veille de sa mort.
Narrateur de sa propre histoire, il juge l'homme qu'il a été,
« j'étais si faible... j'étais assez simple », mais en se repen-
tant, il s'excuse. Toute sa narration se développe sur ces
deux registres, l'innocence perdue (don José) et la fatalité
(Carmen). Vieux chrétien, franc Navarrais, homme de cœur,
don José ne cesse de rappeler ce qu'il était véritablement,
ce qu'il serait devenu sans cette maudite rencontre, et ce
qu'il prétendait redevenir, s'il n'y avait eu cette force mystérieuse, le charme de la Gitane, un vendredi, la magie du
basque, la nostalgie des montagnes et ce diable de femme
pour le mener à la damnation. « On devient coquin sans y
penser », la maxime était un aveu, qui ôtait toute responsabilité à don José.

Le chapitre central est constitué d'une narration rappor-
tée. Les trois autres chapitres, en revanche, mettent en évidence le narrateur principal. Le premier chapitre, écrit à la
première personne comme une autre *Lettre d'Espagne* par
un voyageur que bien des traits, en apparence, identifient à
Mérimée, évoque la rencontre fort civile du voyageur avec
un personnage typique de l'Espagne littéraire, le voleur des
grands chemins, dont il favorise la fuite. A la différence de

Roger-Viollet

Une auberge espagnole dans la Sierra Nevada.

la lettre en revanche, il joue d'une rupture chronologique :
les événements narrés se sont déroulés en 1830, quinze ans
avant la narration. Le deuxième chapitre prolonge, sur le
même mode, le récit de voyage, pittoresque et ironique à la
fois. Le narrateur, quelque temps plus tard, est à Cordoue
et il rencontre, dans une étrange atmosphère d'érotisme
frustré, une grisette assez modeste (est-ce elle la diabolique
Carmen ? Ce n'est en tout cas pas une femme que l'on
épouse), qu'il découvre être une Gitane. Au moment de se
faire dire la bonne aventure, alors qu'il espère, peut-être,
obtenir une autre faveur, il est interrompu par le voleur du
chapitre précédent, qui est aussi l'ami de la jeune femme.
Les personnages se quittent et le voyageur découvre qu'on
lui a dérobé sa montre, mésaventure banale et méritée pour
le bourgeois qui s'encanaille dans les bas-fonds. De retour
à Cordoue quelques mois plus tard, le voyageur retrouve
une troisième fois don José, à la veille de son exécution,
et il écoute le récit que ce dernier lui fait de ses « tristes
aventures ».

Le dernier chapitre a été ajouté par Mérimée en 1846.
Il se présente comme une dissertation savante consacrée
aux Gitans, tirée des travaux les plus récents. Les sources

mêmes de sa documentation pouvaient expliquer cet étrange développement, hors-œuvre, cette véritable dissertation savante sans rapport aux personnages précédents. Ce chapitre « supernuméraire » fut sévèrement jugé dès les premiers comptes rendus : « L'art doit cacher la science. Mêlée au récit, elle embarrasse ; intercalée en chapitre supplémentaire, elle ennuie », affirmait Louis Enault dans une étude publiée dans *La Gazette de France*. Ce développement servait-il seulement, comme on l'a affirmé, à grossir le volume, ou parce que l'auteur avait fait, entre la publication en revue et la publication en volume, un voyage dans les Vosges, où il avait rencontré des Bohémiens ? Là n'était pas l'essentiel. Ce chapitre complétait la nouvelle. Il était certes inutile si on considère que *Carmen* se borne au récit de don José. Il était indispensable en revanche dans l'ordonnance ironique que souhaitait lui donner Mérimée : il remettait en perspective le chapitre central, il évitait que la nouvelle ne s'achevât sur l'intense pathétique de la mort de Carmen et de sa déploration par don José, dont il nuançait l'affirmation : « ce sont les Calé qui sont coupables. »

Don José accusait Carmen de son malheur, rendait les « Calé » responsables de la vie dissolue de Carmen. Cette responsabilité collective était l'aveu d'un préjugé amplement partagé. La même phrase se prolonge et se répète, de la traduction de *La Bohémienne de Madrid* au *Voyage en Espagne* de Gautier[1], du *Tableau de l'Espagne moderne* (Paris, 1803) de Bourgoing, jusqu'au fameux compte rendu du livre de Borrow par Philarète Chasles. Tous évoquent « cette race dépravée, les zincali, vivant de vol, servant la débauche, pleine de haine pour les hommes civilisés ». La dissertation sur les Gitans est beaucoup plus nuancée et découvre les valeurs d'un peuple méprisé, sa dignité sous les haillons. Le chapitre, alors, éclaire-t-il, par contraste, le personnage de Carmen, donne-t-il enfin la vérité sur les Gitans par un nouveau témoignage qui gagne en autorité

---

1. Ce texte est cité en Appendice.

savante, ou au contraire, met-il simplement l'anec- dote en perspective criti- que ? Carmen reste une gredine, mais on peut aussi ne plus trop accorder un entier crédit à l'apologie de l'homme civilisé, du « franc Navarrais », et de sa belle passion. La nouvelle reste une fiction, elle n'est pas l'illustration d'une thèse, une interprétation « noire » du mythe de la liberté pri- mitive. Le contexte savant renforce l'effet romanesque.

Théophile Gautier, auteur du *Voyage en Espagne* (1843).

Sainte-Beuve allait plus loin, il expliquait ce développe- ment fort sérieux comme une sorte de plaisanterie, mar- quant l'ironie de l'auteur. Il servait à dire, en souriant, « bien entendu, ne soyez pas dupes de mon brigand et de ma Bohémienne qu'autant que vous le voudrez ». Cette iro- nie remettait en question la couleur locale, le satanisme pré- tendu de la Gitane, l'érudition omniprésente, le processus d'identification, le jeu d'illusion à l'œuvre dans tout roman, et l'écriture romanesque elle-même. L'épigraphe grecque servait à expliquer le récit de don José et justifiait, d'avance, la mort de Carmen, le pseudo-proverbe gitan, « En bouche close n'entre point mouche », jouait sur une érudition devenue matière même de la fiction, et renvoyait l'ensemble de la nouvelle aux conventions non plus de la littérature, mais de la conversation plaisante.

Après Carmen

La nouvelle fut bien accueillie par la critique, mais il convient de faire, dans les premiers jugements, la part de la complaisance et des hommages rendus par d'obligeants confrères à ce personnage considérable, ou du moins influent qu'était devenu Mérimée, haut-fonctionnaire et académicien. En 1846 et 1847, Charles de Mazade, Alexis de Valon et Armand de Pontmartin l'avaient citée avec éloge dans la *Revue des Deux Mondes*, dont Mérimée était le collaborateur. Mais *Carmen* n'était qu'une mince œuvre de fiction, parue dans un numéro de revue destiné à être remplacé par le numéro suivant ; elle était offerte pour le seul divertissement du lecteur, rangée dans la même catégorie que d'autres œuvres, objets des mêmes éloges : *Le Gentilhomme campagnard*, de C. de Bernard, *Les Roués innocents* de Théophile Gautier ou telle nouvelle de Jules Sandeau. *Carmen*, qui ne parut en recueil qu'au début de 1847, avec *Arsène Guillot* et *L'Abbé Aubain*, prit de l'importance dans un volume qui fut publié en 1852, et régulièrement réédité chez Charpentier jusqu'en 1893. La nouvelle, en effet, était accompagnée des traductions que Mérimée avait faites de Pouchkine et de son étude consacrée à Gogol. Léon de Wailly fit, à cette occasion, le rapprochement avec le roman de l'abbé Prévost, et avec Philippe Busoni, Louis Enault, dans *La Gazette de France* du 1ᵉʳ janvier 1853, rattachant la nouvelle aux souvenirs du voyage d'Espagne, mettait en évidence la concision de Mérimée « qui n'a fait rien ou presque pour plaire à la tourbe des lecteurs ». Il posait une question fort peu pertinente, se demandant pourquoi Mérimée, ce parfait civilisé, choisissait « ses héros parmi les *outlaws* de l'ordre social » ; c'était oublier à la fois les salons de *La Double Méprise* comme la nécessaire tension entre l'ordre et sa subversion. Il lui reprochait enfin « un certain appareil de science trop visible » et critiquait le développement savant du dernier chapitre. Sainte-Beuve, à son tour, dans le *Moniteur universel* du 7 février 1853, présenta l'œuvre au public comme une « Manon Lescaut d'un plus haut goût », dont les deux personnages, imités de Prévost, seraient deux coquins plus franchement avoués. L'année suivante, Gustave Planche, dans un long article consacré à Mérimée, paru dans la *Revue des Deux Mondes*, analysait *Carmen*, en déplorant à son tour les « prolégomènes archéologiques » qui la déparaient, pour voir en elle un chef-d'œuvre de densité et de construction, portrait d'une coquine, mais d'une coquine héroïque et vraie. En 1861, dans la *Revue fantaisiste*, Théophile Gautier fit de la Gitane le sujet d'un poème, plus tard recueilli dans *Emaux et Camées*. Carmen, « image » de l'Espagne érotique, était définitivement présentée comme le prototype de la femme fatale :

> Elle a, dans sa laideur piquante,
> un grain de sel de cette mer
> D'où jaillit, nue et provocante,
> L'âcre Vénus du gouffre amer.

L'opéra de Bizet allait consacrer le personnage en ces termes. Il marqua le point culminant du succès de *Carmen*. Ce n'est pas un hasard, du reste, si toutes les traductions de la nouvelle de Mérimée sont postérieures à sa création : anglaise en 1881, russe en 1882, italienne en 1893, allemande en 1900. L'opéra conduisit le grand public à reconnaître définitivement la nouvelle de Mérimée comme un chef-d'œuvre, et la ruinait à jamais, la faisant disparaître sous des airs bientôt familiers encore plus insidieux que des clichés, et dans une Espagne de pacotille. La première eut lieu, après la mort de Mérimée, au Théâtre National de l'Opéra-Comique, le 3 mars 1875. Elle fut représentée dans une mise en scène de Charles Ponchard et des décors et costumes de Detaille et Georges Clairin, sous la direction musicale de Deloffre. Le rôle-titre était interprété par la belle Célestine Galli-Marié, Paul Lhérie était don José. La musique toutefois surprit le public et les critiques habitués à plus de facilité.

Le livret de Meilhac et Halévy avait transformé un texte narratif en un drame, soumis aux exigences de la scène et du chant, il n'avait gardé, nécessairement, de la nouvelle que son anecdote, l'histoire de don José, de la rencontre coup de foudre au meurtre de Carmen, distribuée en quatre actes. Toute l'ironie du texte de Mérimée disparaissait, au profit du seul pathétique, et celui-ci reposait non plus sur un tragique de la déchéance et de la fatalité, mais sur un drame larmoyant de la jalousie. Les librettistes avaient pris soin d'adoucir la violence du récit, et de supprimer tout ce qui pouvait choquer le public de l'opéra comique. Ils civilisaient Carmen, et embourgeoisaient la Gitane, qui ne

Lauros-Giraudon

Carmen, opéra-comique de Georges Bizet (1875).

gardait de ses origines que la superstition, elle cessait d'être une voleuse et une fille, pour devenir coquette et bavarde, ses amours se limitaient à un don José bien niais et à un Escamillo plastronnant. Don José lui-même, sentimental, nostalgique à en pleurer (« parle-moi de ma mère ! »), n'était plus qu'un jaloux ; il tuait une maîtresse volage pour la punir de ses infidélités et non pour retrouver son inno-

J.-L. Charmet

cence perdue. Le héros de
Mérimée attendait le gar-
rot avec fermeté pour des
crimes qu'il avait effectivement commis, celui du
livret pouvait s'attendre à
l'indulgence des juges.
Pour obéir aux conven-
tions de la distribution et
de l'équilibre des voix,
Meilhac et Halévy inven-
taient deux personnages et
créaient une fausse symé-
trie qui rompait la force de
l'affrontement entre don
José et Carmen. Micaëla,
née d'une simple allusion
aux jupes bleues et aux
nattes des Navarraises,
servait de contrepoint
vocal, domestique et

Célestine Galli-Marié, créatrice
du rôle de Carmen.

convenable à une héroïne plussombre et bien trop passion-
née. Le toréador Escamillo, baryton, justifiait la jalousie de
l'amant bafoué, et renforçait la charge de la couleur locale,
offerte à profusion, de scènes de fête en séguedilles, de
relève de la garde avec chœur en corridas. Sur ce livret
d'un pathétique tel qu'il nous semble involontairement
comique, et en dépit de ses contraintes, Bizet composa une
musique que Du Locle, le directeur de l'Opéra, trouvait
« cochinchinoise » et qui finit par plaire, une musique
admirable, célébrée par Nietzsche, musique « méditerra-
néenne » et dionysiaque, qui se passe des mots, même de
ceux de Mérimée.

Jean BALSAMO.

BIOGRAPHIE

1803 — 28 septembre : naissance, à Paris, 7, Carré Sainte-Geneviève, de Prosper Mérimée, fils de Léonor Mérimée et d'Anne-Louise Moreau.

1807 — Léonor Mérimée est nommé secrétaire de l'Ecole des Beaux-Arts.

1812 — Mérimée entre au lycée Napoléon (actuel lycée Henri IV).

1820 — Etudes de droit.

1822 — Mérimée fait la connaissance de Stendhal.

1823 — Passe sa licence de droit.

1824 — Publie dans *Le Globe* quatre articles, non signés, sur le théâtre espagnol.

1825 — Lecture, chez Delécluze, des premiers écrits : *Les Espagnols en Danemark*, *Une femme est un diable* ; publication du *Théâtre de Clara Gazul*.

1826 — avril : premier voyage, en Angleterre.

1827 — Publication de *La Guzla*.

1828 — janvier : Mérimée est blessé en duel par l'époux de sa maîtresse Emilie Lacoste. Il est reçu chez Cuvier.

1829 — Publication de *La Chronique du règne de Charles IX*. La même année, Mérimée fait paraître dans *La Revue de Paris* : *Mateo Falcone*, *Le Carrosse du Saint-Sacrement*, *La Vision de Charles XI*, *Tamango*, et dans la *Revue Française*, *L'Enlèvement de la redoute*.

1830 — juin-décembre : voyage en Espagne ; Mérimée rencontre le comte et la comtesse de Montijo.

1831 — janvier : publication, dans *La Revue de Paris*,

des premières *Lettres d'Espagne* ; février : Mérimée est nommé chef de bureau au Secrétariat général de la Marine ; mars : chef de cabinet du comte d'Argout, au ministère du Commerce ; mai : chevalier de la Légion d'Honneur ; octobre : début de la correspondance avec Jenny Dacquin.

1832 — Nommé maître des requêtes. Rencontre Jenny Dacquin.

1833 — avril : brève liaison avec G. Sand ; juin : publication de *Mosaïque* ; septembre : *La Double Méprise*.

1834 — mai : Mérimée est nommé Inspecteur des Monuments historiques ; juillet-décembre : première tournée d'inspection, voyage en Bourgogne, dans la vallée du Rhône, le Languedoc, la Provence.

1835 — Publication des *Notes d'un voyage dans le Midi de la France* ; juillet-octobre : voyage d'inspection en Bretagne et dans le Poitou.

1836 — Liaison avec Valentine Delessert ; voyage d'inspection en Alsace et en Champagne ; septembre : mort du père de Mérimée ; octobre : publication des *Notes d'un voyage dans l'Ouest de la France*.

1837 — mai : publication de *La Vénus d'Ille* dans la *Revue des Deux Mondes* ; voyage avec Stendhal jusqu'à Bourges. Mérimée poursuit jusqu'en Auvergne ; Mérimée et Stendhal sont reçus par la comtesse de Montijo à Versailles.

1838 — juillet-septembre : voyage dans l'Ouest et dans le Midi ; publication des *Notes d'un voyage en Auvergne*.

1839 — Mérimée organise le réseau des correspondants du service des Monuments historiques ; 29 juin-7 octobre : voyage en Corse ; octobre-novembre : séjour en Italie, en compagnie de Stendhal, visite de Rome ainsi que de Naples et de ses environs.

1840 — Publication des *Notes d'un voyage en Corse*. 1er juillet : publication de *Colomba* dans la *Revue des Deux Mondes*. Second voyage en Espagne.

1841 — juin : tournée d'inspection en Normandie et en Bretagne ; publication de l'*Essai sur la Guerre sociale* ; août-décembre : voyage en Grèce et en Turquie.

1842 — Mort de Stendhal.

1843 — Mérimée est élu membre de l'Académie des Inscriptions et Belles-Lettres.

1844 — 14 mars : élection à l'Académie française ; publication d'*Arsène Guillot* et des *Etudes sur l'histoire romaine* ; août-septembre : tournée d'inspection dans le Centre et l'Ouest.

1845 — février : réception à l'Académie française ; mai : rédaction de *Carmen*, publiée en octobre dans la *Revue des Deux Mondes* ; tournée d'inspection en Languedoc ; octobre : voyage à Metz ; novembre-décembre : séjour en Espagne.

1846 — Publication de *L'Abbé Aubain* ; juillet : tournée en Bourgogne ; septembre : voyage dans l'est de la France, en Allemagne et en Belgique ; novembre : séjour à Barcelone.

1847 — Publication de *Carmen* en volume ; publication de l'*Histoire de don Pèdre I*er dans la *Revue des Deux Mondes*.

1850 — Publication confidentielle de *H.B.*, recueil de souvenirs sur Stendhal.

1852 — Mérimée est condamné à quinze jours de prison à la suite de ses articles parus dans la *Revue des Deux Mondes* sur le procès de son ami Libri, inculpé pour vol de livres précieux.

1853 — Napoléon III épouse Eugénie de Montijo ; juin : Mérimée est nommé sénateur ; il fréquente la Cour ; septembre-décembre : séjour à Madrid ; décembre : il est élu membre étranger de la Society of Antiquaries de Londres.

1854 — Rupture avec Valentine Delessert.

1856 — Premier séjour à Cannes.

1860 — Mérimée donne sa démission de l'Inspection générale des Monuments historiques.

1870 — juillet : guerre franco-allemande ; août : Mérimée essaie de s'entremettre entre l'Impératrice et Thiers. 4 septembre : proclamation de la République ; dernier séjour à Cannes. 23 septembre : mort de Mérimée.

Carmen parut dans la *Revue des Deux Mondes (RDM)*
du 1er octobre 1845, pp. 5 à 48. On connaît un tiré à part
de 2 feuillets et 44 pages. La nouvelle fut publiée en
volume, avec *Arsène Guillot* et *L'Abbé Aubain,* à la date
de 1846 ; le volume sortit en fait au mois de mai 1847,
chez Lévy frères selon l'indication du *Journal général de
l'imprimerie et de la librairie,* au n° 2313. Mérimée en fit
paraître une nouvelle édition en 1852, augmentée de traductions du russe, parmi lesquelles *Les Bohémiens,* de Pouchkine. Le volume, tiré à 1500 exemplaires, fut l'objet d'un
second tirage la même année. C'est ce texte, le dernier que
Mérimée révisa, que nous donnons, avec un choix de
variantes des éditions antérieures.

Les notes introduites par un astérisque * sont dues à Mérimée et figurent dans le texte original. Elles sont complétées,
le cas échéant, par des précisions dues à l'éditeur, ajoutées
entre crochets [ ].

CARMEN

Frontispice de l'édition de 1884.
Vignettes de Nargeot, d'après Arcos.

Πᾶσα γυνὴ χόλος ἐστίν· ἔχει δ᾿ἀγαθὰς δύο ὥρας,
Τὴν μίαν ἐν θαλάμῳ, τὴν μίαν ἐν θανάτῳ.

PALLADAS [1]

I [2]

J'avais toujours soupçonné les géographes de ne savoir ce
qu'ils disent lorsqu'ils placent le champ de bataille de Munda [3] dans le pays des Bastuli-Pœni [4], près de la moderne
Monda [5], à quelque deux lieues au nord de Marbella.
D'après mes propres conjectures sur le texte de l'anonyme,
auteur [6] du *Bellum Hispaniense* [7], et quelques renseignements recueillis dans l'excellente bibliothèque du duc d'Os-

---

1. « La femme est un poison ; elle n'offre que deux bons
moments, au lit et dans la tombe », vers de Palladas d'Alexandrie
(ve siècle avant J.-C.), tirés de l'*Anthologie grecque*, XI, 381.
— 2. Les chapitres ne sont pas numérotés dans *RDM*, mais séparés
par une ligne de points. — 3. Ville d'Espagne, où Jules César
remporta, le 17 mars 45 (avant J.-C.), une victoire sur les fils de
Pompée, qui mit fin aux guerres civiles. La solution proposée par le
narrateur de *Carmen* au problème archéologique du site de Munda,
aujourd'hui identifié avec Montilla, à 50 kilomètres au sud de Cordoue, avait déjà été indiquée par Miguel Cortès, dans son *Diccio-
nario geografico-historico de la Espana antigua*, Madrid, 1836,
III, pp. 203-209. — 4. Les Bastuli-Pœni, ou Carthaginois-Bastules,
étaient établis au sud de l'actuelle Malaga. — 5. Monda, à environ
dix kilomètres de Marbella, entre Gibraltar et Marbella.
— 6. L'anonyme auteur *(RDM)*. — 7. Le *De bello hispaniensi*,
autrefois attribué à César, est d'un officier inconnu de son armée ;
Mérimée estime qu'il s'agit « d'un ouvrage fort curieux », lettre
du 18 juin 1848 à Delessert, *Correspondance générale*, V, p. 327.

suna[1], je pensais qu'il fallait chercher aux environs de Montilla[2] le lieu mémorable où, pour la dernière fois, César joua quitte ou double contre les champions de la république. Me trouvant en Andalousie au commencement de l'automne de 1830[3], je fis une assez longue excursion pour éclaircir les doutes qui me restaient encore. Un mémoire[4] que je publierai prochainement ne laissera plus, je l'espère, aucune incertitude[5] dans l'esprit de tous les archéologues de bonne foi. En attendant que ma dissertation résolve enfin le problème géographique qui tient toute l'Europe[6] savante en suspens, je veux vous raconter une petite histoire ; elle ne préjuge rien sur l'intéressante question de l'emplacement de Munda.

J'avais loué à Cordoue un guide et deux chevaux, et m'étais mis en campagne avec les *Commentaires* de César et quelques chemises pour tout bagage. Certain jour, errant dans la partie élevée de la plaine de Cachena[7], harassé de fatigue, mourant de soif, brûlé par un soleil de plomb, je donnais au diable de bon cœur César et les fils de Pompée, lorsque j'aperçus assez loin du sentier que je suivais, une petite pelouse verte parsemée de joncs et de roseaux[8]. Cela m'annonçait le voisinage d'une source. En effet, en m'ap-

---

1. Le 11ᵉ duc d'Ossuna, don Pedro de Alcantara Téllez Giron y Beaufort, mourut en 1844 ; sa bibliothèque passa à son frère, puis, à la mort de celui-ci, en 1882, à la Biblioteca Nacional de Madrid. Le traité sur les *Medallas de Munda*, qui proposait la solution du site de Munda, se trouvait précisément dans la bibliothèque du duc d'Ossuna. Les éditions antérieures à 1852 portent Ossuna. — **2.** Localité à l'ouest de Gilbraltar, fameuse pour ses vins. — **3.** Allusion au premier voyage de Mérimée en Espagne, au mois d'octobre 1830. — **4.** Dans son article « Inscriptions romaines de Baena », *Revue archéologique*, juin 1844, p. 179, Mérimée écrit que « Montilla occupe l'emplacement de Munda ». Il n'a pas publié de mémoire plus détaillé sur le sujet, et cette indication ironique, donnée par le narrateur qui ne se confond pas entièrement avec l'auteur, sert à annoncer que nous sommes dans le domaine de la fiction. — **5.** *Plus la moindre* incertitude *(RDM).* — **6.** Qui tient *encore* l'Europe *(RDM).* — **7.** Ou plutôt *Carchena,* rivière qui se jette dans le Guadajoz ; Mérimée a repris la coquille du dictionnaire de Cortès, p. 207. — **8.** La description suit le texte latin du *De bello hispaniensi* : « nam palustri et voraginoso solo currens erat ad dextrum », chapitre XXIX.

prochant, je vis que la prétendue pelouse était un marécage où se perdait un ruisseau, sortant, comme il semblait, d'une gorge étroite entre deux hauts contreforts de la sierra de Cabra[1]. Je conclus qu'en remontant je trouverais de l'eau plus fraîche, moins de sangsues et de grenouilles, et peut-être un peu d'ombre au milieu des rochers. À l'entrée de la gorge, mon cheval hennit, et un autre cheval, que je ne voyais pas, lui répondit aussitôt. À peine eus-je fait une centaine de pas, que la gorge, s'élargissant tout à coup, me montra une espèce de cirque naturel parfaitement ombragé par la hauteur des escarpements qui l'entouraient. Il était impossible de rencontrer un lieu qui promît au voyageur une halte plus agréable. Au pied de rochers à pic, la source s'élançait en bouillonnant, et tombait dans un petit bassin tapissé d'un sable blanc comme la neige. Cinq à six beaux chênes verts, toujours à l'abri du vent et rafraîchis par la source, s'élevaient sur ses bords, et la couvraient de leur épais ombrage ; enfin, autour du bassin, une herbe fine, lustrée, offrait un lit meilleur qu'on n'en eût trouvé dans aucune auberge à dix lieues à la ronde[2].

À moi n'appartenait pas l'honneur d'avoir découvert un si beau lieu. Un homme s'y reposait déjà, et sans doute dormait, lorsque j'y pénétrai[3]. Réveillé par les hennissements, il s'était levé, et s'était rapproché de son cheval, qui avait profité du sommeil de son maître pour faire un bon repas de l'herbe aux environs. C'était un jeune gaillard de taille moyenne, mais d'apparence robuste, au regard sombre et fier. Son teint, qui avait pu être beau[4], était devenu, par l'action du soleil, plus foncé que ses cheveux. D'une main il tenait le licol de sa monture, de l'autre une espingole[5] de cuivre. J'avouerai que d'abord l'espingole et l'air farouche du porteur me surprirent quelque peu ; mais je ne croyais

1. La Sierra de Cabra, dans la province de Cordoue, à une quinzaine de kilomètres de Montilla. — **2.** La description est topique, et prise de *Don Quichotte*, I, 25 ; cela explique l'ironie « littéraire » de Mérimée : « l'honneur d'avoir découvert un si beau lieu ». — **3.** La rencontre est à rapprocher de celle du novice et de Guzman dans *Guzman d'Alfarache*, adapté par Lesage. — **4.** Les éditions antérieures à 1852 portent : qui avait *dû* être beau. — **5.** Espingole ou escopette, fusil à canon évasé.

plus aux voleurs, à force d'en entendre parler et de n'en
rencontrer jamais[1]. D'ailleurs, j'avais vu tant d'honnêtes
fermiers s'armer jusqu'aux dents pour aller au marché, que
la vue d'une arme à feu ne m'autorisait pas à mettre en
doute la moralité de l'inconnu. — Et puis, me disais-je, que
ferait-il de mes chemises et de mes *Commentaires* Elzé-
vir ?[2] Je saluai donc l'homme à l'espingole d'un signe de
tête familier, et je lui demandai en souriant si j'avais troublé
son sommeil. Sans me répondre, il me toisa de la tête aux
pieds ; puis, comme satisfait de son examen, il considéra
avec la même attention mon guide, qui s'avançait. Je vis
celui-ci pâlir et s'arrêter en montrant une terreur évidente.
Mauvaise rencontre ! me dis-je. Mais la prudence me con-
seilla aussitôt de ne laisser voir aucune inquiétude. Je mis
pied à terre ; je dis au guide de débrider, et, m'agenouillant
au bord de la source, j'y plongeai ma tête et mes mains ;
puis je bus une bonne gorgée, couché à plat ventre, comme
les mauvais soldats de Gédéon[3].

J'observais cependant mon guide et l'inconnu. Le premier s'approchait bien à contrecœur ; l'autre semblait
n'avoir pas de mauvais desseins contre nous, car il avait
rendu la liberté à son cheval, et son espingole, qu'il tenait
d'abord horizontale, était maintenant dirigée vers la terre.

Ne croyant pas devoir me formaliser du peu de cas qu'on
avait paru faire de ma personne, je m'étendis sur l'herbe,
et d'un air dégagé je demandai à l'homme à l'espingole s'il
n'avait pas un briquet sur lui. En même temps je tirai mon
étui à cigares. L'inconnu, toujours sans parler, fouilla dans

---

1. Reprise de la troisième *Lettre d'Espagne* : « Si je n'ai pas vu
de voleurs, en revanche je n'ai pas entendu parler d'autre chose. »
Suit le récit de trois honnêtes fermiers pris pour des bandits (in
Mosaïque, Le Livre de Poche, p. 97). — **2.** Les *Commentaires* de
César, récit des guerres civiles et des guerres des Gaules, en une
édition de petit format, du nom des Elzevier, fameux libraires hol-
landais du XVIIe siècle. Dans *Colomba*, chap. XX, le bandit Castri-
coni réclame un Horace en édition Elzevier. — **3.** Allusion à
l'épreuve imposée aux soldats de Gédéon dans la Bible : « Le
Seigneur dit encore à Gédéon : — Mettez d'un côté ceux qui auront
pris l'eau avec la langue comme les chiens ont accoutumé de le
faire, et mettez de l'autre côté ceux qui auront mis les genoux en
terre pour boire » (*Juges*, VII, 5).

sa poche, prit son briquet, et s'empressa de me faire du feu.
Évidemment il s'humanisait ; car il s'assit en face de moi,
toutefois sans quitter son arme. Mon cigare allumé, je choisis le meilleur de ceux qui me restaient et je lui demandai
s'il fumait.

— Oui, monsieur, répondit-il.

C'étaient les premiers mots qu'il faisait entendre, et je
remarquai qu'il ne prononçait pas l's à la manière andalouse *, d'où je conclus que c'était un voyageur comme moi,
moins archéologue seulement.

— Vous trouverez celui-ci assez bon, lui dis-je en lui
présentant un véritable régalia de la Havane. [1]

Il me fit une légère inclination de tête, alluma son cigare
au mien, me remercia d'un autre signe de tête, puis se mit
à fumer avec l'apparence d'un très grand plaisir.

— Ah ! s'écria-t-il en laissant échapper lentement sa
première bouffée par la bouche et les narines, comme il y
avait longtemps que je n'avais fumé !

En Espagne, un cigare donné et reçu établit des relations
d'hospitalité [2], comme en Orient le partage du pain et du sel [3].
Mon homme se montra plus causant que je ne l'avais espéré.
D'ailleurs, bien qu'il se dît habitant du partido [4] de Montilla,
il paraissait connaître le pays assez mal. Il ne savait pas le
nom de la charmante vallée où nous nous trouvions ; il ne

---

* Les Andalous aspirent l's et la confondent dans la prononcia-
tion avec le *c* doux et le *z*, que les Espagnols prononcent comme
le *th* anglais. Sur le mot *Señor* on peut reconnaître un Andalou.
[Cette note ne se trouve pas dans *RDM*. Allusion à la *Gitanilla*
de Cervantes : « Voulez-vous me donner des étrennes, zeigneurs,
zénores ? dit Preciosa, qui en sa qualité de Bohémienne prononçait
les s en z, ce que font les femmes de cette race, non de nature,
mais par artifice », trad. L. Viardot, Paris, 1838, p. 212.]

---

1. Cigare de format moyen, provenant de Cuba. — **2.** Le même
épisode se trouve dans la troisième *Lettre*, et Borrow indiquait dans
sa *Bible en Espagne* : « Je n'aime pas fumer moi-même, mais, en
Espagne, si l'on veut se mêler aux basses classes, il faut avoir un
cigare à donner de temps en temps. » (II, chap. 5.) — **3.** Dans une
note de *La Guzla*, Mérimée écrit : « On sait que dans le Levant,
deux personnes qui ont mangé du pain et du sel ensemble deviennent amis par ce fait seul », *L'Aubépine de Véliko*. — **4.** District
ou arrondissement.

pouvait nommer aucun village des alentours ; enfin, interrogé [1] par moi s'il n'avait pas vu aux environs des murs détruits, de larges tuiles à rebords, des pierres sculptées, il confessa qu'il n'avait jamais fait attention à pareilles choses. En revanche, il se montra expert en matière de chevaux. Il critiqua le mien, ce qui n'était pas difficile ; puis il me fit la généalogie du sien, qui sortait du fameux haras de Cordoue [2] : noble animal, en effet, si dur à la fatigue, à ce que prétendait son maître, qu'il avait fait une fois trente lieues [3] dans un jour, au galop ou au grand trot. Au milieu de sa tirade, l'inconnu s'arrêta brusquement, comme surpris et fâché d'en avoir trop dit. « C'est que j'étais très pressé d'aller à Cordoue, reprit-il avec quelque embarras. J'avais à solliciter [4] les juges pour un procès... » En parlant, il regardait mon guide Antonio, qui baissait les yeux.

L'ombre et la source me charmèrent tellement, que je me souvins de quelques tranches d'excellent jambon que mes amis de Montilla [5] avaient mis dans la besace de mon guide. Je les fis apporter, et j'invitai l'étranger à prendre sa part de la collation impromptue. S'il n'avait pas fumé depuis longtemps, il me parut vraisemblable qu'il n'avait pas mangé depuis quarante-huit heures au moins. Il dévorait comme un loup affamé. Je pensai que ma rencontre avait été providentielle pour le pauvre diable. Mon guide, cependant, mangeait peu, buvait encore moins, et ne parlait pas du tout, bien que depuis le commencement de notre voyage il se fût révélé à moi comme un bavard sans pareil. La présence de notre hôte semblait le gêner, et une certaine méfiance les éloignait l'un de l'autre sans que j'en devinasse positivement la cause.

Déjà les dernières miettes du pain et du jambon avaient disparu ; nous avions fumé chacun un second cigare ; j'ordonnai au guide de brider nos chevaux, et j'allais prendre

---

1. Interrogé... si : latinisme, mais aussi formule juridique. — 2. Le haras d'Aranjuez, à Cordoue, célèbre pour la qualité de ses chevaux, est évoqué par Borrow, *Bible en Espagne*, II, chap. 3. — 3. Cent cinquante kilomètres. — 4. Effectuer les démarches nécessaires auprès des juges pour un procès. — 5. Mérimée connaissait à Montilla des amies de la comtesse de Montijo, Sabine et Candelaria de Alvear, voir *Correspondance générale*, VII, p. 185.

congé de mon nouvel ami, lorsqu'il me demanda où je comptais passer la nuit.

Avant que j'eusse fait attention à un signe de mon guide, j'avais répondu que j'allais à la venta del Cuervo.[1]

— Mauvais gîte pour une personne comme vous, monsieur... J'y vais, et, si vous me permettez de vous accompagner, nous ferons route ensemble.

— Très volontiers, dis-je en montant à cheval.

Mon guide[2], qui me tenait l'étrier, me fit un nouveau signe des yeux. J'y répondis en haussant les épaules, comme pour l'assurer que j'étais parfaitement tranquille, et nous nous mîmes en chemin.

Les signes mystérieux d'Antonio, son inquiétude, quelques mots échappés à l'inconnu, surtout sa course de trente lieues et l'explication peu plausible qu'il en avait donnée, avaient déjà formé mon opinion sur le compte de mon compagnon de voyage. Je ne doutai pas que je n'eusse affaire à un contrebandier[3], peut-être à un voleur ; que m'importait ? Je connaissais assez le caractère espagnol pour être très sûr de n'avoir rien à craindre d'un homme qui avait mangé et fumé avec moi. Sa présence même était une protection assurée contre toute mauvaise rencontre. D'ailleurs, j'étais bien aise de savoir ce que c'est qu'un brigand. On n'en voit pas tous les jours, et il y a un certain charme à se trouver auprès d'un être dangereux, surtout lorsqu'on le sent doux et apprivoisé.

J'espérais amener par degrés l'inconnu à me faire des

---

1. L'Auberge du Corbeau. La *venta* est une auberge isolée, au contraire de la *posada*, hôtellerie des agglomérations, qui fait aussi office de relais de poste ; dans son *Espagne sous Ferdinand VII* (1838), le marquis de Custine rappelle que « cette espèce de gîte est ordinairement un abominable coupe-gorge », VI, p. 64.
— 2. Personnage repris dans la quatrième *Lettre d'Espagne*.
— 3. Malfaiteur qui se livre à un commerce illicite de marchandises prohibées, ou dont il ne règle pas les droits de douane. Dans la troisième *Lettre d'Espagne*, Mérimée feint de justifier cette activité : « C'est une injustice criante pour les neuf dixièmes de la population que l'on tourmente un galant homme qui vend à bon compte de meilleurs cigares que ceux du roi, qui rapporte aux femmes des soieries, des marchandises anglaises et tout le commérage de dix lieues à la ronde », p. 200.

B.N.F.

« Il y avait alors en Andalousie un fameux bandit nommé
José-Maria. »

confidences, et, malgré les clignements d'yeux de mon guide, je mis la conversation sur les voleurs de grand chemin. Bien entendu que j'en parlai avec respect. Il y avait alors en Andalousie un fameux bandit nommé José-Maria[1], dont les exploits étaient dans toutes les bouches. « Si j'étais à côté de José-Maria ? » me disais-je... Je racontai les histoires que je savais de ce héros, toutes à sa louange d'ailleurs, et j'exprimai hautement mon admiration pour sa bravoure et sa générosité.

— José-Maria n'est qu'un drôle, dit froidement l'étranger.

« Se rend-il justice, ou bien est-ce excès de modestie de sa part ? » me demandai-je mentalement ; car, à force de considérer mon compagnon, j'étais parvenu à lui appliquer le signalement de José-Maria, que j'avais lu affiché aux portes de mainte ville d'Andalousie. Oui, c'est bien lui... Cheveux blonds, yeux bleus, grande bouche, belles dents, les mains petites ; une chemise fine, une veste de velours à boutons d'argent, des guêtres de peau blanche, un cheval bai... Plus de doute ! Mais respectons son incognito.

Nous arrivâmes à la venta. Elle était telle qu'il me l'avait dépeinte, c'est-à-dire une des plus misérables[2] que j'eusse encore rencontrées. Une grande pièce servait de cuisine, de salle à manger et de chambre à coucher. Sur une pierre plate, le feu se faisait au milieu de la chambre et la fumée sortait par un trou pratiqué dans le toit, ou plutôt s'arrêtait, formant un nuage à quelques pieds au-dessus du sol. Le long du mur, on voyait étendues par terre cinq ou six vieilles couvertures de mulets ; c'étaient les lits des voyageurs. À vingt pas de la maison, ou plutôt de l'unique pièce que je viens de décrire, s'élevait une espèce de hangar servant d'écurie. Dans ce charmant séjour, il n'y avait d'autres êtres humains, du moins pour le moment, qu'une vieille femme et une petite fille de dix à douze ans, toutes les deux de couleur de suie et vêtues d'horribles haillons.

---

1. Mérimée avait longuement raconté les exploits de ce bandit dans la troisième *Lettre d'Espagne*, pp. 200-208. Tout le portrait suivant est adapté, ironiquement, de celui de José Maria. — **2.** La saleté des auberges espagnoles est un lieu commun. Mérimée l'avait développé avec verve dans sa lettre à Sophie Duvaucel du 8 octobre 1830, in *Mateo Falcone*, Paris, Le Livre de Poche classique, 1995, pp. 213-217.

— Voilà tout ce qui reste, me dis-je, de la population de l'antique Munda Bætica ![1] O César ! ô Sextus Pompée ! que vous seriez surpris si vous reveniez au monde !

En apercevant mon compagnon, la vieille laissa échapper une exclamation de surprise.

— Ah ! seigneur don José ! s'écria-t-elle.

Don José fronça le sourcil, et leva une main d'un geste d'autorité qui arrêta la vieille aussitôt. Je me tournai vers mon guide, et, d'un signe imperceptible, je lui fis comprendre qu'il n'avait rien à m'apprendre sur le compte de l'homme avec qui j'allais passer la nuit. Le souper fut meilleur que je ne m'y attendais. On nous servit, sur une petite table haute d'un pied, un vieux coq fricassé[2] avec du riz et force piments, puis des piments à l'huile, enfin du *gaspacho*[3], espèce de salade de piments. Trois plats ainsi épicés nous obligèrent de recourir souvent à une outre de vin de Montilla qui se trouva délicieux. Après avoir mangé, avisant une mandoline accrochée contre la muraille, — il y a partout des mandolines en Espagne, — je demandai à la petite fille qui nous servait si elle savait en jouer.

— Non, répondit-elle ; mais don José en joue si bien !

— Soyez assez bon, lui dis-je, pour me chanter quelque chose ; j'aime à la passion votre musique nationale.

— Je ne puis rien refuser à un monsieur si honnête qui me donne de si excellents cigares, s'écria don José d'un air de bonne humeur.

Et, s'étant fait donner la mandoline, il chanta en s'accompagnant. Sa voix était rude, mais pourtant agréable, l'air mélancolique et bizarre ; quant aux paroles, je n'en compris pas un mot.

— Si je ne me trompe, lui dis-je, ce n'est pas un air espagnol que vous venez de chanter. Cela ressemble aux

---

1. Les éditions antérieures portent : la population de Munda Boetica. — **2.** Ce menu figure dans la lettre à Sophie Duvaucel : « le coq [...] est tué, plumé, mis en quartiers et jeté dans une grande poêle avec de l'huile, beaucoup de piments et du riz ». — **3.** Le *gaspacho* ou *gazpacho* est en fait une soupe froide.

zorzicos[1], que j'ai entendus dans les *Provinces**, et les paroles doivent être en langue basque[2].

— Oui, répondit don José d'un air sombre.

Il posa la mandoline à terre, et, les bras croisés, il se mit à contempler le feu qui s'éteignait, avec une singulière expression de tristesse. Éclairée par une lampe posée sur la petite table, sa figure, à la fois noble et farouche, me rappelait le Satan[3] de Milton. Comme lui peut-être, mon compagnon songeait au séjour qu'il avait quitté, à l'exil qu'il avait encouru par une faute[4]. J'essayai de ranimer la conversation mais il ne répondit pas, absorbé qu'il était dans ses tristes pensées. Déjà la vieille s'était couchée dans un coin de la salle, à l'abri d'une couverture trouée tendue sur une corde. La petite fille l'avait suivie dans cette retraite réservée au beau sexe. Mon guide alors, se levant, m'invita à le suivre à l'écurie ; mais, à ce mot, dont José, comme réveillé en sursaut, lui demanda d'un ton brusque où il allait.

— À l'écurie, répondit le guide.

— Pour quoi faire ? les chevaux ont à manger. Couche ici, Monsieur le permettra.

— Je crains que le cheval de Monsieur ne soit malade ; je voudrais que Monsieur le vît : peut-être saura-t-il ce qu'il faut lui faire.

Il était évident qu'Antonio voulait me parler en particulier ; mais je ne me souciais pas de donner des soupçons à don José, et, au point où nous en étions, il me semblait que

---

* *Les provinces privilégiées*, jouissant de *fueros* particuliers, c'est-à-dire l'Alava, la Biscaïe, la Guipuzcoa et une partie de la Navarre. Le basque est la langue du pays. [*Fueros* ou droits, pour le maintien desquels les Provinces se soulevèrent en 1835.]

---

1. Le *zorzico* ou *zortzico* est une danse du pays basque, jadis dansée par huit hommes, de mesure 5/8, accompagnée du tambourin et du fifre. — **2.** Mérimée s'était initié au basque en 1840 : « J'ai appris considérablement de basque des chambermaids de Vitoria », *Correspondance générale*, II, p. 455. — **3.** Personnage principal, « un archange tombé, une gloire un peu obscurcie », de l'épopée biblique, *Paradise Lost*, de Milton, publiée en 1667. Le portrait de Satan (I, v. 591) avait été traduit par Chateaubriand dans le *Génie du christianisme* (IIe partie, livre IV, chap. 9). — **4.** Par une faute : par *sa* faute (RDM).

le meilleur parti à prendre était de montrer la plus grande confiance. Je répondis donc à Antonio que je n'entendais rien aux chevaux et que j'avais envie de dormir. Don José le suivit à l'écurie, d'où bientôt il revint seul. Il me dit que le cheval n'avait rien, mais que mon guide le trouvait un animal si précieux, qu'il le frottait avec sa veste pour le faire transpirer, et qu'il comptait passer la nuit dans cette douce occupation. Cependant je m'étais étendu sur les couvertures de mulets, soigneusement enveloppé dans mon manteau, pour ne pas les toucher. Après m'avoir demandé pardon de la liberté qu'il prenait de se mettre auprès de moi, don José se coucha devant la porte, non sans avoir renouvelé l'amorce [1] de son espingole, qu'il eut soin de placer sous la besace [2] qui lui servait d'oreiller. Cinq minutes après nous être mutuellement souhaité le bonsoir, nous étions l'un et l'autre profondément endormis.

Je me croyais assez fatigué pour pouvoir dormir dans un pareil gîte, mais, au bout d'une heure, de très désagréables démangeaisons m'arrachèrent à mon premier somme [3]. Dès que j'en eus compris la nature, je me levai, persuadé qu'il valait mieux passer le reste de la nuit à la belle étoile que sous ce toit inhospitalier. Marchant sur la pointe du pied, je gagnai la porte [4], j'enjambai par-dessus la couche de don José, qui dormait du sommeil du juste, et je fis si bien que je sortis de la maison sans qu'il s'éveillât. Auprès de la porte était un large banc de bois ; je m'étendis dessus, et m'arrangeai de mon mieux pour achever ma nuit. J'allais fermer les yeux pour la seconde fois, quand il me sembla voir passer devant moi l'ombre d'un homme et l'ombre d'un cheval, marchant l'un et l'autre sans faire le moindre bruit. Je me mis sur mon séant, et je crus reconnaître Antonio. Surpris de le voir hors de l'écurie à pareille heure, je me levai et marchai à sa rencontre. Il s'était arrêté, m'ayant aperçu d'abord.

---

1. Sachet de poudre à canon que l'on met dans le bassinet d'un fusil pour faire partir le coup. — 2. Sac de voyage de forme allongée. — 3. Même épisode désagréable évoqué dans la lettre à Sophie Duvaucel : « Nous dormons enveloppés de nos manteaux, quand les punaises ne sont pas trop affamées », p. 215. — 4. Les éditions antérieures portent : je gagnai la porte, *enjambant*.

— Où est-il ? me demanda Antonio à voix basse.

— Dans la venta ; il dort ; il n'a pas peur des punaises. Pourquoi donc emmenez-vous ce cheval ?

Je remarquai alors que, pour ne pas faire de bruit en sortant du hangar, Antonio avait soigneusement enveloppé les pieds de l'animal avec les débris d'une vieille couverture.

— Parlez plus bas, me dit Antonio, au nom de Dieu ! Vous ne savez pas qui est cet homme-là. C'est José Navarro, le plus insigne bandit de l'Andalousie. Toute la journée je vous ai fait des signes que vous n'avez pas voulu comprendre.

— Bandit ou non, que m'importe ? répondis-je ; il ne nous a pas volés, et je parierais qu'il n'en a pas envie.

— À la bonne heure ; mais il y a deux cents ducats[1] pour qui le livrera. Je sais un poste de lanciers à une lieue et demie d'ici, et avant qu'il soit jour, j'amènerai quelques gaillards solides. J'aurais pris son cheval, mais il est si méchant que nul que le Navarro ne peut en approcher.

— Que le diable vous emporte ! lui dis-je. Quel mal vous a fait ce pauvre homme pour le dénoncer ? D'ailleurs, êtes-vous sûr qu'il soit le brigand que vous dites ?

— Parfaitement sûr ; tout à l'heure, il m'a suivi dans l'écurie et m'a dit : « Tu as l'air de me connaître, si tu dis à ce bon monsieur qui je suis, je te fais sauter la cervelle. » Restez, monsieur, restez auprès de lui ; vous n'avez rien à craindre. Tant qu'il vous saura là, il ne se méfiera de rien.

Tout en parlant, nous nous étions déjà assez éloignés de la venta pour qu'on ne pût entendre les fers du cheval. Antonio l'avait débarrassé en un clin d'œil des guenilles dont il lui avait enveloppé les pieds ; il se préparait à enfourcher sa monture. J'essayai prières et menaces pour le retenir.

— Je suis un pauvre diable, monsieur, me disait-il ; deux cents ducats ne sont pas à perdre, surtout quand il s'agit de délivrer le pays de pareille vermine. Mais prenez garde ; si le Navarro se réveille, il sautera sur son espingole, et gare à vous ! Moi je suis trop avancé pour reculer ; arrangez-vous comme vous pourrez.

---

1. Ancienne monnaie d'or.

Le drôle était en selle ; il piqua des deux, et dans l'obscurité je l'eus bientôt perdu de vue.

J'étais fort irrité contre mon guide et passablement inquiet. Après un instant de réflexion, je me décidai et rentrai dans la venta. Don José dormait encore, réparant sans doute en ce moment les fatigues et les veilles de plusieurs journées aventureuses. Je fus obligé de le secouer rudement pour l'éveiller. Jamais je n'oublierai son regard farouche, et le mouvement qu'il fit pour saisir son espingole, que, par mesure de précaution, j'avais mise à quelque distance de sa couche.

— Monsieur, lui dis-je, je vous demande pardon de vous éveiller ; mais j'ai une sotte question à vous faire ; seriez-vous bien aise de voir arriver ici une demi-douzaine de lanciers ?

Il sauta en pieds, et d'une voix terrible :

— Qui vous l'a dit ? me demanda-t-il.

— Peu importe d'où vient l'avis, pourvu qu'il soit bon.

— Votre guide m'a trahi, mais il me le paiera. Où est-il ?

— Je ne sais... Dans l'écurie, je pense... mais quelqu'un m'a dit...

— Qui vous a dit ?... Ce ne peut être la vieille...

— Quelqu'un que je ne connais pas... Sans plus de paroles, avez-vous, oui ou non, des motifs pour ne pas attendre les soldats ? Si vous en avez, ne perdez pas de temps, sinon bonsoir, et je vous demande pardon d'avoir interrompu votre sommeil.

— Ah ! votre guide ! votre guide ! Je m'en étais méfié d'abord... mais... son compte est bon !... Adieu, monsieur. Dieu vous rende le service que je vous dois. Je ne suis pas tout à fait aussi mauvais que vous me croyez... oui, il y a encore en moi quelque chose qui mérite la pitié d'un galant homme... Adieu, monsieur... Je n'ai qu'un regret, c'est de ne pouvoir m'acquitter envers vous.

— Pour prix du service que je vous ai rendu, promettez-moi, don José, de ne soupçonner personne, de ne pas songer à la vengeance. Tenez, voilà des cigares pour votre route ; bon voyage !

Et je lui tendis la main.

Il me la serra sans répondre, prit son espingole et sa besace, et, après avoir dit quelques mots à la vieille dans un argot que je ne pus comprendre, il courut au hangar. Quelques instants après, je l'entendais galoper dans la campagne.

Pour moi, je me recouchai sur mon banc, mais je ne me rendormis point. Je me demandais si j'avais eu raison de sauver de la potence un voleur, et peut-être un meurtrier, et cela seulement parce que j'avais mangé du jambon avec lui et du riz à la valencienne [1]. N'avais-je pas trahi mon guide qui soutenait la cause des lois ; ne l'avais-je pas exposé à la vengeance d'un scélérat ? Mais les devoirs de l'hospitalité !... Préjugé de sauvage, me disais-je ; j'aurai à répondre de tous les crimes que le bandit va commettre... Pourtant est-ce un préjugé que cet instinct de conscience qui résiste à tous les raisonnements ? Peut-être, dans la situation délicate où je me trouvais, ne pouvais-je m'en tirer sans remords. Je flottais encore dans la plus grande incertitude au sujet de la moralité de mon action, lorsque je vis paraître une demi-douzaine de cavaliers avec Antonio, qui se tenait prudemment à l'arrière-garde. J'allai au-devant d'eux, et les prévins que le bandit avait pris la fuite depuis plus de deux heures. La vieille, interrogée par le brigadier, répondit qu'elle connaissait le Navarro, mais que, vivant seule, elle n'aurait jamais osé risquer sa vie en le dénonçant. Elle ajouta que son habitude, lorsqu'il venait chez elle, était de partir toujours au milieu de la nuit. Pour moi, il me fallut aller, à quelques lieues de là, exhiber mon passeport et signer une déclaration devant un alcade [2], après quoi on me permit de reprendre mes recherches archéologiques. Antonio me gardait rancune, soupçonnant que c'était moi qui l'avais empêché de gagner les deux cents ducats. Pourtant nous nous séparâmes bons amis à Cordoue ; là, je lui donnai une gratification aussi forte que l'état de mes finances pouvait me le permettre [3].

....

---

1. Préparé à la façon de Valence ; voir note 2 p. 72. — **2.** *Alcalde (RDM).* Il s'agit d'un magistrat. — **3.** Même remarque pour clore la lettre à Sophie Duvaucel.

II

Je passai quelques jours à Cordoue[1]. On m'avait indiqué certain manuscrit de la bibliothèque des Dominicains[2], où je devais trouver des renseignements intéressants sur l'antique Munda. Fort bien accueilli par les bons Pères, je passais les journées dans leur couvent, et le soir je me promenais par la ville. À Cordoue, vers le coucher du soleil, il y a quantité d'oisifs sur le quai qui borde la rive droite du Guadalquivir. Là, on respire les émanations d'une tannerie qui conserve encore l'antique renommée du pays pour la préparation des cuirs[3] ; mais, en revanche, on y jouit d'un spectacle qui a bien son mérite. Quelques minutes avant l'*angélus*[4], un grand nombre de femmes se rassemblent sur le bord du fleuve, au bas du quai, lequel est assez élevé. Pas un homme n'oserait se mêler à cette troupe. Aussitôt que l'*angélus* sonne, il est censé qu'il fait nuit. Au dernier coup de cloche, toutes ces femmes se déshabillent et entrent dans l'eau[5]. Alors ce sont des cris, des rires, un tapage infernal. Du haut du quai, les hommes contemplent les bai-

---

1. Ville d'Andalousie, riche de monuments mudéjares et gothiques. — 2. Il s'agit du couvent de San Pablo. — 3. Les tanneries de Cordoue étaient réputées ; Mérimée rappelle que le nom de Cordoue a « donné à notre langue le nom des ouvriers qui font les souliers. — Cordouanier, de cordouan, cuir pour les souliers », *Correspondance générale*, IV, p. 267. — 4. Sonnerie de cloches annonçant une prière du matin ou du soir. — 5. Mérimée transpose à Cordoue une scène à laquelle il a assisté à Madrid en 1830, et qu'il rappelle dans un article sur le Salon, à propos des *Baigneuses* de Courbet, paru dans *Le Moniteur universel* du 5 juin 1853, p. 617.

gneuses, écarquillent les yeux [1], et ne voient pas
chose. Cependant ces formes blanches et incertaines qui se
dessinent sur le sombre azur du fleuve, font travailler les
esprits poétiques, et, avec un peu d'imagination, il n'est pas
difficile de se représenter Diane et ses nymphes au bain,
sans avoir à craindre le sort d'Actéon [2]. — On m'a dit que
quelques mauvais garnements se cotisèrent certain jour,
pour graisser la patte au sonneur de la cathédrale et lui faire
sonner l'*angélus* vingt minutes avant l'heure légale. Bien
qu'il fît encore grand jour, les nymphes du Guadalquivir
n'hésitèrent pas, et se fiant plus à l'*angélus* qu'au soleil
elles firent en sûreté de conscience leur toilette de bain qui
est toujours des plus simples. Je n'y étais pas. De mon
temps le sonneur était incorruptible, le crépuscule peu clair
et un chat seulement aurait pu distinguer la plus vieille marchande d'oranges de la plus jolie grisette [3] de Cordoue.

Un soir, à l'heure où l'on ne voit plus rien, je fumais
appuyé sur le parapet du quai, lorsqu'une femme, remontant
l'escalier qui conduit à la rivière, vint s'asseoir près de moi.
Elle avait dans les cheveux un gros bouquet de jasmin, dont
les pétales exhalent le soir une odeur enivrante. Elle était simplement, peut-être pauvrement vêtue, tout en noir, comme la
plupart des grisettes dans la soirée. Les femmes comme il
faut ne portent le noir que le matin ; le soir, elles s'habillent
à la francesa. En arrivant auprès de moi, ma baigneuse laissa
glisser sur ses épaules la mantille [4] qui lui couvrait la tête, et,
à l'obscure clarté qui tombe des étoiles [5], je vis qu'elle était

---

1. Les éditions antérieures portent : *écarquillant* les yeux, et
ne *voyant* pas grand-chose. — **2.** Personnage de la mythologie,
métamorphosé en cerf et dévoré par ses chiens, pour avoir surpris
la nudité de Diane au bain. — **3.** Fille de condition modeste, aimable et de mœurs faciles. Mérimée rend par ce terme très parisien
l'espagnol *manola*, défini par G. d'Alaux comme une « variété de
vierges folles spécialement madrilène... Chez la manola, je ne sais
quelle originalité brutale et contrastée qui résulte à la fois d'un
certain port de mantille, du rythme grave et lascif de la démarche,
de l'excentricité élégante du costume, de la crudité noire et veni-
meuse du regard », *Revue des Deux Mondes*, 1850, p. 414.
— **4.** Longue et large écharpe de soie ou de dentelle, dont les
femmes espagnoles se couvrent la tête et les épaules. — **5.** Citation
parodique d'un vers du *Cid*, de Corneille (acte III, 3, v. 1273).

petite, jeune, bien faite, et qu'elle avait de très grands yeux [1].
Je jetai mon cigare aussitôt. Elle comprit cette attention d'une
politesse toute française, et se hâta de me dire qu'elle aimait
beaucoup l'odeur du tabac, et que même elle fumait, quand
elle trouvait des *papelitos* [2] bien doux. Par bonheur, j'en avais
de tels dans mon étui, et je m'empressai de lui en offrir. Elle
daigna en prendre un, et l'alluma à un bout de corde enflam-
mée qu'un enfant nous apporta moyennant un sou. Mêlant
nos fumées, nous causâmes si longtemps, la belle baigneuse
et moi, que nous nous trouvâmes presque seuls sur le quai. Je
crus n'être point indiscret en lui offrant d'aller prendre des
glaces à la *neveria** . Après une hésitation modeste elle accepta ; mais avant de se décider, elle désira savoir quelle heure il
était. Je fis sonner ma montre, et cette sonnerie parut l'étonner beaucoup.

— Quelles inventions on a chez vous, messieurs les
étrangers ! De quel pays êtes-vous, monsieur ? Anglais sans
doute** ?

— Français et votre grand serviteur. Et vous, mademoiselle, ou madame, vous êtes probablement de Cordoue [3] ?

— Non.

— Vous êtes du moins Andalouse. Il me semble le
reconnaître à votre doux parler.

---

* Café pourvu d'une glacière, ou plutôt d'un dépôt de neige. En
Espagne, il n'y a guère de village qui n'ait sa *neveria*.
** En Espagne, tout voyageur qui ne porte pas avec lui des
échantillons de calicot ou de soieries passe pour un Anglais, *Ingle-
sito*. Il en est de même en Orient. À Chalcis, j'ai eu l'honneur
d'être annoncé comme le Μίλόρδος Φραντσέσος. [Mérimée
évoquait le « señor Ynglesito », dans la lettre à Sophie Duvaucel,
p. 214, et en 1847, dans une lettre à Madame de Montijo, il écrivait
encore : « Mon guide me prenait pour un Anglais parce que je ne
vendais rien, que je ne saluais pas les madones et que je m'arrêtais
pour regarder les vieilles pierres », *Correspondance générale*, V,
p. 36.]

---

1. Légère amplification du portrait de Carmencita dans la quatrième *Lettre d'Espagne*, qui est « une très jolie fille, point trop
basanée ». Le portrait de Carmen sera développé à la page suivante. — **2.** Littéralement des petits papiers, c'est-à-dire des ciga-
rettes, alors roulées à la main. — **3.** Vous êtes *sans doute* de
Cordoue *(RDM)*.

— Si vous remarquez si bien l'accent du monde, vous devez bien deviner qui je suis.

— Je crois que vous êtes du pays de Jésus, à deux pas du paradis.

(J'avais appris cette métaphore, qui désigne l'Andalousie, de mon ami Francisco Sevilla, picador bien connu[1].)

— Bah ! le paradis... les gens d'ici disent qu'il n'est pas fait pour nous.

— Alors, vous seriez donc Mauresque, ou... je m'arrêtai, n'osant dire : Juive.

— Allons, allons ! vous voyez bien que je suis bohémienne ; voulez-vous que je vous dise *la baji*[*] ? Avez-vous entendu parler de la Carmencita[2] ? C'est moi.

J'étais alors un tel mécréant, il y a de cela quinze ans[3], que je ne reculai pas d'horreur en me voyant à côté d'une sorcière. « Bon ! me dis-je ; la semaine passée, j'ai soupé avec un voleur de grand chemin, allons aujourd'hui prendre des glaces avec une servante du diable. En voyage il faut tout voir[4]. » J'avais encore un autre motif pour cultiver sa connaissance. Sortant du collège, je l'avouerai à ma honte, j'avais perdu quelque temps à étudier les sciences occultes et même plusieurs fois j'avais tenté de conjurer l'esprit de ténèbres[5]. Guéri depuis longtemps de la passion de semblables recherches, je n'en conservais pas moins un certain attrait de curiosité pour toutes les superstitions, et me fai-

---

[*] La bonne aventure. [Explication reprise de Borrow, *Bible en Espagne*, I, chap. 3, et *The Zincali*, II, chap. 6, p. 314.].

---

1. Célèbre picador, mort en 1841. Mérimée, qui l'avait connu, lui consacre un long hommage dans sa première *Lettre d'Espagne*. — 2. Le prénom et son diminutif sont ceux de la petite Gitane dont la rencontre est évoquée dans la quatrième *Lettre d'Espagne*. — 3. Cette datation renvoie au voyage de Mérimée en 1830, et conforte la vraisemblance de l'histoire. Mérimée, élevé par une mère agnostique, passait lui-même pour un esprit fort. — 4. Même phrase dans la deuxième *Lettre d'Espagne*, p. 178. — 5. En 1819, Mérimée avait lu le *Monde enchanté* de B. Bekker, le *Traité des apparitions* de Dom Calmet et la *Magie naturelle* de Giambattista Porta, lectures, comme il le rappelle, dignes d'un collégien, qu'il mit toutefois à profit dans *La Chronique du règne de Charles IX*, chapitre XII, « Magie blanche ».

sais une fête d'apprendre jusqu'où s'était élevé l'art de la
magie parmi les bohémiens.

Tout en causant, nous étions entrés dans la *neveria*, et
nous nous étions assis à une petite table éclairée par une
bougie enfermée dans un globe de verre. J'eus alors tout le
loisir d'examiner ma *gitana*, pendant que quelques honnêtes gens s'ébahissaient, en prenant leurs glaces, de me voir
en si bonne compagnie [1].

Je doute fort que mademoiselle Carmen fût de race pure,
du moins elle était infiniment plus jolie que toutes les femmes de sa nation que j'aie jamais rencontrées [2]. Pour qu'une
femme soit belle, disent les Espagnols, il faut qu'elle réu-
nisse trente *si*, ou, si l'on veut, qu'on puisse la définir au
moyen de dix adjectifs applicables chacun à trois parties de
sa personne. Par exemple, elle doit avoir trois choses noires : les yeux, les paupières et les sourcils ; trois fines, les
doigts, les lèvres, les cheveux, etc. Voyez Brantôme [3] pour
le reste. Ma bohémienne ne pouvait prétendre à tant de per-
fection. Sa peau, d'ailleurs parfaitement unie, approchait
fort de la teinte du cuivre. Ses yeux étaient obliques, mais
admirablement fendus ; ses lèvres un peu fortes, mais bien
dessinées et laissant voir des dents plus blanches que des

---

1. Formule ironique : le narrateur, sans souci de sa réputation,
s'affiche avec une femme de mauvaise vie. — 2. Cette beauté de
Carmen est à opposer à la laideur habituelle des Gitanes, voir
p. 141. Cela aussi en fait un personnage littéraire. — 3. Brantôme
était un auteur aimé de Mérimée, qui s'était servi de ses œuvres
pour sa *Chronique du règne de Charles IX*, avant de les éditer en
1858. Le passage auquel il fait allusion est tiré du second livre du
Recueil des Dames, ou *Dames galantes*, « L'Hespagnol dit que
pour rendre une femme parfaicte et absolue en beauté, il luy faut
trente beaux *sis*... qui sont en français afin qu'on l'entende : trois
choses blanches, la peau, les dents et les mains. Trois noires, les
yeux, les sourcils et les paupières. Trois rouges, les lèvres, les joues
et les ongles. Trois longues, le corps, les cheveux et les mains.
Trois courtes, les dents, les oreilles et les pieds. Trois larges, la
poitrine ou le sein, le front et l'entre-sourcil. Trois étroites, la bouche, l'une et l'autre, la ceinture ou la taille, et l'entrée du pied.
Trois grosses, le bras, la cuisse et le gros de la jambe. Trois déliées,
les doigts, les cheveux et les lèvres. Trois petites, les tétins, le nez
et la tête. » Dès 1836, Mérimée avait fait allusion à ce même passage dans une lettre à Requien, *Correspondance générale*, II, p. 24.

J.-L. Charmet

« C'était une beauté étrange et sauvage, une figure qui étonnait d'abord, mais qu'on ne pouvait oublier. » Dessin de Mérimée.

amandes sans leur peau. Ses cheveux, peut-être un peu gros, étaient noirs, à reflets bleus comme l'aile d'un corbeau, longs et luisants. Pour ne pas vous fatiguer d'une description trop prolixe[1], je vous dirai en somme qu'à chaque défaut elle réunissait une qualité qui ressortait peut-être plus fortement par le contraste. C'était une beauté étrange et sauvage, une figure qui étonnait d'abord, mais qu'on ne pouvait oublier. Ses yeux surtout avaient une expression à la fois voluptueuse et farouche que je n'ai trouvée depuis à aucun regard humain[2]. Œil de bohémien, œil de loup, c'est

---

1. Trop développée ; Mérimée met en évidence sa concision, qui le distingue des écrivains romantiques. — **2.** Les yeux de Carmen, comme ceux des héroïnes maléfiques de Mérimée, sont fascinants, mais maléfiques ; au sens propre, Carmen a, comme Colomba, le mauvais œil. Mais ce trait lui a aussi été confirmé par Borrow, qui

un dicton espagnol qui dénote une bonne observation. Si vous n'avez pas le temps d'aller au jardin des Plantes pour étudier le regard d'un loup, considérez votre chat quand il guette un moineau [1].

On sent qu'il eût été ridicule de se faire tirer la bonne aventure dans un café. Aussi je priai la jolie sorcière de me permettre de l'accompagner à son domicile ; elle y consentit sans difficulté, mais elle voulut connaître encore la marche du temps, et me pria de nouveau de faire sonner ma montre.

— Est-elle vraiment d'or ? dit-elle en la considérant avec une excessive attention.

Quand nous nous remîmes en marche, il était nuit close ; la plupart des boutiques étaient fermées et les rues presque désertes. Nous passâmes le pont du Guadalquivir, et à l'extrémité du faubourg [2], nous nous arrêtâmes devant une maison qui n'avait nullement l'apparence d'un palais. Un enfant nous ouvrit. La bohémienne lui dit quelques mots dans une langue à moi inconnue, que je sus depuis être la *rommani* ou *chipe calli*, l'idiome des gitanos. Aussitôt l'enfant disparu, nous laissant dans une chambre assez vaste, meublée d'une petite table, de deux tabourets et d'un coffre. Je ne dois point oublier une jarre d'eau, un tas d'oranges et une botte d'oignons.

Dès que nous fûmes seuls, la bohémienne tira de son coffre des cartes qui paraissaient avoir beaucoup servi, un aimant, un caméléon desséché, et quelques autres objets nécessaires à son art. Puis elle me dit de faire la croix dans ma main gauche avec une pièce de monnaie, et les cérémo-

note : « A Séville, il n'existe pas un œil de femme qui puisse soutenir le regard des siens, si farouches et si pénétrants ; cependant l'expression de ses noires prunelles est rusée et sournoise. » *The Zincali*, I, p. 105.
1. Jardin zoologique de Paris, dépendant du Museum d'Histoire naturelle. Mérimée était du reste fort lié avec Cuvier, le directeur, et avec sa belle-fille, Sophie Duvaucel. — **2.** Précision de Borrow : « Vis-à-vis de Séville, sur la rive droite du fleuve, s'élève un immense faubourg appelé Triana, qui communique avec la ville par un pont de bateaux, et n'est habité que par des gitanos ou par une vile populace. » *Bible en Espagne*, I, chap. 12.

nies magiques commencèrent[1]. Il est inutile de vous rapporter ses prédictions, et, quant à sa manière d'opérer, il était évident qu'elle n'était pas sorcière à demi.

Malheureusement nous fûmes bientôt dérangés. La porte s'ouvrit tout à coup avec violence, et un homme enveloppé jusqu'aux yeux dans un manteau brun, entra dans la chambre en apostrophant la bohémienne d'une façon peu gracieuse. Je n'entendais pas ce qu'il disait, mais le ton de sa voix indiquait qu'il était de fort mauvaise humeur. À sa vue, la gitane ne montra ni surprise ni colère, mais elle accourut à sa rencontre et, avec une volubilité extraordinaire lui adressa quelques phrases dans la langue mystérieuse dont elle s'était déjà servie devant moi. Le mot *payllo*[2], souvent répété, était le seul mot que je comprisse. Je savais que les bohémiens désignent ainsi tout homme étranger à leur race. Supposant qu'il s'agissait de moi, je m'attendais à une explication délicate ; déjà j'avais la main sur le pied d'un des tabourets, et je syllogisais[3] à part moi pour deviner le moment précis où il conviendrait de le jeter à la tête de l'intrus. Celui-ci repoussa rudement la bohémienne, et s'avança vers moi ; puis reculant d'un pas :

— Ah ! monsieur, dit-il, c'est vous !

Je le regardai à mon tour, et reconnus mon ami don José. En ce moment, je regrettais un peu de ne pas l'avoir laissé pendre[4].

— Eh ! c'est vous, mon brave, m'écriai-je en riant le moins jaune que je pus ; vous avez interrompu mademoiselle au moment où elle m'annonçait des choses bien intéressantes.

---

1. Gestes habituels de la bonne aventure, déjà évoqués par Cervantes dans la *Gitanilla* ; voir aussi une lettre du 31 août 1848 : « Quand une bohémienne vous dit la bonne aventure *(penelar la baji)* à sa façon, elle vous demande la main gauche, où elle fait plusieurs signes de croix avec une pièce de monnaie », *Correspondance générale*, V, p. 388. — **2.** Borrow écrit *paillo, The Zincali*, II, appendice, p. 80. Le terme désigne celui qui n'est pas gitan. — **3.** Terme archaïque, employé par Rabelais, *Gargantua*, XLIV, à valeur ironique. Le syllogisme est un raisonnement par déduction, qui ne peut convenir pour deviner. — **4.** Laissé *prendre* (RDM).

— Toujours la même ! Ça finira, dit-il, entre ses dents, attachant sur elle un regard farouche.

Cependant la bohémienne continuait à lui parler dans sa langue. Elle s'animait par degrés. Son œil s'injectait de sang et devenait terrible, ses traits se contractaient, elle frappait du pied. Il me sembla qu'elle le pressait vivement de faire quelque chose à quoi il montrait de l'hésitation. Ce que c'était, je croyais ne le comprendre que trop à la voir passer et repasser rapidement sa petite main sous son menton. J'étais tenté de croire qu'il s'agissait d'une gorge à couper, et j'avais quelques soupçons que cette gorge ne fût la mienne.

À tout ce torrent d'éloquence, don José ne répondit que par deux ou trois mots prononcés d'un ton bref. Alors la bohémienne lui lança un regard de profond mépris ; puis s'asseyant à la turque [1] dans un coin de la chambre, elle choisit une orange, la pela et se mit à la manger.

Don José me prit le bras, ouvrit la porte et me conduisit dans la rue. Nous fîmes environ deux cents pas dans le plus profond silence. Puis, étendant la main :

— Toujours tout droit, dit-il, et vous trouverez le pont.

Aussitôt il me tourna le dos et s'éloigna rapidement. Je revins à mon auberge un peu penaud et d'assez mauvaise humeur. Le pire fut qu'en me déshabillant, je m'aperçus que ma montre [2] me manquait.

Diverses considérations m'empêchèrent d'aller la réclamer le lendemain ou de solliciter M. le corrégidor [3] pour qu'il voulût bien la faire chercher. Je terminai mon travail sur le manuscrit des Dominicains et je partis pour Séville [4]. Après plusieurs mois de courses errantes en Andalousie, je voulus retourner à Madrid, et il me fallut repasser par Cordoue. Je n'avais pas l'intention d'y faire un long séjour, car j'avais pris en grippe cette belle ville et les baigneuses du Guadalquivir. Cependant quelques amis à revoir, quelques

---

1. Accroupie ; la position, au XIXᵉ siècle, est inconcevable pour une femme comme il faut. — 2. Allusion à la montre de Bréguet, de la troisième *Lettre d'Espagne* ; mais aussi référence littéraire tirée de Lesage, *Le Bachelier de Salamanque*, VIII, éd. 1828, p. 33.— 3. Magistrat. — 4. Grande ville d'Andalousie, sur le Guadalquivir.

« Je terminai mon travail sur le manuscrit des Dominicains et je partis pour Séville. » Lewis, 1836.

commissions à faire devaient me retenir au moins trois ou quatre jours dans l'antique capitale des princes musulmans.

Dès que je reparus au couvent des Dominicains, un des pères qui m'avait toujours montré un vif intérêt dans mes recherches sur l'emplacement de Munda, m'accueillit les bras ouverts en s'écriant :

— Loué soit le nom de Dieu ! Soyez le bienvenu, mon cher ami. Nous vous croyions tous mort, et moi, qui vous parle, j'ai récité bien des *pater* et des *ave*, que je ne regrette pas, pour le salut de votre âme. Ainsi vous n'êtes pas assassiné, car pour volé nous savons que vous l'êtes ?

— Comment cela ? lui demandai-je un peu surpris.

— Oui, vous savez bien, cette belle montre à répétition que vous faisiez sonner dans la bibliothèque, quand nous vous disions qu'il était temps d'aller au chœur. Eh bien ! elle est retrouvée, on vous la rendra.

— C'est-à-dire, interrompis-je, un peu décontenancé, que je l'avais égarée...

— Le coquin est sous les verrous, et, comme on savait qu'il était homme à tirer un coup de fusil à un chrétien pour lui prendre une piécette[1], nous mourions de peur qu'il ne vous eût tué. J'irai avec vous chez le corrégidor, et nous vous ferons rendre votre belle montre. Et puis, avisez-vous de dire là-bas que la justice ne sait pas son métier en Espagne !

— Je vous avoue, lui dis-je, que j'aimerais mieux perdre ma montre que de témoigner en justice pour faire pendre un pauvre diable, surtout parce que... parce que...

— Oh ! n'ayez aucune inquiétude ; il est bien recommandé[2], et on ne peut le pendre deux fois. Quand je dis pendre, je me trompe. C'est un hidalgo que votre voleur ; il sera donc *garrotté* après-demain sans rémission[*]. Vous voyez qu'un vol de plus ou de moins ne changera rien à son affaire. Plût à Dieu qu'il n'eût que volé ! mais il a commis plusieurs meurtres, tous plus horribles les uns que les autres.

— Comment se nomme-t-il ?

— On le connaît dans le pays sous le nom de José Navarro, mais il a encore un autre nom basque que ni vous ni moi ne prononcerons jamais. Tenez, c'est un homme à voir, et vous qui aimez à connaître les singularités du pays, vous ne devez pas négliger d'apprendre comment en Espagne les coquins sortent de ce monde. Il est en chapelle[3], et le père Martinez vous y conduira.

---

[*] En 1830, la noblesse jouissait encore de ce privilège. Aujourd'hui, sous le régime constitutionnel, les vilains ont conquis le droit au *garrote*. [Les éditions antérieures portent : *le garrote est à l'usage des vilains* ; dans son *Histoire de don Pèdre*, Mérimée écrivait : « Il y a quelques années à peine que l'instrument du supplice n'était pas le même en Espagne pour le noble et pour le roturier. » Le supplice consiste à étrangler le condamné assis le long d'un poteau, en serrant son cou au moyen d'un anneau à vis.]

---

1. Francisation de *peseta*. — **2.** Formulation ironique : la recommandation dont José est l'objet n'est pas celle des prières du religieux pour son salut, mais des juges pour que son exécution ait bien lieu. — **3.** Cette évocation des préparatifs religieux de l'exécution et la retraite en chapelle vient de la troisième *Lettre d'Espagne*. Borrow évoquait lui aussi la « *capilla* ou chapelle, où les condamnés à mort passaient leurs trois derniers jours en compagnie de leurs confesseurs », *Bible en Espagne*, II, chap. 5, p. 80 ; le même développement se trouve dans le *Voyage pittoresque en Espagne* du baron Taylor, 1826, p. 100.

Mon Dominicain insista tellement pour que je visse les apprêts du « *petit pendement bien choli*[1] », que je ne pus m'en défendre. J'allai voir le prisonnier, muni d'un paquet de cigares qui, je l'espérais, devaient lui faire excuser mon indiscrétion.

On m'introduisit auprès de don José, au moment où il prenait son repas. Il me fit un signe de tête assez froid, et me remercia poliment du cadeau que je lui apportais. Après avoir compté les cigares du paquet que j'avais mis entre ses mains, il en choisit un certain nombre, et me rendit le reste, observant qu'il n'avait pas besoin d'en prendre davantage.

Je lui demandai si, avec un peu d'argent, ou par le crédit de mes amis, je pourrais obtenir quelque adoucissement à son sort. D'abord il haussa les épaules en souriant avec tristesse ; bientôt, se ravisant, il me pria de faire dire une messe pour le salut de son âme.

— Voudriez-vous, ajouta-t-il timidement, voudriez-vous en faire dire une autre pour une personne qui vous a offensé ?

— Assurément, mon cher, lui dis-je ; mais personne, que je sache, ne m'a offensé en ce pays.

Il me prit la main et la serra d'un air grave. Après un moment de silence, il reprit :

— Oserai-je encore vous demander un service ?... Quand vous reviendrez dans votre pays, peut-être passerez-vous par la Navarre, au moins vous passerez par Vittoria[2] qui n'en est pas fort éloignée.

— Oui, lui dis-je, je passerai certainement par Vittoria ; mais il n'est pas impossible que je me détourne pour aller à Pampelune, et, à cause de vous, je crois que je ferai volontiers ce détour.

— Eh bien ! si vous allez à Pampelune, vous y verrez plus d'une chose qui vous intéressera... C'est une belle

---

1. Allusion à *Monsieur de Pourceaugnac* de Molière, acte III, scène 3. — **2.** En 1840, Mérimée passa par cette ville « charmante, avec une place très belle et des femmes plus belles encore », lettre à Madame de Montijo du 16 octobre 1840, *Correspondance générale*, II, p. 455.

ville... Je vous donnerai cette médaille (il me montrait une petite médaille d'argent qu'il portait au cou), vous l'enve-lopperez dans du papier... il s'arrêta un instant pour maîtri-ser son émotion... et vous la remettrez ou vous la ferez remettre à une bonne femme dont je vous dirai l'adresse. — Vous direz que je suis mort, vous ne direz pas comment.

Je promis d'exécuter sa commission. Je le revis le lende-main, et je passai une partie de la journée avec lui. C'est de sa bouche que j'ai appris les tristes aventures qu'on va lire.

III

Je suis né, dit-il, à Elizondo, dans la vallée de Baztan[1]. Je
m'appelle don José Lizarrabengoa[2], et vous connaissez
assez l'Espagne, monsieur, pour que mon nom vous dise
aussitôt que je suis Basque[3] et vieux chrétien[4]. Si je prends
le *don*[5], c'est que j'en ai le droit, et si j'étais à Elizondo,
je vous montrerais ma généalogie sur un parchemin. On
voulait que je fusse d'Église[6], et l'on me fit étudier, mais
je ne profitais guère. J'aimais trop à jouer à la paume[7],

---

1. Petite ville, située à 50 kilomètres au sud d'Irun, dans la
vallée supérieure de la Bidassoa, en pays basque, jadis république
autonome. — **2.** Ce nom, qu'on pourrait traduire par « De La Fres-
naye », vient de *leizar*, le frêne ; on trouve plus fréquemment Liza-
raga dans le pays basque espagnol. On notera l'attention toute
particulière de Mérimée à l'onomastique des lieux et des personnages ; Carmen n'a qu'un prénom, don José, un appellatif, un prénom, un nom, un surnom, « Navarro ». — **3.** Don José se dit aussi
« Navarrais », mais la Navarre a le régime basque des Provinces :
voir la note de Mérimée p. 73. — **4.** Dont l'ascendance n'est pas
mêlée de sang juif ou maure ; c'est la définition du *hidalgo*.
— **5.** Comme Orso della Rebbia dans *Carmen*, José appartient à
une famille ancienne, à la frange de la noblesse. Ses origines expli-
quent ses manières et justifient la sympathie immédiate que lui
porte le narrateur. Tout son drame, social, sera celui de la
déchéance causée par son amour pour une fille d'une origine
infâme. — **6.** Destiné à être prêtre ; tournure archaïque et emphati-
que, qui s'applique à des cadets de haute noblesse. C'est aussi un
élément de la biographie du bandit José Maria, voir la troisième
Lettre d'Espagne. — **7.** Le jeu de paume est le sport national basque ; il se joue à main nue ou à la *chistera*. Mérimée avait consacré
un long développement à une partie de paume dans *La Vénus
d'Ille*, qui s'achevait également par la menace d'un règlement de
comptes entre le gagnant et le perdant.

B.N.F.

« ... quand pour mon malheur, on me mit de garde à la manufacture de tabacs de Séville. » Gravure de Gustave Doré.

c'est ce qui m'a perdu. Quand nous jouons à la paume, nous autres Navarrais, nous oublions tout. Un jour que j'avais gagné, un gars de l'Alava[1] me chercha querelle ; nous prîmes nos *maquilas**, et j'eus encore l'avantage ; mais cela m'obligea de quitter le pays. Je rencontrai des dragons, et je m'engageai dans le régiment d'Almanza cavalerie[2]. Les gens de nos montagnes apprennent vite le métier militaire. Je devins bientôt brigadier, et on me promettait de me faire maréchal des logis[3], quand, pour mon malheur, on me mit de garde à la manufacture de tabacs à Séville. Si vous êtes allé à Séville, vous aurez vu ce grand

---

* Bâtons ferrés des Basques.

---

1. Province basque, dont la capitale est Vitoria. — **2.** Correction d'après les éditions antérieures ; l'édition de 1852 porte par erreur *Almanza, cavalerie*. Il existait effectivement un régiment de ce nom, nommé d'après la bataille d'Almansa (1707). — **3.** Sous-officier de cavalerie.

« ... il y a bien quatre à cinq cents femmes qui roulent les cigares dans une grande salle... » Peinture de Walter Gay.

bâtiment-là, hors des remparts, près du Guadalquivir. Il me semble en voir encore la porte et le corps de garde auprès. Quand ils sont de service, les Espagnols jouent aux cartes, ou dorment ; moi, comme un franc Navarrais, je tâchais toujours de m'occuper. Je faisais une chaîne avec du fil de laiton, pour tenir mon épinglette[1]. Tout d'un coup les camarades disent : Voilà la cloche qui sonne ; les filles vont rentrer à l'ouvrage. Vous saurez, monsieur, qu'il y a bien quatre à cinq cents femmes occupées dans la manufacture. Ce sont elles qui roulent les cigares dans une grande salle, où les hommes n'entrent pas sans une permission du *Vingt-quatre**, parce qu'elles se mettent à leur aise, les jeunes surtout, quand il fait chaud. À l'heure où les ouvrières rentrent, après leur dîner[2], bien des jeunes gens vont les voir

---

* Magistrat chargé de la police et de l'administration municipale.

---

1. Tige de métal servant à nettoyer le canon du fusil. — **2.** Il s'agit en fait du déjeuner.

passer, et leur en content de toutes les couleurs. Il y a peu de ces demoiselles qui refusent une mantille de taffetas, et les amateurs, à cette pêche-là, n'ont qu'à se baisser pour prendre le poisson. Pendant que les autres regardaient, moi, je restais sur mon banc, près de la porte. J'étais jeune alors ; je pensais toujours au pays, et je ne croyais pas qu'il y eût de jolies filles sans jupes bleues et sans nattes tombant sur les épaules*. D'ailleurs, les Andalouses me faisaient peur ; je n'étais pas encore fait à leurs manières : toujours à railler, jamais un mot de raison. J'étais donc le nez sur ma chaîne, quand j'entends des bourgeois qui disaient : Voilà la gitanilla [1] ! Je levai les yeux, et je la vis. C'était un vendredi [2], et je ne l'oublierai jamais. Je vis cette Carmen que vous connaissez, chez qui je vous ai rencontré il y a quelques mois.

Elle avait un jupon rouge fort court qui laissait voir des bas de soie blancs avec plus d'un trou, et des souliers mignons de maroquin [3] rouge attachés avec des rubans couleur de feu [4]. Elle écartait sa mantille afin de montrer ses épaules et un gros bouquet de cassie [5] qui sortait de sa chemise. Elle avait encore une fleur de cassie dans le coin de la bouche, et elle s'avançait en se balançant sur ses hanches

---

* Costume ordinaire des paysannes de la Navarre et des provinces basques.

---

1. « La Gitanilla » est aussi le titre d'une des *Nouvelles exemplaires* de Cervantes ; le terme est repris du *Carrosse du Saint-Sacrement*, comme certains autres termes de la description de Carmen : « Dieu ! lorsqu'elle danse dans la Gitanilla avec des bas de soie rose et des souliers couverts de paillettes. » — 2. Dans *La Vénus d'Ille*, le mariage funeste a lieu un vendredi ; dans *Tamango*, le négrier « partit de Nantes un vendredi, comme le remarquèrent depuis les gens superstitieux », p.72. — 3. Cuir de luxe, fait de peau de chèvre tannée. — 4. Rouge vif et foncé. — 5. Nom de l'*acacia farnesina*, fleur semblable au mimosa. Dans une lettre du 26 février 1844 à son ami Requien, Mérimée écrit : « Je vous ai répondu au moins huit ou dix fois au sujet de la cassie. Ce n'était pas la plante que les Massaliotes qui vendent des légumes ont toujours à la bouche même en tirant un coup. La fleur massaliote est plus grande, ronde comme un petit pompon, et très odorante. Je crains que la fleur que vous m'avez envoyée ne fût la même que botaniquement. Or pour les botanistes, couleur, grandeur ne signifient rien », *Correspondance générale*, IV, p. 34.

comme une pouliche du haras de Cordoue. Dans mon pays, une femme en ce costume aurait obligé le monde à se signer[1]. A Séville, chacun lui adressait quelque compliment gaillard sur sa tournure ; elle répondait à chacun, faisant les yeux en coulisse, le poing sur la hanche, effrontée comme une vraie bohémienne qu'elle était. D'abord elle ne me plut pas, et je repris mon ouvrage ; mais elle, suivant l'usage des femmes et des chats qui ne viennent pas quand on les appelle et qui viennent quand on ne les appelle pas, s'arrêta devant moi et m'adressa la parole :

— Compère[2], me dit-elle à la façon andalouse, veux-tu me donner ta chaîne pour tenir les clefs de mon coffre-fort ?

— C'est pour attacher mon épinglette, lui répondis-je.

— Ton épinglette ! s'écria-t-elle en riant. Ah ! monsieur fait de la dentelle, puisqu'il a besoin d'épingles !

Tout le monde qui était là se mit à rire, et moi je me sentais rougir, et je ne pouvais trouver rien à lui répondre.

— Allons, mon cœur, reprit-elle, fais-moi sept aunes[3] de dentelle noire pour une mantille, épinglier de mon âme !

Et prenant la fleur de cassie qu'elle avait à la bouche, elle me la lança, d'un mouvement du pouce, juste entre les deux yeux. Monsieur, cela me fit l'effet d'une balle qui m'arrivait... Je ne savais où me fourrer, je demeurais immobile comme une planche. Quand elle fut entrée dans la manufacture, je vis la fleur de cassie qui était tombée à terre entre mes pieds ; je ne sais ce qui me prit, mais je la ramassai sans que mes camarades s'en aperçussent et je la mis précieusement dans ma veste. Première sottise !

Deux ou trois heures après, j'y pensais encore, quand arrive dans le corps de garde un portier tout haletant, la figure renversée. Il nous dit que dans la grande salle des cigares, il y avait une femme assassinée, et qu'il fallait y envoyer la garde. Le maréchal me dit de prendre deux hom-

---

1. Faire le signe de croix, pour éloigner cette image diabolique et corruptrice. — **2.** « Le mot de compère était un terme d'amitié fort usité au Moyen Age. On s'en sert encore fréquemment en Andalousie, sans y attacher le sens propre », *Histoire de don Pèdre*, éd. Laplane, 1961, p.139. — **3.** Ancienne mesure des tissus, valant environ un mètre vingt.

mes et d'y aller voir. Je prends mes hommes et je monte. Figurez-vous, monsieur, qu'entré dans la salle je trouve d'abord trois cents femmes en chemise, ou peu s'en faut [1], toutes criant, hurlant, gesticulant, faisant un vacarme à ne pas entendre Dieu tonner. D'un côté, il y en avait une, les quatre fers en l'air, couverte de sang, avec un X sur la figure qu'on venait de lui marquer en deux coups de couteau. En face de la blessée, que secouraient les meilleures de la bande, je vois Carmen tenue par cinq ou six commères. La femme blessée criait : Confession ! confession [2] ! je suis morte ! Carmen ne disait rien ; elle serrait les dents, et roulait des yeux comme un caméléon. « Qu'est-ce que c'est ? » demandai-je. J'eus grand-peine à savoir ce qui s'était passé, car toutes les ouvrières me parlaient à la fois. Il paraît que la femme blessée s'était vantée d'avoir assez d'argent en poche pour acheter un âne au marché de Triana. « Tiens, dit Carmen, qui avait une langue, tu n'as donc pas assez d'un balai [3] ? » L'autre, blessée du reproche, peut-être parce qu'elle se sentait véreuse sur l'article, lui répond qu'elle ne se connaissait pas en balais, n'ayant pas l'honneur d'être bohémienne ni filleule de Satan, mais que mademoiselle Carmencita ferait bientôt connaissance avec son âne, quand M. le corrégidor la mènerait à la promenade avec deux laquais par-derrière pour l'émoucher [4]. « Eh bien, moi, dit Carmen, je te ferai des abreuvoirs à mouches sur la joue [5], et je veux y peindre un damier [*]. » Là-dessus,

---

[*] *Pintar un javeque*, peindre un chebec. Les chebecs espagnols ont, pour la plupart, leur bande peinte à carreaux rouges et blancs. [Note reprise par Mérimée : « Du temps de Cervantes, ce n'était pas chose rare que de faire balafrer un homme à qui on en voulait. La bonne compagnie ne dédaignait pas ce moyen de vengeance. Aujourd'hui il n'existe plus en Espagne que parmi le bas peuple, qui se sert à cet effet d'une pièce de monnaie aiguisée et dentelée. On appelle cela peindre un chebec ; la bande de ces petits bâti-

---

1. Ou *à peu près (RDM)*. — **2.** Allusion à Rabelais, *Gargantua*, XXVII : « les autres criaient à haute voix : confession, confession... » — **3.** Monture des sorcières, voir la quatrième *Lettre d'Espagne*, en Appendice. — **4.** Châtiment infamant, réservé aux sorcières. — **5.** L'expression, burlesque, est expliquée par Oudin, *Curiosités françoises* (1640) : « grande plaie sur la tête où les mouches peuvent boire ».

vli vlan ! elle commence, avec le couteau dont elle coupait le bout des cigares, à lui dessiner des croix de Saint-André sur la figure.

Le cas était clair : je pris Carmen par le bras : — Ma sœur, lui dis-je poliment, il faut me suivre. Elle me lança un regard comme si elle me reconnaissait ; mais elle dit d'un air résigné : — Marchons. Où est ma mantille ? Elle la mit sur sa tête de façon à ne montrer qu'un seul de ses grands yeux, et suivit mes deux hommes, douce comme un mouton. Arrivés au corps de garde, le maréchal des logis dit que c'était grave, et qu'il fallait la mener à la prison. C'était encore moi qui devais la conduire. Je la mis entre deux dragons, et je marchais derrière comme un brigadier doit faire en semblable rencontre. Nous nous mîmes en route pour la ville. D'abord la bohémienne avait gardé le silence ; mais dans la rue du Serpent, — vous la connaissez, elle mérite bien son nom par les détours qu'elle fait, — dans la rue du Serpent[1], elle commence par laisser tomber sa mantille sur ses épaules, afin de me montrer son minois enjôleur, et, se tournant vers moi autant qu'elle pouvait, elle me dit :

— Mon officier, où me menez-vous ?

— A la prison, ma pauvre enfant, lui répondis-je le plus doucement que je pus, comme un bon soldat doit parler à un prisonnier, surtout à une femme.

— Hélas ! que deviendrai-je ? Seigneur officier, ayez pitié de moi. Vous êtes si jeune, si gentil... Puis, d'un ton plus bas : Laissez-moi m'échapper, dit-elle, je vous donnerai un morceau de la *bar lachi*[2], qui vous fera aimer de toutes les femmes.

La *bar lachi*, monsieur, c'est la pierre d'aimant, avec

---

ments est ordinairement peinte en losanges, et telles doivent être les cicatrices d'une balafre bien exécutée. » *Notice sur la vie et l'œuvre de Cervantes* (1878), I, p. 61.]

---

1. La *calle de las Sierpes*, rue *des* serpents et non *du* serpent.
— **2.** Mérimée emploie au féminin ce terme repris de Borrow, « Je porte un *bar lachi*, une de ces pierres précieuses qui attirent une aiguille », *Bible en Espagne*, I, chap. 3.

J.-L. Charmet

« — Mon officier, où me menez-vous ?
— À la prison, ma pauvre enfant... » Gravure d'après G. Vuillier.

laquelle les bohémiens prétendent qu'on fait quantité de
sortilèges quand on sait s'en servir. Faites-en boire à une
femme une pincée râpée dans un verre de vin blanc, elle ne
résiste plus. Moi, je lui répondis le plus sérieusement que
je pus :

— Nous ne sommes pas ici pour dire des balivernes ; il
faut aller à la prison, c'est la consigne, et il n'y a pas de
remède.

Nous autres gens du pays basque, nous avons un accent
qui nous fait reconnaître facilement des Espagnols ; en
revanche il n'y en a pas un qui puisse seulement appren-

dre à dire *baï, jaona**. Carmen donc n'eut pas de peine
à deviner que je venais des provinces. Vous saurez que
les bohémiens, monsieur, comme n'étant d'aucun pays,
voyageant toujours, parlent toutes les langues, et la plupart sont chez eux en Portugal, en France, dans les provinces, en Catalogne, partout ; même avec les Maures et
les Anglais[1], ils se font entendre. Carmen savait assez
bien le basque.

— *Laguna, ene bihotsarena*, camarade de mon cœur, me
dit-elle tout à coup, êtes-vous du pays[2] ?

Notre langue, monsieur, est si belle, que, lorsque nous
l'entendons en pays étranger, cela nous fait tressaillir...
— Je voudrais avoir un confesseur[3] des provinces, ajouta
plus bas le bandit. Il reprit après un silence :

— Je suis d'Elizondo, lui répondis-je en basque, fort
ému de l'entendre parler ma langue.

— Moi, je suis d'Etchalar, dit-elle. (C'est un pays à quatre heures de chez nous.) J'ai été emmenée par des bohémiens à Séville[4]. Je travaillais à la manufacture[5] pour
gagner de quoi retourner en Navarre, près de ma pauvre
mère qui n'a que moi pour soutien et un petit *barratcea***
avec vingt pommiers à cidre. Ah ! si j'étais au pays, devant
la montagne blanche ! On m'a insultée parce que je ne suis
pas de ce pays de filous, marchands d'oranges pourries ; et
ces gueuses se sont mises toutes contre moi, parce que je

---

* Oui, monsieur.
** Enclos, jardin. [Carmen fait une erreur et devrait dire « ba-
ratz », au singulier ; cette erreur subtilement notée par le narrateur
prouve qu'elle n'est pas basque.]

---

1. Même les Maures et les Anglais *les comprennent (RDM)*.
— **2.** Mérimée s'était intéressé au basque, voir note de la page
73. L'expression « *laguna* », dont il donne la traduction littérale, a
toutefois pu lui être suggérée par le chapitre V du *Gargantua* de
Rabelais ; on se souviendra également du discours en basque de
Panurge, *Pantagruel*, chapitre IX. — **3.** Un confesseur qui parle
basque. — **4.** L'enlèvement par des Bohémiens est un lieu commun littéraire depuis Cervantes ; la Gitane Carmen, bien entendu,
ment sur ses origines. — **5.** La manufacture, ou *fabrica de
tobacos*.

leur ai dit que tous leurs *jaques** de Séville, avec leurs couteaux, ne feraient pas peur à un gars de chez nous avec son
béret bleu et son *maquila*. Camarade, mon ami, ne ferez-
vous rien pour une payse ?

Elle mentait, monsieur, elle a toujours menti. Je ne sais
pas si dans sa vie cette fille-là a jamais dit un mot de vérité ;
mais quand elle parlait, je la croyais : c'était plus fort que
moi. Elle estropiait le basque, et je la crus Navarraise ; ses
yeux seuls et sa bouche et son teint la disaient bohémienne.
J'étais fou, je ne faisais plus attention à rien. Je pensais
que, si des Espagnols s'étaient avisés de mal parler du pays,
je leur aurais coupé la figure, tout comme elle venait de
faire à sa camarade. Bref, j'étais comme un homme ivre ;
je commençais à dire des bêtises, j'étais tout près d'en faire.

— Si je vous poussais, et si vous tombiez, mon pays,
reprit-elle en basque, ce ne seraient pas ces deux conscrits
de Castillans qui me retiendraient...

Ma foi, j'oubliai la consigne et tout, et je lui dis :

— Eh bien, m'amie, ma payse, essayez, et que Notre-
Dame de la Montagne vous soit en aide !

En ce moment, nous passions devant une de ces ruelles
étroites comme il y en a tant à Séville. Tout à coup Carmen
se retourne et me lance un coup de poing dans la poitrine.
Je me laissai tomber exprès à la renverse. D'un bond, elle
saute par-dessus moi et se met à courir en nous montrant
une paire de jambes !...

On dit jambes de Basque : les siennes en valaient bien
d'autres... aussi vites que bien tournées. Moi, je me relève
aussitôt ; mais je mets ma lance** en travers, de façon à
barrer la rue, si bien que, de prime abord, les camarades
furent arrêtés au moment de la poursuite. Puis je me mis
moi-même à courir, et eux après moi ; mais l'atteindre ! Il
n'y avait pas de risque, avec nos éperons, nos sabres et nos
lances ! En moins de temps que je n'en mets à vous le dire
la prisonnière avait disparu. D'ailleurs, toutes les commères

---

* Braves, fanfarons. [Mérimée employait ce terme familier dans
sa lettre à la comtesse de Montijo où il évoquait la genèse du
roman, *Correspondance générale*, IV, p. 294.]
** Toute la cavalerie espagnole est armée de lances.

du quartier favorisaient sa fuite, et se moquaient de nous, et nous indiquaient la fausse voie. Après plusieurs marches et contre-marches, il fallut nous en revenir au corps de garde sans un reçu du gouverneur de la prison.

Mes hommes, pour n'être pas punis, dirent que Carmen m'avait parlé basque ; et il ne paraissait pas trop naturel, pour dire la vérité qu'un coup de poing d'une tant petite fille eût terrassé si facilement un gaillard de ma force. Tout cela parut louche ou plutôt clair. En descendant la garde, je fus dégradé et envoyé pour un mois à la prison. C'était ma première punition depuis que j'étais au service. Adieu les galons de maréchal des logis que je croyais déjà tenir !

Mes premiers jours de prison se passèrent fort tristement. En me faisant soldat, je m'étais figuré que je deviendrais tout au moins officier. Longa, Mina, mes compatriotes, sont bien capitaines généraux ; Chapalangarra[1], qui est un négro[2] comme Mina, et réfugié comme lui dans votre pays, Chapalangarra était colonel, et j'ai joué à la paume vingt fois avec son frère, qui était un pauvre diable comme moi. Maintenant je me disais : Tout le temps que tu as servi sans punition, c'est du temps perdu ; Te voilà mal noté : pour te remettre bien dans l'esprit des chefs, il te faudra travailler dix fois plus que lorsque tu es venu comme conscrit ! Et pourquoi me suis-je fait punir ? Pour une coquine de bohémienne qui s'est moquée de moi, et qui, dans ce moment, est à voler dans quelque coin de la ville. Pourtant je ne pouvais m'empêcher de penser à elle. Le croiriez-vous, monsieur ? ses bas de soie troués qu'elle me faisait voir tout en plein[3] en s'enfuyant, je les avais toujours devant les yeux. Je regardais par les barreaux de la prison dans la rue, et, parmi toutes les femmes qui passaient, je n'en voyais pas une seule qui valût cette diable de fille-là. Et puis, malgré moi, je sentais la fleur de cassie qu'elle m'avait jetée,

1. Chapalangarra est cité dans le *Voyage de Navarre* de Chaho, Paris, 1836. Les trois personnages s'illustrèrent dans la lutte contre les armées napoléoniennes ; en 1836, Mérimée évoque « ce boucher de Mina » dans une lettre à Jaubert de Passa, *Correspondance générale*, II, p. 16 — **2.** Terme désignant les libéraux, opposés aux royalistes ou biancos. — **3.** Tout à plein *(RDM)*.

« Mes premiers jours de prison se passèrent fort tristement. »

et qui, sèche, gardait toujours sa bonne odeur... S'il y a des sorcières, cette fille-là en était une !

Un jour, le geôlier entre, et me donne un pain d'Alcalà*.

— Tenez, dit-il, voilà ce que votre cousine vous envoie.

Je pris le pain, fort étonné, car je n'avais pas de cousine à Séville. C'est peut-être une erreur, pensai-je en regardant

---

* Alcalà de los Panaderos, bourg à deux lieues de Séville où l'on fait des petits pains délicieux. On prétend que c'est à l'eau d'Alcalà qu'ils doivent leur qualité et l'on en apporte tous les jours une grande quantité à Séville. [Los Panaderos, bourg : los Panaderos, *petite ville (RDM)*.]

le pain ; mais il était si appétissant, il sentait si bon, que sans m'inquiéter de savoir d'où il venait et à qui il était destiné, je résolus de le manger. En voulant le couper mon couteau rencontra quelque chose de dur. Je regarde, et je trouve une petite lime anglaise qu'on avait glissée dans la pâte avant que le pain fût cuit. Il y avait encore dans le pain une pièce d'or de deux piastres. Plus de doute alors, c'était un cadeau de Carmen. Pour les gens de sa race, la liberté est tout, et ils mettraient le feu à une ville pour s'épargner un jour de prison. D'ailleurs la commère était fine, et avec ce pain-là on se moquait des geôliers. En une heure, le plus gros barreau était scié avec la petite lime ; et avec la pièce de deux piastres, chez le premier fripier, je changeais[1] ma capote d'uniforme pour un habit bourgeois. Vous pensez bien qu'un homme qui avait déniché maintes fois des aiglons dans nos rochers ne s'embarrassait guère de descendre dans la rue, d'une fenêtre haute de moins de trente pieds ; mais je ne voulais pas m'échapper. J'avais encore mon honneur de soldat, et déserter me semblait un grand crime. Seulement, je fus touché de cette marque de souvenir. Quand on est en prison, on aime à penser qu'on a dehors un ami qui s'intéresse à vous. La pièce d'or m'offusquait un peu, j'aurais bien voulu la rendre ; mais où trouver mon créancier ? Cela ne me semblait pas facile.

Après la cérémonie de la dégradation, je croyais n'avoir plus rien à souffrir ; mais il me restait encore une humiliation à dévorer : ce fut à ma sortie de prison, lorsqu'on me commanda de service et qu'on me mit en faction comme un simple soldat. Vous ne pouvez vous figurer ce qu'un homme de cœur éprouve en pareille occasion. Je crois que j'aurais aimé autant à être fusillé. Au moins on marche seul, en avant de son peloton ; on se sent quelque chose ; le monde vous regarde.

Je fus mis en faction à la porte du colonel. C'était un jeune homme riche, bon enfant, qui aimait à s'amuser. Tous les jeunes officiers étaient chez lui, et force bourgeois, des femmes aussi, des actrices, à ce qu'on disait. Pour moi, il

---

1. L'imparfait exprime ici la possibilité de l'évasion, que don José refuse.

« Elle était parée... comme une châsse, pomponnée, attifée, tout or et tout rubans. »

me semblait que toute la ville s'était donné rendez-vous à sa porte pour me regarder. Voilà qu'arrive la voiture du colonel avec son valet de chambre sur le siège. Qu'est-ce que je vois descendre ?... la gitanilla. Elle était parée, cette fois, comme une châsse[1], pomponnée, attifée, tout or et tout rubans. Une robe à paillettes[2], des souliers bleus à paillettes

---

1. Meuble d'église très orné, doré, renfermant les reliques d'un saint, et exposé à la dévotion des fidèles. — **2.** Voir note 1 p. 94.

aussi, des fleurs et des galons partout. Elle avait un tambour de Basque à la main [1]. Avec elle il y avait deux autres bohémiennes, une jeune et une vieille [2]. Il y a toujours une vieille pour les mener ; puis un vieux avec une guitare, bohémien aussi, pour jouer et les faire danser. Vous savez qu'on s'amuse souvent à faire venir des bohémiennes dans les sociétés, afin de leur faire danser la *romalis* [3], c'est leur danse, et souvent bien autre chose.

Carmen me reconnut, et nous échangeâmes un regard. Je ne sais, mais, en ce moment, j'aurais voulu être à cent pieds sous terre.

— *Agur laguna* *, dit-elle. Mon officier, tu montes la garde comme un conscrit !

Et, avant que j'eusse trouvé un mot à répondre, elle était dans la maison.

Toute la société était dans le patio, et, malgré la foule, je voyais à peu près tout ce qui se passait, à travers la grille **. J'entendais les castagnettes, le tambour, les rires et les bravos ; parfois j'apercevais sa tête quand elle sautait avec son tambour. Puis j'entendais encore des officiers qui lui disaient bien des choses qui me faisaient monter le rouge à la figure. Ce qu'elle répondait, je n'en savais rien. C'est de ce jour-là, je pense, que je me mis à l'aimer pour tout de bon ; car l'idée me vint trois ou quatre fois d'entrer dans le patio, et de donner de mon sabre dans le ventre à tous ces

---

* Bonjour, camarade.

** La plupart des maisons de Séville ont une cour intérieure entourée de portiques. On s'y tient en été. Cette cour est couverte d'une toile qu'on arrose pendant le jour et qu'on retire le soir. La porte de la rue est presque toujours ouverte, et le passage qui conduit à la cour, *zaguan*, est fermé par une grille en fer très élégamment ouvragée.

---

1. Un tambourin : don José voit tout ce qui peut rappeler ses origines ; mais le tambourin de basque est l'instrument typique des Gitanes. — **2.** La vieille est également un type littéraire emprunté à la *Gitanilla* de Cervantes. — **3.** Définition donnée par Borrow, « Romalis, a gypsy dance », *The Zincali*, II, chap. 2 ; dans le Salon de 1853, Mérimée écrit : « À Triana, quartier général de la Bohême. Là il verrait danser la romalis sur des bonbons et des *yemas*, c'est-à-dire des jaunes d'œufs sucrés. C'est un luxe que les gitanas se passent volontiers quand on le leur paye. »

« J'entendais les castagnettes, le tambour, les rires et les bravos... »

freluquets qui lui contaient fleurettes. Mon supplice dura une bonne heure ; puis les bohémiens sortirent, et la voiture les ramena. Carmen, en passant, me regarda encore avec les yeux que vous savez, et me dit très bas :

— Pays, quand on aime la bonne friture, on en va manger à Triana, chez Lillas Pastia.

Légère comme un cabri, elle s'élança dans la voiture, le cocher fouetta ses mules, et toute la bande joyeuse s'en alla je ne sais où.

Vous devinez bien qu'en descendant ma garde j'allai à Triana ; mais d'abord je me fis raser et je me brossai comme pour un jour de parade. Elle était chez Lillas Pastia, un vieux marchand de friture, bohémien, noir comme un Maure, chez qui beaucoup de bourgeois venaient manger du poisson frit, surtout, je crois, depuis que Carmen y avait pris ses quartiers.

— Lillas, dit-elle sitôt qu'elle me vit, je ne fais plus rien de la journée. Demain il fera jour* ! Allons, pays[1], allons nous promener.

---

* *Mañana será otro dia* (proverbe espagnol). [La traduction exacte est « Demain sera un autre jour ».]

---

1. Expression familière désignant celui qui est de la même région.

Elle mit sa mantille devant son nez, et nous voilà dans la rue, sans savoir où j'allais.

— Mademoiselle, lui dis-je, je crois que j'ai à vous remercier d'un présent que vous m'avez envoyé quand j'étais en prison. J'ai mangé le pain ; la lime me servira pour affiler ma lance, et je la garde comme souvenir de vous ; mais l'argent, le voilà.

— Tiens ! Il a gardé l'argent, s'écria-t-elle en éclatant de rire. Au reste tant mieux, car je ne suis guère en fonds ; mais qu'importe ? chien qui chemine ne meurt pas de famine *. Allons, mangeons tout. Tu me régales.

Nous avions repris le chemin de Séville. A l'entrée de la rue du Serpent, elle acheta une douzaine d'oranges, qu'elle me fit mettre dans mon mouchoir. Un peu plus loin, elle acheta encore un pain, du saucisson, une bouteille de manzanilla[1] ; puis enfin elle entra chez un confiseur. Là, elle jeta sur le comptoir la pièce d'or que je lui avais rendue, une autre encore qu'elle avait dans sa poche, avec quelque argent blanc ; enfin elle me demanda tout ce que j'avais. Je n'avais qu'une piécette et quelques cuartos[2], que je lui donnai, fort honteux de n'avoir pas davantage. Je crus qu'elle voulait emporter toute la boutique. Elle prit tout ce qu'il y avait de plus beau et de plus cher, *yemas* **, *turon* ***, fruits confits, tant que l'argent dura. Tout cela, il fallait encore que je le portasse dans des sacs de papier. Vous connaissez peut-être la rue du Candilejo, où il y a une tête du roi don Pedro le Justicier ****. Elle aurait dû m'inspirer des

---

* *Chuquel sos pirela, Cocal terela. Chien qui marche, os trouve.* — Proverbe bohémien. [Ce proverbe est cité par Borrow, *The Zincali*, II, p. 126, ainsi que dans la *Bible en Espagne*, chap. 47.]

** Jaunes d'œufs sucrés.

*** Espèce de nougat.

**** Le roi don Pèdre, que nous nommons *le Cruel*, et que la reine Isabelle la Catholique n'appelait jamais que *le Justicier*, aimait à se promener le soir dans les rues de Séville, cherchant les aventures, comme le calife Haroûn-al-Raschid. Certaine nuit, il se prit de querelle, dans une rue écartée, avec un homme qui donnait une sérénade. On se battit, et le roi tua le cavalier amoureux. Au

---

1. Vin blanc renommé. Manzanilla est à 55 kilomètres de Séville. — **2.** La plus petite des monnaies espagnoles, de cuivre, valant quatre maravédis.

réflexions. Nous nous arrêtâmes dans cette rue-là, devant une vieille maison. Elle entra dans l'allée, et frappa au rez-de-chaussée. Une bohémienne, vraie servante de Satan, vint nous ouvrir. Carmen lui dit quelques mots en rommani. La vieille grogna d'abord. Pour l'apaiser, Carmen lui donna deux oranges et une poignée de bonbons et lui permit de goûter au vin. Puis elle lui mit sa mante sur le dos et la conduisit à la porte, qu'elle ferma avec la barre de bois. Dès que nous fûmes seuls, elle se mit à danser et à rire comme une folle, en chantant :

— Tu es mon *rom*, je suis ta *romi**.

Moi, j'étais au milieu de la chambre, chargé de toutes ses emplettes, ne sachant où les poser. Elle jeta tout par terre, et me sauta au cou en me disant :

---

bruit des épées, une vieille femme mit la tête à la fenêtre, et éclaira la scène avec la petite lampe, *candilejo*, qu'elle tenait à la main. Il faut savoir que le roi don Pèdre, d'ailleurs leste et vigoureux, avait un défaut de conformation singulier. Quand il marchait, ses rotules craquaient fortement. La vieille, à ce craquement, n'eut pas de peine à le reconnaître. Le lendemain, le Vingt-quatre en charge vint faire son rapport au roi. « Sire, on s'est battu en duel, cette nuit, dans telle rue. Un des combattants est mort. — Avez-vous découvert le meurtrier ? — Oui, sire. — Pourquoi n'est-il pas déjà puni ? — Sire, j'attends vos ordres. — Exécutez la loi. » Or le roi venait de publier un décret portant que tout duelliste serait décapité, et que sa tête demeurerait exposée sur le lieu du combat. Le Vingt-quatre se tira d'affaire en homme d'esprit. Il fit scier la tête d'une statue du roi, et l'exposa dans une niche au milieu de la rue, théâtre du meurtre. Le roi et tous les Sévillans le trouvèrent fort bon. La rue prit son nom de la lampe de la vieille, seul témoin de l'aventure. — Voilà la tradition populaire. Zuniga raconte l'histoire un peu différemment. (Voir *Anales de Sevilla*, t. II, p. 136) Quoi qu'il en soit, il existe encore à Séville une rue du Candilejo, et dans cette rue un buste de pierre qu'on dit être le portrait de don Pèdre. Malheureusement, ce buste est moderne. L'ancien était fort usé au XVIIᵉ siècle, et la municipalité d'alors le fit remplacer par celui qu'on voit aujourd'hui. [Mérimée publiera son *Histoire de don Pèdre Iᵉʳ* en 1847 ; sur l'anecdote, voir p. 174, ainsi que *Correspondance générale*, V, p. 15. Au moment où il rédige *Carmen*, Mérimée n'avait pas encore lu la *Chronique de Séville* de l'historien Zuniga qu'il cite, voir *Correspondance générale*, IV, p. 292.]

* *Rom*, mari ; *romi*, femme. [Borrow écrit tantôt « ro » (*Bible en Espagne*, I, chap. 3), tantôt « rom » (*The Zincali* II, appendice p. 96).]

— Je paie mes dettes, je paie mes dettes ! c'est la loi des Calés[*] !

Ah ! monsieur, cette journée-là ! cette journée-là !... quand j'y pense, j'oublie celle de demain.

Le bandit se tut un instant ; puis, après avoir rallumé son cigare, il reprit :

Nous passâmes ensemble toute la journée, mangeant, buvant, et le reste. Quand elle eut mangé des bonbons comme un enfant de six ans, elle en fourra des poignées dans la jarre d'eau de la vieille. « C'est pour lui faire du sorbet », disait-elle. Elle écrasait des yemas en les lançant contre la muraille. « C'est pour que les mouches nous laissent tranquilles », disait-elle... Il n'y a pas de tour ni de bêtise qu'elle ne fît. Je lui dis que je voudrais la voir danser ; mais où trouver des castagnettes[1] ? Aussitôt elle prend la seule assiette de la vieille, la casse en morceaux, et la voilà qui danse la romalis en faisant claquer les morceaux de faïence aussi bien que si elle avait eu des castagnettes d'ébène ou d'ivoire. On ne s'ennuyait pas auprès de cette fille-là, je vous en réponds. Le soir vint, et j'entendis les tambours qui battaient la retraite.

— Il faut que j'aille au quartier pour l'appel, lui dis-je.

— Au quartier ? dit-elle d'un air de mépris ; tu es donc un nègre, pour te laisser mener à la baguette ? Tu es un vrai canari, d'habit et de caractère[**]. Va, tu as un cœur de poulet.

Je restai, résigné d'avance à la salle de police[2]. Le matin, ce fut elle qui parla la première de nous séparer.

---

[*] *Calo* ; féminin, *calli* ; pluriel, *calés*. Mot à mot *noir* — nom que les bohémiens se donnent dans leur langue. [« calo, a gypsy, a black, gitano, hombre negro », selon la définition que donne Borrow, *The Zincali*, II, appendice, p. 21. L'orthographe *calés* est fautive, le pluriel, donné par *RDM*, est bien *calé*.]

[**] Les dragons espagnols sont habillés de jaune.

---

1. Instrument typique de la musique de danse en Espagne, composé de deux morceaux de bois creusés en forme de coupe, que l'on fait claquer des doigts. — **2.** Local où un militaire est mis aux arrêts.

— Écoute, Joseito, dit-elle ; t'ai-je payé ? D'après notre loi, je ne te devais rien, puisque tu es un *payllo* ; mais tu es un joli garçon, et tu m'as plu. Nous sommes quittes. Bonjour.

Je lui demandai quand je la reverrais.

— Quand tu seras moins niais, répondit-elle en riant. Puis, d'un ton plus sérieux : Sais-tu, mon fils, que je crois que je t'aime un peu ? Mais cela ne peut durer. Chien et loup ne font pas longtemps bon ménage. Peut-être que, si tu prenais la loi d'Égypte, j'aimerais à devenir ta romi. Mais ce sont des bêtises : cela ne se peut pas. Bah ! mon garçon, crois-moi, tu en es quitte à bon compte. Tu as rencontré le diable, oui, le diable[1] ; il n'est pas toujours noir, et il ne t'a pas tordu le cou. Je suis habillée de laine, mais je ne suis pas mouton*. Va mettre un cierge devant ta *majari***; elle l'a bien gagné. Allons, adieu encore une fois. Ne pense plus à Carmencita, ou elle te ferait épouser une veuve à jambe de bois***.

En parlant ainsi, elle défaisait la barre qui fermait la porte, et une fois dans la rue elle s'enveloppa dans sa mantille et me tourna les talons.

Elle disait vrai. J'aurais été sage de ne plus penser à elle ; mais, depuis cette journée dans la rue du Candilejo, je ne pouvais plus songer à autre chose. Je me promenais tout le jour, espérant la rencontrer. J'en demandais des nouvelles à la vieille et au marchand de friture. L'un et l'autre répondaient qu'elle était partie pour Laloro****, c'est ainsi qu'ils appellent le Portugal. Probablement c'était d'après les instructions de Carmen qu'ils parlaient de la sorte[2], mais je ne tardai pas à savoir qu'ils mentaient. Quelques semaines après ma journée de la rue du Candilejo, je fus de faction

---

* *Me dicas vriardâ de jorpoy, bus ne sino braco.* — Proverbe bohémien.
** La sainte. — La sainte Vierge.
*** La potence qui est veuve du dernier pendu.
**** La (terre) rouge. [« Lalore », le Portugal selon Borrow, *Bible en Espagne*, I, chap. 3.]

---

1. Dans *Le Diable amoureux* de Cazotte, Biondetta avoue à Alvare : « Je suis le diable. » — **2.** Ils parlaient *ainsi (RDM)*.

« Je lui demandai quand je la reverrais.
— Quand tu seras moins niais, répondit-elle en riant. »
Gravure d'après G. Vuillier.

à une des portes de la ville. A peu de distance de cette
porte, il y avait une brèche qui s'était faite dans le mur
d'enceinte ; on y travaillait pendant le jour, et la nuit on y
mettait un factionnaire pour empêcher les fraudeurs. Pendant le jour, je vis Lillas Pastia passer et repasser autour du
corps de garde, et causer avec quelques-uns de mes camarades ; tous le connaissaient, et ses poissons et ses beignets
encore mieux. Il s'approcha de moi et me demanda si
j'avais des nouvelles de Carmen.

— Non, lui dis-je.

— Eh bien, vous en aurez, compère.

Il ne se trompait pas. La nuit, je fus mis de faction à la

brèche. Dès que le brigadier se fut retiré, je vis venir à
moi une femme. Le cœur me disait que c'était Carmen.
Cependant je criai :

— Au large ! On ne passe pas !

— Ne faites donc pas le méchant, me dit-elle en se faisant connaître à moi.

— Quoi ! vous voilà, Carmen !

— Oui, mon pays. Parlons peu, parlons bien. Veux-tu
gagner un douro [1] ? Il va venir des gens avec des paquets ;
laisse-les faire.

— Non, répondis-je. Je dois les empêcher de passer ;
c'est la consigne.

— La consigne ! la consigne ! Tu n'y pensais pas rue du
Candilejo [2].

— Ah ! répondis-je, tout bouleversé par ce seul souvenir, cela valait bien la peine d'oublier la consigne ; mais je
ne veux pas de l'argent des contrebandiers.

— Voyons, si tu ne veux pas d'argent, veux-tu que nous
allions encore dîner chez la vieille Dorothée ?

— Non ! dis-je à moitié étranglé par l'effort que je faisais. Je ne puis pas.

— Fort bien. Si tu es si difficile, je sais à qui m'adresser.
J'offrirai à ton officier d'aller chez Dorothée. Il a l'air d'un
bon enfant, et il fera mettre en sentinelle un gaillard qui ne
verra que ce qu'il faudra voir. Adieu, canari. Je rirai bien
le jour où la consigne sera de te pendre.

J'eus la faiblesse de la rappeler, et je promis de laisser
passer toute la bohême, s'il le fallait, pourvu que j'obtinsse
la seule récompense que je désirais. Elle me jura aussitôt
de me tenir parole dès le lendemain, et courut prévenir ses
amis qui étaient à deux pas. Il y en avait cinq, dont était
Pastia, tous bien chargés de marchandises anglaises. Carmen faisait le guet. Elle devait avertir avec ses castagnettes
dès qu'elle apercevrait la ronde, mais elle n'en eut pas
besoin. Les fraudeurs firent leur affaire en un instant.

---

1. Un *peso duro*, ou *douro*, valait 15 francs en 1830 ; somme
importante. — **2.** Tu n'y pensais pas *dans la* rue du Candilejo
(*RDM*).

Le lendemain, j'allai rue du Candilejo. Carmen se fit attendre, et vint d'assez mauvaise humeur.

— Je n'aime pas les gens qui se font prier, dit-elle. Tu m'as rendu un plus grand service la première fois, sans savoir si tu y gagnerais quelque chose. Hier, tu as marchandé avec moi. Je ne sais pas pourquoi je suis venue, car je ne t'aime plus. Tiens, va-t'en, voilà un douro pour ta peine.

Peu s'en fallut que je ne lui jetasse la pièce à la tête, et je fus obligé de faire un effort violent sur moi-même pour ne pas la battre. Après nous être disputés pendant une heure, je sortis furieux. J'errai quelque temps par la ville, marchant deçà et delà comme un fou ; enfin j'entrai dans une église, et m'étant mis dans le coin le plus obscur, je pleurai à chaudes larmes. Tout d'un coup j'entends une voix :

— Larmes de dragon[1] ! j'en veux faire un philtre.

Je lève les yeux, c'était Carmen en face de moi.

— Eh bien, mon pays, m'en voulez-vous encore ? me dit-elle. Il faut bien que je vous aime, malgré que j'en aie[2], car, depuis que vous m'avez quittée, je ne sais ce que j'ai. Voyons, maintenant, c'est moi qui te demande si tu veux venir rue du Candilejo.

Nous fîmes donc la paix ; mais Carmen avait l'humeur comme est le temps chez nous. Jamais l'orage n'est si près dans nos montagnes que lorsque le soleil est le plus brillant. Elle m'avait promis de me revoir une autre fois chez Dorothée, et elle ne vint pas. Et Dorothée me dit de plus belle qu'elle était allée à Laloro pour les affaires d'Égypte[3].

Sachant déjà par expérience à quoi m'en tenir là-dessus, je cherchais Carmen partout où je croyais qu'elle pouvait être, et je passais vingt fois par jour dans la rue du Candilejo. Un soir, j'étais chez Dorothée, que j'avais presque apprivoisée en lui payant de temps à autre quelque verre

---

1. Jeu de mots sur dragon, militaire, et l'animal fabuleux. — **2.** Expression vieillie et littéraire : à contrecœur. — **3.** Expression prise de Borrow : « C'est une affaire d'Egypte, cette affaire ne te concerne pas », *Bible en Espagne*, I, chap. 3 ; on la rapprochera de l'expression « gens d'Égypte », qui désigne les Gitans, voir p. 110.

d'anisette, lorsque Carmen entra suivie d'un jeune homme,
lieutenant dans notre régiment.

— Va-t'en vite, me dit-elle en basque.

Je restai stupéfait[1], la rage dans le cœur.

— Qu'est-ce que tu fais ici ? me dit le lieutenant.
Décampe, hors d'ici !

Je ne pouvais faire un pas ; j'étais comme perclus. L'officier, en colère, voyant que je ne me retirais pas, et que je
n'avais pas même ôté mon bonnet de police[2], me prit au
collet et me secoua rudement. Je ne sais ce que je lui dis[3].
Il tira son épée, et je dégainai[4]. La vieille me saisit le bras,
le lieutenant me donna un coup au front, dont je porte
encore la marque. Je reculai, et d'un coup de coude je jetai
Dorothée à la renverse ; puis, comme le lieutenant me poursuivait, je mis la pointe au corps, et il s'enferra. Carmen
alors éteignit la lampe, et dit dans sa langue à Dorothée de
s'enfuir. Moi-même je me sauvai dans la rue, et me mis à
courir sans savoir où. Il me semblait que quelqu'un me
suivait. Quand je revins à moi, je trouvai que Carmen ne
m'avait pas quitté.

— Grand niais de canari ! me dit-elle, tu ne sais faire
que des bêtises. Aussi bien, je te l'ai dit que je te porterais
malheur. Allons, il y a remède à tout, quand on a pour
bonne amie une Flamande de Rome*. Commence à mettre
ce mouchoir sur ta tête, et jette-moi ce ceinturon. Attends-
moi dans cette allée. Je reviens dans deux minutes.

---

* *Flamenca de Roma.* Terme d'argot qui désigne les bohémien-
nes. *Roma* ne veut pas dire ici la Ville Éternelle, mais la nation
des Romi ou des *gens mariés,* nom que se donnent les bohémiens.
Les premiers qu'on vit en Espagne venaient probablement des
Pays-Bas, d'où est venu leur nom de *Flamands.* [Définition de
Borrow : « Roma, les époux, nom générique de la nation », *The
Zincali*, I, p. 97 ; *Flamenca de Roma* se trouve parmi les *Poesias
de los Gitanos* publiées par Borrow, *The Zincali*, II, p. 34.]

---

1. Je restai *immobile (RDM).* — **2.** Bonnet de police, ou calot,
couvre-chef d'un militaire qui n'est pas en tenue, voir *La Double
Méprise*, chap. III. — **3.** Épisode suggéré par la *Gitanilla* de Cervantes où Andrès, provoqué par un soldat, le tue dans des circonstances semblables. — **4.** Il tira son sabre, *et me donna du plat
d'abord. Alors je perdis la tête* et je dégainai (RDM).

Elle disparut, et me rapporta bientôt une mante rayée qu'elle était allée chercher je ne sais où. Elle me fit quitter mon uniforme, et mettre la mante par-dessus ma chemise. Ainsi accoutré, avec le mouchoir dont elle avait bandé la plaie que j'avais à la tête, je ressemblais assez à un paysan valencien, comme il y en a à Séville, qui viennent vendre leur orgeat de *chufas**. Puis elle me mena dans une maison assez semblable à celle de Dorothée, au fond d'une petite ruelle. Elle et une autre bohémienne me lavèrent, me pansèrent mieux que n'eût pu le faire un chirurgien-major, me firent boire je ne sais quoi ; enfin, on me mit sur un matelas, et je m'endormis.

Probablement ces femmes avaient mêlé dans ma boisson quelques-unes de ces drogues assoupissantes dont elles ont le secret, car je ne m'éveillai que fort tard le lendemain. J'avais un grand mal de tête et un peu de fièvre. Il fallut quelque temps pour que le souvenir me revînt de la terrible scène où j'avais pris part la veille. Après avoir pansé ma plaie, Carmen et son amie, accroupies toutes les deux sur les talons auprès de mon matelas, échangèrent quelques mots en *chipe calli*, qui paraissaient être une consultation médicale. Puis toutes deux m'assurèrent que je serais guéri avant peu, mais qu'il fallait quitter Séville le plus tôt possible : car, si l'on m'y attrapait, j'y serais fusillé sans rémission.

— Mon garçon, me dit Carmen, il faut que tu fasses quelque chose ; maintenant que le roi ne te donne plus ni riz ni merluche**, il faut que tu songes à gagner ta vie. Tu es trop bête pour voler *à pastesas***, mais tu es leste et fort : si tu as du cœur, va-t'en à la côte, et fais-toi contrebandier.

---

* Racine bulbeuse dont on fait une boisson assez agréable. [On appelle *horchaterias* les buvettes où l'on consomme la *horchata de chufa*, sorte de sirop d'orgeat.]

** Nourriture ordinaire du soldat espagnol. [Il s'agit de morue.]

*** *Ustilar à pastesas,* voler avec adresse, dérober sans violence. [Voler avec dextérité, dans les magasins ou en recevant de la monnaie. Mérimée combine dans cette note deux passages de Borrow, « Elle est très habile à voler *à pastesas* », *Bible en Espagne*, I, chap. 3, p. 99, et *ustilar pastesas*, que Borrow traduit par *to take* dans *The Zincali*, II, chap. 6, pp. 112 et 323.]

« J'avais entendu souvent parler de quelques contrebandiers qui parcouraient l'Andalousie, montés sur un bon cheval, l'espingole au poing, leur maîtresse en croupe. » Lewis, 1836.

Ne t'ai-je pas promis de te faire pendre ? Cela vaut mieux que d'être fusillé. D'ailleurs, si tu sais t'y prendre, tu vivras comme un prince, aussi longtemps que les miñons* et les gardes-côtes ne te mettront pas la main sur le collet.

Ce fut de cette façon engageante que cette diable de fille me montra la nouvelle carrière qu'elle me destinait, la seule, à vrai dire, qui me restât, maintenant que j'avais

---

* Espèce de corps franc. [En fait, une sorte de garde provinciale.]

encouru la peine de mort. Vous le dirai-je, monsieur ? elle me détermina sans beaucoup de peine. Il me semblait que je m'unissais à elle plus intimement par cette vie de hasards et de rébellion. Désormais je crus m'assurer son amour. J'avais entendu souvent parler de quelques contrebandiers qui parcouraient l'Andalousie, montés sur un bon cheval, l'espingole au poing, leur maîtresse en croupe. Je me voyais déjà trottant par monts et par vaux avec la gentille bohémienne derrière moi. Quand je lui parlais de cela, elle riait à se tenir les côtés, et me disait qu'il n'y a rien de si beau qu'une nuit passée au bivouac, lorsque chaque rom se retire avec sa romi sous sa petite tente formée de trois cerceaux, avec une couverture par-dessus.

— Si je te tiens [1] jamais dans la montagne, lui disais-je, je serai sûr de toi. Là, il n'y a pas de lieutenant pour partager avec moi.

— Ah ! tu es jaloux, répondait-elle. Tant pis pour toi. Comment es-tu assez bête pour cela ? Ne vois-tu pas que je t'aime, puisque je ne t'ai jamais demandé d'argent ?

Lorsqu'elle parlait ainsi, j'avais envie de l'étrangler.

Pour le faire court, monsieur, Carmen me procura un habit bourgeois, avec lequel je sortis de Séville sans être reconnu. J'allai à Jerez avec une lettre de Pastia pour un marchand d'anisette chez qui se réunissaient des contrebandiers. On me présenta à ces gens-là, dont le chef, surnommé le Dancaïre [2], me reçut dans sa troupe. Nous partîmes pour Gaucin [3], où je retrouvai Carmen, qui m'y avait donné rendez-vous. Dans les expéditions, elle servait d'espion à nos gens, et de meilleur il n'y en eut jamais. Elle revenait de Gibraltar [4], et déjà elle avait arrangé avec un patron de navire l'embarquement de marchandises anglaises que nous devions recevoir sur la côte. Nous allâmes les attendre près d'Estepona [5], puis nous en cachâmes une partie dans la

---

1. Texte de *RDM* et de 1847 ; 1852 porte, par erreur, *si je tiens*. — **2.** Surnom espagnol, argotique, désignant celui qui joue pour un autre et avec l'argent de ce mandant. — **3.** Petite ville de la sierra del Hacho, sur la route de Gibraltar. — **4.** Port et ville fortifiée du sud de l'Espagne, commandant le passage en Méditerranée, occupée par les Anglais depuis 1704. — **5.** Estepona, port de pêche, sur la route de Malaga à Gibraltar.

montagne ; chargés du reste, nous nous rendîmes à Ronda. Carmen nous y avait précédés. Ce fut elle encore qui nous indiqua le moment où nous entrerions en ville. Ce premier voyage et quelques autres après furent heureux. La vie de contrebandier me plaisait mieux que la vie de soldat ; je faisais des cadeaux à Carmen. J'avais de l'argent et une maîtresse [1]. Je n'avais guère de remords, car, comme disent les bohémiens : Gale avec plaisir ne démange pas [*]. Partout nous étions bien reçus, mes compagnons me traitaient bien, et même me témoignaient de la considération. La raison, c'était que j'avais tué un homme, et parmi eux il y en avait qui n'avaient pas un pareil exploit sur la conscience. Mais ce qui me touchait davantage dans ma nouvelle vie, c'est que je voyais souvent Carmen. Elle me montrait plus d'amitié que jamais ; cependant, devant les camarades, elle ne convenait pas qu'elle était ma maîtresse ; et même, elle m'avait fait jurer par toutes sortes de serments de ne rien leur dire sur son compte. J'étais si faible devant cette créature, que j'obéissais à tous ses caprices. D'ailleurs, c'était la première fois qu'elle se montrait à moi avec la réserve d'une honnête femme, et j'étais assez simple pour croire qu'elle s'était véritablement corrigée de ses façons d'autrefois.

Notre troupe, qui se composait de huit ou dix hommes, ne se réunissait guère que dans les moments décisifs, et d'ordinaire nous étions dispersés deux à deux, trois à trois, dans les villes et les villages. Chacun de nous prétendait avoir un métier : celui-ci était chaudronnier, celui-là maquignon ; moi, j'étais marchand de merceries, mais je ne me montrais guère dans les gros endroits, à cause de ma mauvaise affaire de Séville. Un jour, ou plutôt une nuit, notre rendez-vous était au bas de Véger [2]. Le Dancaïre et moi nous nous y trouvâmes avant les autres. Il paraissait fort gai.

— Nous allons avoir un camarade de plus, me dit-il.

---

[*] *Sarapia sal pesquital ne punzava.*

---

1. Cette phrase ne figure pas dans *RDM*, non plus que la note qui donne le texte original. — **2.** Petite ville sur la route de Cadix à Algésiras.

Carmen vient de faire un de ses meilleurs tours. Elle vient de faire échapper son rom qui était au presidio à Tarifa[1].

Je commençais déjà à comprendre le bohémien, que parlaient presque tous mes camarades, et ce mot de rom me causa un saisissement.

— Comment ! son mari ! elle est donc mariée ? demandai-je au capitaine.

— Oui, répondit-il, à Garcia le Borgne, un bohémien aussi futé qu'elle. Le pauvre garçon était aux galères. Carmen a si bien embobeliné le chirurgien du presidio, qu'elle en a obtenu la liberté de son rom. Ah ! cette fille-là vaut son pesant d'or. Il y a deux ans qu'elle cherche à le faire évader. Rien n'a réussi, jusqu'à ce qu'on s'est avisé de changer le major. Avec celui-ci, il paraît qu'elle a trouvé bien vite le moyen de s'entendre.

Vous vous imaginez le plaisir que me fit cette nouvelle. Je vis bientôt Garcia le Borgne ; c'était bien le plus vilain monstre que la bohême ait nourri : noir de peau et plus noir d'âme, c'était le plus franc scélérat que j'aie rencontré dans ma vie[2]. Carmen vint avec lui ; et, lorsqu'elle l'appelait son rom devant moi, il fallait voir les yeux qu'elle me faisait, et ses grimaces quand Garcia tournait la tête. J'étais indigné, et je ne lui parlai pas de la nuit. Le matin nous avions fait nos ballots, et nous étions déjà en route, quand nous nous aperçûmes qu'une douzaine de cavaliers étaient à nos trousses. Les fanfarons Andalous qui ne parlaient que de tout massacrer firent aussitôt piteuse mine. Ce fut un sauve-qui-peut général. Le Dancaïre, Garcia, un joli garçon d'Ecija, qui s'appelait le Remendado[3], et Carmen ne perdirent pas la tête. Le reste avait abandonné les mulets et s'était jeté dans les ravins où les chevaux ne pouvaient les suivre. Nous ne pouvions conserver nos bêtes, et nous nous hâtâmes de défaire le meilleur de notre butin, et de le charger sur nos épaules, puis nous essayâmes de nous sauver au travers des rochers par les pentes les plus raides. Nous

---

1. La forteresse de Tarifa, l'Alcazaba, servait de *presidio*, de bagne. — **2.** que j'aie rencontré *de* ma vie *(RDM).* — **3.** Surnom, signifiant le tacheté ou le rapiécé.

jetions nos ballots devant nous[1], et nous les suivions de notre mieux en glissant sur les talons. Pendant ce temps-là, l'ennemi nous canardait ; c'était la première fois que j'entendais siffler les balles, et cela ne me fit pas grand-chose. Quand on est en vue d'une femme, il n'y a pas de mérite à se moquer de la mort. Nous nous échappâmes, excepté le pauvre Remendado, qui reçut un coup de feu dans les reins. Je jetai mon paquet, et j'essayai de le prendre.

— Imbécile ! me cria Garcia, qu'avons-nous à faire d'une charogne ? achève-le et ne perds pas les bas de coton.

— Jette-le ! Jette-le ! me criait Carmen.

La fatigue m'obligea de le déposer un moment à l'abri d'un rocher. Garcia s'avança, et lui lâcha son espingole dans la tête.

— Bien habile qui le reconnaîtrait maintenant, dit-il en regardant sa figure que douze balles avaient mise en morceaux.

Voilà, monsieur, la belle vie que j'ai menée. Le soir, nous nous trouvâmes dans un hallier[2], épuisés de fatigue, n'ayant rien à manger et ruinés par la perte de nos mulets. Que fit cet infernal Garcia ? il tira un paquet de cartes de sa poche, et se mit à jouer avec le Dancaïre à la lueur d'un feu qu'ils allumèrent. Pendant ce temps-là, moi, j'étais couché, regardant les étoiles, pensant au Remendado, et me disant que j'aimerais autant être à sa place. Carmen était accroupie près de moi, et de temps en temps, elle faisait un roulement de castagnettes en chantonnant. Puis, s'approchant comme pour me parler à l'oreille, elle m'embrassa, presque malgré moi, deux ou trois fois.

— Tu es le diable, lui disais-je.

— Oui, me répondait-elle.

Après quelques heures de repos, elle s'en fut à Gaucin, et le lendemain matin un petit chevrier vint nous porter du

---

1. Scène adaptée de *Los Espanoles pintados por si mismos*, I, p. 428 : « S'ils trouvent une résistance, ce qui n'est pas fréquent, ils coupent les cordes, ils jettent leur charge et prennent la fuite, le sol restant jonché de fusils, de chapeaux, de couvertures, de besaces et autres effets. Leur but, dans ces circonstances, est, comme ils disent, de sauver la bête. » — 2. Groupe de buissons épais.

« Que fit cet infernal Garcia ? Il tira un paquet de cartes de
sa poche, et se mit à jouer avec le Dancaïre... »

pain. Nous demeurâmes là tout le jour, et la nuit nous nous
rapprochâmes de Gaucin. Nous attendions des nouvelles de
Carmen. Rien ne venait. Au jour, nous voyons un muletier
qui menait une femme bien habillée, avec un parasol, et
une petite fille qui paraissait sa domestique. Garcia nous
dit :

— Voilà deux mules et deux femmes que saint Nicolas
nous envoie ; j'aimerais mieux quatre mules ; n'importe,
j'en fais mon affaire !

Il prit son espingole et descendit vers le sentier en se cachant dans les broussailles. Nous le suivions, le Dancaïre et moi, à peu de distance. Quand nous fûmes à portée, nous nous montrâmes, et nous criâmes au muletier de s'arrêter. La femme, en nous voyant, au lieu de s'effrayer, et notre toilette aurait suffi pour cela, fait un grand éclat de rire.

— Ah ! les *lillipendi* qui me prennent pour une *erani** !

C'était Carmen, mais si bien déguisée, que je ne l'aurais pas reconnue parlant une autre langue. Elle sauta en bas de sa mule, et causa quelque temps à voix basse avec le Dancaïre et Garcia, puis elle me dit :

— Canari, nous nous reverrons avant que tu sois pendu. Je vais à Gibraltar pour les affaires d'Égypte. Vous entendrez bientôt parler de moi.

Nous nous séparâmes après qu'elle nous eut indiqué un lieu où nous pourrions trouver un abri pour quelques jours. Cette fille était la providence de notre troupe. Nous reçûmes bientôt quelque argent qu'elle nous envoya, et un avis qui valait mieux pour nous : c'était que tel jour partiraient deux milords anglais, allant de Gibraltar à Grenade par tel chemin. A bon entendeur salut. Ils avaient de belles et bonnes guinées. Garcia voulait les tuer, mais le Dancaïre et moi nous nous y opposâmes. Nous ne leur prîmes que l'argent et les montres, outre les chemises, dont nous avions grand besoin [1].

Monsieur, on devient coquin sans y penser [2]. Une jolie fille vous fait perdre la tête, on se bat pour elle, un malheur arrive, il faut vivre à la montagne, et de contrebandier on devient voleur avant d'avoir réfléchi. Nous jugeâmes qu'il ne faisait pas bon pour nous dans les environs de Gibraltar après l'affaire des milords, et nous nous enfonçâmes dans

---

* Les imbéciles qui me prennent pour une femme comme il faut. [Borrow écrit « *Lipendi, lilipendi*, Fool, ignorant person », *The Zincali*, I, chap. 3 ; « *erani*, Lady, Senora », ibid. II, p. 43.]

---

1. Épisode repris de la troisième *Lettre d'Espagne*, p. 198.
— 2. Tout le récit de don José est construit comme une apologie.

la sierra de Ronda[1]. — Vous m'avez parlé de José-Maria[2] ; tenez, c'est là que j'ai fait connaissance avec lui. Il menait sa maîtresse dans ses expéditions. C'était une jolie fille, sage, modeste, de bonnes manières ; jamais un mot malhonnête, et un dévouement !... En revanche, il la rendait bien malheureuse. Il était toujours à courir après toutes les filles, il la malmenait, puis quelquefois il s'avisait de faire le jaloux. Une fois, il lui donna un coup de couteau. Eh bien, elle ne l'en aimait que davantage[3]. Les femmes sont ainsi faites, les Andalouses surtout. Celle-là était fière de la cicatrice qu'elle avait au bras, et la montrait comme la plus belle chose du monde. Et puis José-Maria, par-dessus le marché, était le plus mauvais camarade !... Dans une expédition que nous fîmes, il s'arrangea si bien que tout le profit lui en demeura, à nous les coups et l'embarras de l'affaire. Mais je reprends mon histoire. Nous n'entendions plus parler de Carmen. Le Dancaïre dit :

— Il faut qu'un de nous aille à Gibraltar pour en avoir des nouvelles ; elle doit avoir préparé quelque affaire. J'irais bien, mais je suis trop connu à Gibraltar.

Le borgne dit :

— Moi aussi, on m'y connaît, j'y ai fait tant de farces aux Écrevisses* ! et, comme je n'ai qu'un œil, je suis difficile à déguiser.

— Il faut donc que j'y aille ? dis-je à mon tour, enchanté à la seule idée de revoir Carmen ; voyons, que faut-il faire ?

Les autres me dirent :

— Fais tant que de t'embarquer ou de passer par Saint-Roc[4], comme tu aimeras le mieux, et, lorsque tu seras à Gibraltar, demande sur le port où demeure une marchande

---

* Nom que le peuple en Espagne donne aux Anglais à cause de la couleur de leur uniforme.

---

1. Mérimée, qui avait visité ce lieu, l'évoquait à nouveau dans une lettre du 9 août 1859 à madame de La Rochejacquelein : « Vous avez voyagé dans la sierra de Ronda ! Je vais chercher dans mon capharnaüm de croquis pour retrouver une vue du Tajo de Ronda que vous vous rappelez sans doute », *Correspondance générale*, IX, pp. 205-209. — **2.** Voir p. 71 et la note 1. — **3.** Que *plus* (RDM) — **4.** San Roque, à une lieue de Gibraltar.

« ... Lorsque tu seras à Gibraltar, demande sur le port où demeure une marchande de chocolat qui s'appelle la Rollona... » Lewis, 1836.

de chocolat qui s'appelle la Rollona ; quand tu l'auras trouvée, tu sauras d'elle ce qui se passe là-bas.

Il fut convenu que nous partirions tous les trois pour la sierra de Gaucin, que j'y laisserais mes deux compagnons, et que je me rendrais à Gibraltar comme un marchand de fruits. A Ronda, un homme qui était à nous m'avait procuré un passeport ; à Gaucin, on me donna un âne : je le chargeai d'oranges et de melons, et je me mis en route. Arrivé à Gibraltar, je trouvai qu'on y connaissait bien la Rollona, mais elle était morte ou elle était allée à *finibus terræ**, et sa disparition expliquait, à mon avis, comment nous avions perdu notre moyen de correspondre avec Carmen. Je mis mon âne dans une écurie, et, prenant mes oranges, j'allais par la ville comme pour les vendre, mais en effet, pour voir si je ne rencontrerais pas quelque figure de connaissance. Il y a là force canaille de tous les pays du monde, et c'est la tour de Babel, car on ne saurait faire dix pas dans une

* Aux galères, ou bien à tous les diables. [*finibusterre*, mot d'argot, signifiant potence, ou souvenir scolaire et parodique chez don José.]

rue sans entendre parler autant de langues [1]. Je voyais bien des gens d'Égypte [2], mais je n'osais guère m'y fier ; je les tâtais, et ils me tâtaient. Nous devinions bien que nous étions des coquins, l'important était de savoir si nous étions de la même bande. Après deux jours passés en courses inutiles, je n'avais rien appris touchant la Rollona ni Carmen, et je pensais à retourner auprès de mes camarades après avoir fait quelques emplettes, lorsqu'en me promenant dans une rue, au coucher du soleil, j'entendis une voix de femme d'une fenêtre qui me dit : « Marchand d'oranges !... » Je lève la tête, et je vois à un balcon Carmen, accoudée avec un officier en rouge, épaulettes d'or, cheveux frisés, tournure d'un gros mylord. Pour elle, elle était habillée superbement : un châle sur les épaules, un peigne d'or, tout en soie ; et la bonne pièce, toujours la même ! riait à se tenir les côtés. L'Anglais, en baragouinant l'espagnol, me cria de monter, que madame voulait des oranges ; et Carmen me dit en basque :

— Monte, et ne t'étonne de rien.

Rien, en effet, ne devait m'étonner de sa part. Je ne sais si j'eus plus de joie que de chagrin en la retrouvant. Il y avait à la porte un grand domestique anglais, poudré, qui me conduisit dans un salon magnifique. Carmen me dit aussitôt en basque :

— Tu ne sais pas un mot d'espagnol, tu ne me connais pas.

Puis, se tournant vers l'Anglais :

— Je vous le disais bien, je l'ai tout de suite reconnu pour un Basque ; vous allez entendre quelle drôle de langue. Comme il a l'air bête, n'est-ce pas ? On dirait un chat surpris dans un garde-manger.

— Et toi, lui dis-je dans ma langue, tu as l'air d'une effrontée coquine, et j'ai bien envie de te balafrer la figure devant ton galant.

— Mon galant ! dit-elle, tiens, tu as deviné cela tout

---

1. Adapté de *Los Espanoles pintados por si mismos*, I, p. 425 : « Gibraltar est une petite Babel où l'on parle cent langues différentes pour se tromper de cent manières distinctes. »— **2.** Autre dénomination des Gitans, voir note p. 110.

« Je lève la tête, et je vois à un balcon Carmen... un châle sur les épaules, un peigne d'or, tout en soie... » Gravure de Gustave Doré.

seul ? Et tu es jaloux de cet imbécile-là ? Tu es encore plus niais qu'avant nos soirées de la rue du Candilejo. Ne vois-tu pas, sot que tu es, que je fais en ce moment les affaires d'Égypte, et de la façon la plus brillante ? Cette maison est à moi, les guinées [1] de l'écrevisse seront à moi ; je le mène par le bout du nez ; je le mènerai d'où il ne sortira jamais.

— Et moi, lui dis-je, si tu fais encore les affaires

---

1. Ancienne monnaie d'or anglaise valant 21 livres.

d'Égypte de cette manière-là, je ferai si bien que tu ne recommenceras plus.

— Ah ! oui-là ! Es-tu mon rom, pour me commander ? Le Borgne le trouve bon, qu'as-tu à y voir ? Ne devrais-tu pas être bien content d'être le seul qui se puisse dire mon *minchorrô*** ?

— Qu'est-ce qu'il dit ? demanda l'Anglais.

— Il dit qu'il a soif et qu'il boirait bien un coup, répondit Carmen.

Et elle se renversa sur un canapé en éclatant de rire à sa traduction.

Monsieur, quand cette fille-là riait, il n'y avait pas moyen de parler raison. Tout le monde riait avec elle. Ce grand Anglais se mit à rire aussi, comme un imbécile qu'il était, et ordonna qu'on m'apportât à boire.

Pendant que je buvais :

— Vois-tu cette bague qu'il a au doigt ? dit-elle, si tu veux je te la donnerai.

Moi je répondis :

— Je donnerais un doigt pour tenir ton mylord dans la montagne, chacun un maquila au poing.

— Maquila, qu'est-ce que cela veut dire ? demanda l'Anglais[1].

— Maquila, dit Carmen riant toujours, c'est une orange. N'est-ce pas un bien drôle de mot pour une orange ? Il dit qu'il voudrait vous faire manger du maquila.

— Oui ? dit l'Anglais. Eh bien ? apporte encore demain du maquila.

Pendant que nous parlions, le domestique entra et dit que le dîner était prêt. Alors l'Anglais se leva, me donna une piastre, et offrit son bras à Carmen, comme si elle ne pouvait pas marcher seule. Carmen, riant toujours, me dit :

---

* Mon amant, ou plutôt mon caprice. [Borrow traduit : « *Minchoro*. The bully of a prostitute. El querido, o rufiàn de una mujer publica », *The Zincali*, II, p. 70. C'est la variante gitane du « greluchon » dans *Manon Lescaut*.]

---

1. Les éditions antérieures portent : *L'Anglais retint ce mot, et demanda* : — Maquila, qu'est-ce que cela veut dire ?

— Mon garçon, je ne puis t'inviter à dîner ; mais demain, dès que tu entendras le tambour pour la parade, viens ici avec des oranges. Tu trouveras une chambre mieux meublée que celle de la rue du Candilejo, et tu verras si je suis toujours ta Carmencita. Et puis nous parlerons des affaires d'Égypte.

Je ne répondis rien, et j'étais dans la rue que l'Anglais me criait :

— Apportez demain du maquila ! et j'entendais les éclats de rire de Carmen.

Je sortis ne sachant ce que je ferais, je ne dormis guère, le matin je me trouvais si en colère contre cette traîtresse que j'avais résolu de partir de Gibraltar sans la revoir ; mais, au premier roulement de tambour, tout mon courage m'abandonna : je pris ma natte d'oranges et je courus chez Carmen. Sa jalousie était entrouverte, et je vis son grand œil noir qui me guettait. Le domestique poudré m'introduisit aussitôt. Carmen lui donna une commission, et dès que nous fûmes seuls, elle partit d'un de ses éclats de rire de crocodile [1], et se jeta à mon cou. Je ne l'avais jamais vue si belle. Parée comme une madone, parfumée... des meubles de soie, des rideaux brodés... ah !... et moi fait comme un voleur que j'étais.

— Minchorrô ! disait Carmen, j'ai envie de tout casser ici, de mettre le feu à la maison et de m'enfuir à la sierra.

Et c'étaient des tendresses !... et puis des rires !... et elle dansait, et elle déchirait ses falbalas [2] : jamais singe ne fit plus de gambades, de grimaces, de diableries. Quand elle eut repris son sérieux :

— Écoute, me dit-elle, il s'agit de l'Égypte. Je veux qu'il me mène à Ronda, où j'ai une sœur religieuse... (Ici nouveaux éclats de rire.) Nous passons par un endroit que je te ferai dire. Vous tombez sur lui : pillé rasibus ! Le mieux serait de l'escoffier [3], mais, ajouta-t-elle avec un sou-

---

1. *Cocodrilo* désigne, en espagnol, une personne fausse ; comparer, en français, l'expression « larmes de crocodile ». — 2. Ornement des vêtements, dentelles et rubans. — 3. De l'espagnol *escofiar*, décapiter ; ce verbe était déjà employé dans *Colomba*, chap. XVII.

rire diabolique qu'elle avait dans de certains moments, et ce sourire-là, personne n'avait alors envie de l'imiter, — sais-tu ce qu'il faudrait faire ? Que le Borgne paraisse le premier. Tenez-vous un peu en arrière ; l'écrevisse est brave et adroit : il a de bons pistolets... Comprends-tu ?...

Elle s'interrompit par un nouvel éclat de rire qui me fit frissonner.

— Non, lui dis-je : je hais Garcia, mais c'est mon camarade. Un jour peut-être je t'en débarrasserai, mais nous réglerons nos comptes à la façon de mon pays. Je ne suis Égyptien que par hasard ; et pour certaines choses, je serai toujours franc Navarrais, comme dit le proverbe*.

Elle reprit :

— Tu es une bête, un niais, un vrai *payllo*. Tu es comme le nain qui se croit grand quand il a pu cracher loin**. Tu ne m'aimes pas, va-t'en.

Quand elle me disait : Va-t'en, je ne pouvais m'en aller. Je promis de partir, de retourner auprès de mes camarades et d'attendre l'Anglais ; de son côté, elle me promit d'être malade jusqu'au moment de quitter Gibraltar pour Ronda. Je demeurai encore deux jours à Gibraltar. Elle eut l'audace de me venir voir déguisée dans mon auberge. Je partis ; moi aussi j'avais mon projet. Je retournai à notre rendez-vous, sachant le lieu et l'heure où l'Anglais et Carmen devaient passer. Je trouvai le Dancaïre et Garcia qui m'attendaient. Nous passâmes la nuit dans un bois auprès d'un feu de pommes de pin qui flambait à merveille. Je proposai à Garcia de jouer aux cartes. Il accepta. A la seconde partie je lui dis qu'il trichait ; il se mit à rire. Je lui jetai les cartes à la figure. Il voulut prendre son espingole ; je mis le pied dessus, et je lui dis : « On dit que tu sais jouer du couteau comme le meilleur jacque de Malaga, veux-tu t'essayer avec moi ? » Le Dancaïre voulut nous séparer. J'avais donné deux ou trois coups de poing à Garcia. La colère

---

* *Navarro fino.*

** *Or esorjié de or narsichislé, sin chismar lachinguel* — Proverbe bohémien : La promesse d'un nain, c'est de cracher loin. [Proverbe cité et traduit par Borrow, *The Zincali*, II, p.124. Les éditions antérieures ne portent pas la phrase « La promesse [...] loin. » L'édition Dupouy propose « prouesse ».]

l'avait rendu brave ; il avait tiré son couteau, moi le mien.
Nous dîmes tous deux au Dancaïre de nous laisser place
libre et franc jeu. Il vit qu'il n'y avait pas moyen de nous
arrêter, et il s'écarta. Garcia était déjà ployé en deux comme
un chat prêt à s'élancer contre une souris. Il tenait son chapeau de la main gauche, pour parer, son couteau en avant.
C'est leur garde [1] andalouse. Moi, je me mis à la navarraise,
droit en face de lui, le bras gauche levé, la jambe gauche
en avant, le couteau le long de la cuisse droite. Je me sentais plus fort qu'un géant. Il se lança sur moi comme un
trait ; je tournai sur le pied gauche et il ne trouva plus rien
devant lui ; mais je l'atteignis à la gorge, et le couteau entra
si avant, que ma main était sous son menton. Je retournai
la lame si fort qu'elle se cassa. C'était fini. La lame sortit
de la plaie lancée par un bouillon de sang gros comme le
bras. Il tomba sur le nez, raide comme un pieu.

— Qu'as-tu fait ? me dit le Dancaïre.

— Écoute, lui dis-je ; nous ne pouvions vivre ensemble.
J'aime Carmen, et je veux être seul. D'ailleurs, Garcia était
un coquin, et je me rappelle ce qu'il a fait au pauvre
Remendado. Nous ne sommes plus que deux, mais nous
sommes de bons garçons. Voyons, veux-tu de moi pour ami,
à la vie, à la mort ?

Le Dancaïre me tendit la main. C'était un homme de
cinquante ans.

— Au diable les amourettes ! s'écria-t-il. Si tu lui avais
demandé Carmen, il te l'aurait vendue pour une piastre.
Nous ne sommes plus que deux ; comment ferons-nous
demain ?

— Laisse-moi faire tout seul, lui répondis-je. Maintenant
je me moque du monde entier.

Nous enterrâmes Garcia, et nous allâmes placer notre
camp deux cents pas plus loin. Le lendemain, Carmen et
son Anglais passèrent avec deux muletiers et un domestique. Je dis au Dancaïre :

— Je me charge de l'Anglais. Fais peur aux autres, ils
ne sont pas armés.

---

1. Position d'attente d'un duelliste ; Mérimée oppose la garde
andalouse à la garde navarraise.

L'Anglais avait du cœur. Si Carmen ne lui eût poussé le bras, il me tuait. Bref, je reconquis Carmen ce jour-là, et mon premier mot fut de lui dire qu'elle était veuve. Quand elle sut comment cela s'était passé :

— Tu seras toujours un *lillipendi !* me dit-elle. Garcia devait te tuer. Ta garde navarraise n'est qu'une bêtise, et il en a mis à l'ombre de plus habiles que toi. C'est que son temps était venu. Le tien viendra.

— Et le tien, répondis-je, si tu n'es pas pour moi une vraie romi.

— A la bonne heure, dit-elle ; j'ai vu plus d'une fois dans du marc de café que nous devions finir ensemble. Bah ! arrive qui plante !

Et elle fit claquer ses castagnettes, ce qu'elle faisait toujours quand elle voulait chasser quelque idée importune.

On s'oublie quand on parle de soi. Tous ces détails-là vous ennuient sans doute, mais j'ai bientôt fini. La vie que nous menions dura assez longtemps. Le Dancaïre et moi nous nous étions associé quelques camarades plus sûrs que les premiers, et nous nous occupions de contrebande, et aussi parfois, il faut bien l'avouer, nous arrêtions sur la grande route, mais à la dernière extrémité, et lorsque nous ne pouvions faire autrement. D'ailleurs, nous ne maltraitions pas les voyageurs, et nous nous bornions à leur prendre leur argent[1]. Pendant quelques mois je fus content de Carmen ; elle continuait à nous être utile pour nos opérations, en nous avertissant des bons coups que nous pourrions faire. Elle se tenait, soit à Malaga, soit à Cordoue, soit à Grenade ; mais, sur un mot de moi, elle quittait tout, et venait me retrouver dans une venta isolée, ou même au bivouac. Une fois seulement, c'était à Malaga, elle me donna quelque inquiétude. Je sus qu'elle avait jeté son dévolu sur un négociant fort riche, avec lequel probablement elle se proposait de recommencer la plaisanterie de Gibraltar. Malgré tout ce que le Dancaïre put me dire pour m'arrêter, je partis et j'entrai dans Malaga en plein jour, je

---

1. Comportement chevaleresque, semblable à celui de José-Maria, dans la troisième *Lettre d'Espagne*.

cherchai Carmen et je l'emmenai aussitôt. Nous eûmes une
verte explication.

— Sais-tu, me dit-elle, que, depuis que tu es mon rom
pour tout de bon, je t'aime moins que lorsque tu étais mon
minchorrô ? Je ne veux pas être tourmentée ni surtout commandée. Ce que je veux, c'est être libre et faire ce qui me
plaît. Prends garde de me pousser à bout. Si tu m'ennuies,
je trouverai quelque bon garçon qui te fera comme tu as
fait au Borgne.

Le Dancaïre nous raccommoda ; mais nous nous étions
dit des choses qui nous restaient sur le cœur et nous
n'étions plus comme auparavant. Peu après, un malheur
nous arriva. La troupe nous surprit. Le Dancaïre fut tué,
ainsi que deux de mes camarades ; deux autres furent pris.
Moi, je fus grièvement blessé, et, sans mon bon cheval, je
demeurais entre les mains des soldats. Exténué de fatigue,
ayant une balle dans le corps, j'allai me cacher dans un bois
avec le seul compagnon qui me restât. Je m'évanouis en
descendant de cheval, et je crus que j'allais crever dans les
broussailles comme un lièvre qui a reçu du plomb. Mon
camarade me porta dans une grotte que nous connaissions,
puis alla chercher Carmen. Elle était à Grenade, et aussitôt
elle accourut. Pendant quinze jours, elle ne me quitta pas
d'un instant. Elle ne ferma pas l'œil ; elle me soigna avec
une adresse et des attentions que jamais femme n'a eues
pour l'homme le plus aimé. Dès que je pus me tenir sur
mes jambes, elle me mena à Grenade dans le plus grand
secret. Les bohémiennes trouvent partout des asiles sûrs, et
je passai plus de six semaines dans une maison, à deux
portes du corrégidor qui me cherchait. Plus d'une fois,
regardant derrière un volet, je le vis passer. Enfin, je me
rétablis ; mais j'avais fait bien des réflexions sur mon lit de
douleur, et je projetais de changer de vie. Je parlai à Carmen de quitter l'Espagne, et de chercher à vivre honnêtement dans le Nouveau-Monde [1]. Elle se moqua de moi.

— Nous ne sommes pas faits pour planter des choux,
dit-elle ; notre destin, à nous, c'est de vivre aux dépens des
payllos. Tiens, j'ai arrangé une affaire avec Nathan Ben-

---

1. Allusion à l'épisode américain de *Manon Lescaut*.

Joseph de Gibraltar. Il a des cotonnades qui n'attendent que
toi pour passer. Il sait que tu es vivant. Il compte sur toi.
Que diraient nos correspondants de Gibraltar, si tu leur
manquais de parole ?

Je me laissai entraîner, et je repris mon vilain commerce.
Pendant que j'étais caché à Grenade, il y eut des courses
de taureaux où Carmen alla. En revenant, elle parla beaucoup d'un picador très adroit nommé Lucas. Elle savait le
nom de son cheval, et combien lui coûtait sa veste brodée.
Je n'y fis pas attention. Juanito, le camarade qui m'était
resté, me dit, quelques jours après, qu'il avait vu Carmen
avec Lucas chez un marchand du Zacatin [1]. Cela commença
à m'alarmer. Je demandai à Carmen comment et pourquoi
elle avait fait connaissance avec le picador [2].

— C'est un garçon, me dit-elle, avec qui on peut faire
une affaire. Rivière qui fait du bruit a de l'eau ou des cail-
loux [*]. Il a gagné douze cents réaux [3] aux courses. De deux
choses l'une : ou bien il faut avoir cet argent ; ou bien,
comme c'est un bon cavalier et un gaillard de cœur, on peut
l'enrôler dans notre bande. Un tel et un tel sont morts, tu
as besoin de les remplacer. Prends-le avec toi.

— Je ne veux, répondis-je, ni de son argent, ni de sa
personne, et je te défends de lui parler.

— Prends garde, me dit-elle ; lorsqu'on me défie de
faire une chose, elle est bientôt faite !

Heureusement le picador partit pour Malaga, et moi, je
me mis en devoir de faire entrer les cotonnades du Juif.
J'eus fort à faire dans cette expédition-là, Carmen aussi,

---

[*] *Len sos sonsi abela ; Pani o reblendani terela.* (Proverbe
bohémien.) [Proverbe cité par Borrow, *The Zincali*, II, p. 126, qui
le donne sous la forme « len son sonsi bela ».]

---

1. Rue commerçante de Grenade. — **2.** Un des *toreros*, à cheval, armé d'une pique. À l'origine, cette fonction était réservée à
la noblesse, et rappelait les origines aristocratiques de la corrida.
Au XIXe siècle, à partir du règne de Montès, cet emploi était subor-
donné à celui du *matador*. La distinction est importante pour comprendre le mépris de don José. — **3.** Réal, monnaie de cuivre
valant 34 maravédis, soit un vingtième de piastre, ici, la somme
est de 240 piastres.

et j'oubliai Lucas ; peut-être aussi l'oublia-t-elle, pour le moment du moins. C'est vers ce temps, monsieur, que je vous rencontrai, d'abord près de Montilla, puis après à Cordoue. Je ne vous parlerai pas de notre dernière entrevue. Vous en savez peut-être plus long que moi. Carmen vous vola votre montre ; elle voulait encore votre argent, et surtout cette bague[1] que je vois à votre doigt, et qui, dit-elle, est un anneau magique qu'il lui importait beaucoup de posséder. Nous eûmes une violente dispute, et je la frappai. Elle pâlit et pleura. C'était la première fois que je la voyais pleurer, et cela me fit un effet terrible. Je lui demandai pardon, mais elle me bouda pendant tout un jour, et, quand je repartis pour Montilla, elle ne voulut pas m'embrasser. J'avais le cœur gros, lorsque, trois jours après, elle vint me trouver l'air riant et gaie comme un pinson. Tout était oublié et nous avions l'air d'amoureux de deux jours. Au moment de nous séparer, elle me dit :

— Il y a une fête à Cordoue, je vais la voir, puis je saurai les gens qui s'en vont avec de l'argent, et je te le dirai.

Je la laissai partir. Seul, je pensai à cette fête et à ce changement d'humeur de Carmen. Il faut qu'elle se soit vengée déjà, me dis-je, puisqu'elle est revenue la première. Un paysan me dit qu'il y avait des taureaux à Cordoue. Voilà mon sang qui bouillonne, et, comme un fou, je pars, et je vais à la place[2]. On me montra Lucas, et, sur le banc contre la barrière, je reconnus Carmen. Il me suffit de la voir une minute pour être sûr de mon fait. Lucas, au premier taureau, fit le joli cœur, comme je l'avais prévu. Il arracha la cocarde* du taureau et la porta à Carmen, qui

---

* *La divisa*, nœud de rubans dont la couleur indique les pâturages d'où viennent les taureaux. Ce nœud est fixé dans la peau du taureau au moyen d'un crochet, et c'est le comble de la galanterie que de l'arracher à l'animal vivant, pour l'offrir à une femme...

---

1. Mérimée évoque cette bague qu'il a trouvée dans une cheminée : « les caractères en sont cabalistiques ; on croit qu'elle a servi à un magicien ou bien à des gnostiques », lettre à Jenny Dacquin, *Correspondance générale*, II, p. 483 ; il parle aussi d'une bague étrusque qu'il possédait, *ibid.*, XVI, p. 357. — **2.** La *plaza de toros*, le cirque, l'arène où a lieu le combat des taureaux.

s'en coiffa sur-le-champ. Le taureau se chargea de m[...]
ger. Lucas fut culbuté avec son cheval sur la poitrine, et le
taureau par-dessus tous les deux. Je regardai Carmen, elle
n'était déjà plus à sa place[1]. Il m'était impossible de sortir
de celle où j'étais, et je fus obligé d'attendre la fin des
courses. Alors j'allai à la maison que vous connaissez, et
je m'y tins coi toute la soirée et une partie de la nuit. Vers ⟵
deux heures du matin Carmen revint, et fut un peu surprise
de me voir.

— Viens avec moi, lui dis-je.

— Eh bien ! dit-elle, partons.

J'allai prendre mon cheval, je la mis en croupe, et nous
marchâmes tout le reste de la nuit sans nous dire un seul
mot. Nous nous arrêtâmes au jour dans une venta isolée,
assez près d'un petit ermitage[2]. Là je dis à Carmen :

— Écoute, j'oublie tout. Je ne te parlerai de rien ; mais
jure-moi une chose : c'est que tu vas me suivre en Amérique, et que tu t'y tiendras tranquille.

— Non, dit-elle d'un ton boudeur, je ne veux pas aller
en Amérique. Je me trouve bien ici.

— C'est parce que tu es près de Lucas : mais songes-y
bien, s'il guérit, ce ne sera pas pour faire de vieux os. Au
reste, pourquoi m'en prendre à lui ? Je suis las de tuer tous
tes amants ; c'est toi que je tuerai.

Elle me regarda fixement de son regard sauvage et me
dit :

— J'ai toujours pensé que tu me tuerais. La première
fois que je t'ai vu, je venais de rencontrer un prêtre à la
porte de ma maison. Et cette nuit, en sortant de Cordoue,
n'as-tu rien vu ? Un lièvre a traversé le chemin entre les
pieds de ton cheval[3]. C'est écrit.

— Carmencita, lui demandai-je, est-ce que tu ne m'aimes plus ?

---

1. Ce développement vient peut-être d'un épisode des *Excursions en Espagne* de E. Magnien (1836), où Matéa s'enfuit pour
rejoindre son amant, un picador blessé. — **2.** Lieu identifié avec
Las Ermitas de Cordoba, dans la sierra de Cordoba. — **3.** Superst-
tion évoquée par Cervantes, *Don Quichotte*, II, chap. 78, et déjà
par Montaigne, *Essais*, III, 8 : « je vois plus volontiers un lièvre
côtoyant que traversant mon chemin ».

« Lucas fut culbuté avec son cheval sur sa poitrine, et le taureau par-dessus tous les deux. » Gravure d'après G. Vuillier.

Elle ne répondit rien. Elle était assise les jambes croisées sur une natte et faisait des traits par terre avec son doigt.

— Changeons de vie, Carmen, lui dis-je d'un ton suppliant. Allons vivre quelque part où nous ne serons jamais séparés. Tu sais que nous avons, pas loin d'ici, sous un chêne, cent vingt onces enterrées... Puis, nous avons des fonds encore chez le Juif Ben-Joseph.

Elle se mit à sourire, et me dit :

— Moi d'abord, toi ensuite. Je sais bien que cela doit arriver ainsi.

— Réfléchis, repris-je ; je suis au bout de ma patience et de mon courage ; prends ton parti ou je prendrai le mien.

Je la quittai et j'allai me promener du côté de l'ermitage. Je trouvai l'ermite qui priait. J'attendis que sa prière fût finie ; j'aurais bien voulu prier, mais je ne pouvais pas. Quand il se releva j'allais à lui.

— Mon père, lui dis-je, voulez-vous prier pour quelqu'un qui est en grand péril ?

— Je prie pour tous les affligés, dit-il.

— Pouvez-vous dire une messe pour une âme qui va peut-être paraître devant son Créateur ?

— Oui, répondit-il en me regardant fixement.

Et, comme il y avait dans mon air quelque chose d'étrange, il voulut me faire parler :

— Il me semble que je vous ai vu, dit-il.

Je mis une piastre sur son banc.

— Quand direz-vous la messe ? lui demandai-je.

— Dans une demi-heure. Le fils de l'aubergiste de là-bas va venir la servir. Dites-moi, jeune homme, n'avez-vous pas quelque chose sur la conscience qui vous tourmente ? voulez-vous écouter les conseils d'un chrétien ?

Je me sentais près de pleurer. Je lui dis que je reviendrais, et je me sauvai. J'allai me coucher sur l'herbe jusqu'à ce que j'entendisse la cloche. Alors, je m'approchai, mais je restai en dehors de la chapelle. Quand la messe fut dite, je retournai à la venta. J'espérais que Carmen se serait enfuie ; elle aurait pu prendre mon cheval et se sauver... mais je la retrouvai. Elle ne voulait pas qu'on pût dire que je lui avais fait peur. Pendant mon absence, elle avait défait l'ourlet de sa robe pour en retirer le plomb. Maintenant, elle était devant une table, regardant dans une terrine pleine d'eau le plomb qu'elle avait fait fondre, et qu'elle venait d'y jeter. Elle était si occupée de sa magie qu'elle ne s'aperçut pas d'abord de mon retour. Tantôt elle prenait un morceau de plomb et le tournait de tous les côtés d'un air triste, tantôt elle chantait quelqu'une de ces chansons magiques[1] où elles invoquent Marie Padilla, la maîtresse de don Pedro, qui fut, dit-on, la *Bari Crallisa*, ou la grande reine des bohémiens[*] :

_____

[*] On a accusé Marie Padilla d'avoir ensorcelé le roi don Pèdre. Une tradition populaire rapporte qu'elle avait fait présent à la reine Blanche de Bourbon d'une ceinture d'or, qui parut aux yeux fascinés du roi comme un serpent vivant. De là la répugnance qu'il montra toujours pour la malheureuse princesse. [Mérimée ne croit pas à cette légende ;

_____

1. Borrow évoque cette chanson à propos de la *Bar Lachi*, *The Zincali*, I, chap. 6, p. 327.

— Carmen, lui dis-je, voulez-vous venir avec moi ?

Elle se leva, jeta sa sébile, et mit sa mantille sur sa tête comme prête à partir. On m'amena mon cheval, elle monta en croupe et nous nous éloignâmes.

— Ainsi, lui dis-je, ma Carmen, après un bout de chemin, tu veux bien me suivre, n'est-ce pas ?

— Je te suis à la mort, oui, mais je ne vivrai plus avec toi.

Nous étions dans une gorge solitaire ; j'arrêtai mon cheval.

— Est-ce ici ? dit-elle.

Et d'un bond elle fut à terre. Elle ôta sa mantille, la jeta à ses pieds, et se tint immobile un poing sur la hanche, me regardant fixement.

— Tu veux me tuer, je le vois bien, dit-elle ; c'est écrit, mais tu ne me feras pas céder.

— Je t'en prie, lui dis-je, sois raisonnable. Écoute-moi ! tout le passé est oublié. Pourtant, tu le sais, c'est toi qui m'as perdu ; c'est pour toi que je suis devenu un voleur et un meurtrier. Carmen ! ma Carmen ! laisse-moi te sauver et me sauver avec toi.

— José, répondit-elle, tu me demandes l'impossible. Je ne t'aime plus ; toi, tu m'aimes encore, et c'est pour cela que tu veux me tuer. Je pourrais bien encore te faire quelque mensonge ; mais je ne veux pas m'en donner la peine. Tout est fini entre nous. Comme mon rom[1], tu as le droit de tuer ta romi ; mais Carmen sera toujours libre. Calli elle est née, calli elle mourra.

---

voir l'*Histoire de don Pèdre*, pp. 144-148 et p. 157 : « L'ensorcellement de don Pèdre par la Padilla est la tradition populaire en Andalousie, où l'un et l'autre ont laissé de grands souvenirs. On ajoute que Maria de Padilla était une reine de Bohémiens, leur *Bari Crallisa*, partant consommée dans l'art de préparer les philtres. Malheureusement les Bohémiens ne parurent guère en Europe qu'un siècle plus tard » ; voir Borrow, *The Zincali*, I, chap. 6, pp. 97-100.]

---

1. À rapprocher de la *Gitanilla* de Cervantes : « Nous sommes nous-mêmes les juges et les bourreaux de nos épouses et de nos maîtresses. Nous les tuons et nous les enterrons dans les montagnes et les déserts avec autant de facilité que si c'étaient des animaux nuisibles » (p. 197), à quoi Preciosa répond : « Mon âme qui est libre, et qui est née libre, elle doit rester libre autant qu'il me plaira. » (p. 199).

— Tu aimes donc Lucas ? lui demandai-je.

— Oui, je l'ai aimé, comme toi, un instant, moins que toi peut-être. À présent, je n'aime plus rien, et je me hais pour t'avoir aimé.

Je me jetai à ses pieds, je lui pris les mains, je les arrosai de mes larmes. Je lui rappelai tous les moments de bonheur que nous avions passés ensemble. Je lui offris de rester brigand pour lui plaire. Tout, monsieur, tout ; je lui offris tout, pourvu qu'elle voulût m'aimer encore !

Elle me dit :

— T'aimer encore, c'est impossible. Vivre avec toi, je ne le veux pas.

La fureur me possédait. Je tirai mon couteau. J'aurais voulu qu'elle eût peur et me demandât grâce, mais cette femme était un démon.

— Pour la dernière fois, m'écriai-je, veux-tu rester avec moi !

— Non ! non ! non ! dit-elle en frappant du pied.

Et elle tira de son doigt une bague que je lui avais donnée, et la jeta dans les broussailles.

Je la frappai deux fois. C'était le couteau du Borgne que j'avais pris, ayant cassé le mien. Elle tomba au second coup sans crier. Je crois voir encore son grand œil noir me regarder fixement ; puis il devint trouble et se ferma. Je restai anéanti une bonne heure devant ce cadavre. Puis, je me rappelai que Carmen m'avait dit souvent qu'elle aimerait à être enterrée dans un bois. Je lui creusai une fosse avec mon couteau, et je l'y déposai [1]. Je cherchai longtemps sa bague et je la trouvai à la fin. Je la mis dans la fosse auprès d'elle avec une petite croix. Peut-être ai-je eu tort. Ensuite je montai sur mon cheval, je galopai jusqu'à Cordoue, et au premier corps de garde je me fis connaître. J'ai dit que j'avais tué Carmen ; mais je n'ai pas voulu dire où était son corps. L'ermite était un saint homme. Il a prié pour elle. Il a dit une messe pour son âme... Pauvre enfant ! Ce sont les *Calés* qui sont coupables pour l'avoir élevée ainsi [2].

---

1. Dans *Manon Lescaut*, le chevalier enterre lui-même sa maîtresse dans une fosse qu'il a creusée avec son épée. — **2.** Le texte de *RDM* s'achève ici.

IV

L'Espagne est un des pays où se trouvent aujourd'hui en plus grand nombre encore, ces nomades dispersés dans toute l'Europe, et connus sous les noms de *Bohémiens, Gitanos, Gypsies, Zigeuner*, etc. La plupart demeurent, ou plutôt mènent une vie errante dans les provinces du Sud et de l'Est, en Andalousie, en Estramadure, dans le royaume de Murcie ; il y en a beaucoup en Catalogne. Ces derniers passent souvent en France. On en rencontre dans toutes nos foires du Midi. D'ordinaire, les hommes exercent les métiers de maquignon, de vétérinaire et de tondeur de mulets ; ils y joignent l'industrie [1] de raccommoder les poêlons et les instruments de cuivre, sans parler de la contrebande et autres pratiques illicites. Les femmes disent la bonne aventure, mendient et vendent toutes sortes de drogues innocentes ou non.

Les caractères physiques des Bohémiens sont plus faciles à distinguer qu'à décrire, et lorsqu'on en a vu un seul, on reconnaîtrait entre mille un individu de cette race. La physionomie, l'expression, voilà surtout ce qui les sépare des peuples qui habitent le même pays. Leur teint est très basané, toujours plus foncé que celui des populations parmi lesquelles ils vivent. De là le nom de *Calés*, les noirs, par lequel ils se désignent souvent [*]. Leurs yeux sensiblement

---

[*] Il m'a semblé que les Bohémiens allemands, bien qu'ils comprennent parfaitement le mot *Calés*, n'aimaient point à être appelés de la sorte. Ils s'appellent entre eux *Romané tchavé*. [Cette dernière phrase ne figure pas dans les éditions antérieures.]

---

1. Ingéniosité, habileté.

obliques, bien fendus, très noirs, sont ombragés par des cils longs et épais. On ne peut comparer leur regard qu'à celui d'une bête fauve. L'audace et la timidité s'y peignent tout à la fois, et sous ce rapport leurs yeux révèlent assez bien le caractère de la nation, rusée, hardie, mais craignant *naturellement les coups* comme Panurge[1]. Pour la plupart les hommes sont bien découplés, sveltes, agiles ; je ne crois pas en avoir jamais vu un seul chargé d'embonpoint[2]. En Allemagne, les Bohémiennes sont souvent très jolies ; la beauté est fort rare parmi les Gitanas d'Espagne. Très jeunes elles peuvent passer pour des laiderons agréables ; mais une fois qu'elles sont mères, elles deviennent repoussantes. La saleté des deux sexes est incroyable, et qui n'a pas vu les cheveux d'une matrone bohémienne s'en fera difficilement une idée, même en se représentant les crins les plus rudes, les plus gras, les plus poudreux. Dans quelques grandes villes d'Andalousie, certaines jeunes filles, un peu plus agréables que les autres, prennent plus de soin de leur personne. Celles-là vont danser pour de l'argent, des danses qui ressemblent fort à celles que l'on interdit dans nos bals publics du carnaval. M. Borrow[3], missionnaire anglais, auteur de deux ouvrages fort intéressants sur les Bohémiens d'Espagne, qu'il avait entrepris de convertir, aux frais de la Société biblique, assure qu'il est sans exemple qu'une Gitana ait jamais eu quelque faiblesse pour un homme étranger à sa race. Il me semble qu'il y a beaucoup d'exagération dans les éloges qu'il accorde à leur chasteté. D'abord, le plus grand nombre est dans le cas de la laide d'Ovide : *Casta quam nemo rogavit*[4]. Quant aux jolies,

---

1. Allusion à Rabelais, *Pantagruel*, XIX, où Panurge « s'enfuit le grand pas, de peur des coups, lesquels il craignait naturellement » ; la même référence figurait déjà dans *Colomba*, chap. VI. — **2.** Après avoir été positif, désignant la bonne santé, ce terme est devenu négatif, désignant une corpulence excessive. — **3.** Mérimée cite ses sources, les deux ouvrages de Borrow, *Bible in Spain* (1842), qu'il avait lu avant août 1844, et *The Zincali* (1841). — **4.** « Certes, elle est chaste, celle qui n'a été sollicitée par personne », Ovide, *Amours*, I, VIII, vers 43 ; le vers est cité par Brantôme, *Recueil des Dames*. Mérimée écrit à la comtesse de Montijo : « La plupart de ces femmes sont horriblement laides, c'est une raison pour qu'elles soient chastes et des meilleures », *Correspondance générale*, IV, p. 295.

elles sont comme toutes les Espagnoles, difficiles dans le choix de leurs amants. Il faut leur plaire, il faut les mériter. M. Borrow cite comme preuve de leur vertu un trait qui fait honneur à la sienne, surtout à sa naïveté. Un homme immoral de sa connaissance offrit, dit-il, inutilement plusieurs onces[1] à une jolie Gitana. Un Andalou, à qui je racontai cet anecdote, prétendit que cet homme immoral aurait eu plus de succès en montrant deux ou trois piastres, et qu'offrir des onces d'or à une Bohémienne, était un aussi mauvais moyen de persuader, que de promettre un million ou deux à une fille d'auberge. — Quoi qu'il en soit, il est certain que les Gitanas montrent à leurs maris un dévouement extraordinaire. Il n'y a pas de danger ni de misères qu'elles ne bravent pour les secourir en leurs nécessités. Un des noms que se donnent les Bohémiens, *Romé* ou les *époux*, me paraît attester le respect de la race pour l'état de mariage. En général on peut dire que leur principale vertu est le patriotisme, si l'on peut ainsi appeler la fidélité qu'ils observent dans leurs relations avec les individus de même origine qu'eux, leur empressement à s'entraider, le secret inviolable qu'ils se gardent dans les affaires compromettantes. Au reste, dans toutes les associations mystérieuses et en dehors des lois, on observe quelque chose de semblable.

J'ai visité, il y a quelques mois, une horde de Bohémiens établis dans les Vosges[2]. Dans la hutte d'une vieille femme, l'ancienne de sa tribu, il y avait un Bohémien étranger à sa famille, attaqué d'une maladie mortelle. Cet homme avait quitté un hôpital où il était bien soigné, pour aller mourir au milieu de ses compatriotes. Depuis treize semaines il était alité chez ses hôtes, et beaucoup mieux traité que les fils et les gendres qui vivaient dans la même maison. Il avait un bon lit de paille et de mousse avec des draps assez blancs, tandis que le reste de la famille, au nombre de onze personnes, couchaient sur des planches longues de trois pieds[3]. Voilà pour

---

1. Une once valait 15 douros ou piastres, 84 francs. — 2. Mérimée voyagea en Lorraine après la publication de *Carmen* ; voir lettre du 16 octobre 1845 à Vitet : « J'ai pourchassé aux environs de Metz une horde de Bohémiens », *Correspondance générale*, IV, p. 389. — 3. Environ un mètre.

leur hospitalité. La même femme, si humaine pour son hôte, me disait devant le malade : *Singo, singo, homte hi mulo.* Dans peu, dans peu, il faut qu'il meure. Après tout, la vie de ces gens est si misérable, que l'annonce de la mort n'a rien d'effrayant pour eux.

Un trait remarquable du caractère des Bohémiens, c'est leur indifférence en matière de religion[1] ; non qu'ils soient esprits forts ou sceptiques. Jamais ils n'ont fait profession d'athéisme. Loin de là, la religion du pays qu'ils habitent est la leur ; mais ils en changent en changeant de patrie. Les superstitions qui, chez les peuples grossiers[2], remplacent les sentiments religieux, leur sont également étrangères. Le moyen, en effet, que des superstitions existent chez des gens qui vivent le plus souvent de la crédulité des autres. Cependant, j'ai remarqué chez les Bohémiens espagnols une horreur singulière pour le contact d'un cadavre. Il y en a peu qui consentiraient pour de l'argent à porter un mort au cimetière.

J'ai dit que la plupart des Bohémiennes se mêlaient de dire la bonne aventure. Elles s'en acquittent fort bien. Mais ce qui est pour elles une source de grands profits, c'est la vente des charmes[3] et des philtres amoureux. Non seulement elles tiennent des pattes de crapauds pour fixer les cœurs volages, ou de la poudre de pierre d'aimant pour se faire aimer des insensibles ; mais elles font au besoin des conjurations puissantes qui obligent le diable à leur prêter son secours. L'année dernière[4], une Espagnole me racontait l'histoire suivante : Elle passait un jour dans la rue d'Alcalà, fort triste et préoccupée ; une Bohémienne accroupie sur le trottoir lui cria : « Ma belle dame, votre amant vous a trahie. » C'était la vérité. « Voulez-vous que je vous le fasse revenir ? » On comprend avec quelle joie la proposition fut acceptée, et quelle devait être la confiance inspirée par une personne qui devinait ainsi, d'un coup d'œil, les

---

1. Cette indifférence en matière de religion est soulignée par Borrow, *The Zincali*, I, chap. 10, et par Grellmann, I, chap. 11. — 2. Qui ne sont pas civilisés. — 3. Envoûtements. — 4. Mérimée était retourné en Espagne en 1845 après la publication de la première version de *Carmen* dans la *Revue des Deux Mondes*.

secrets intimes du cœur. Comme il eût été impossible de pro-
céder à des opérations magiques dans la rue la plus fréquen-
tée de Madrid, on convint d'un rendez-vous pour le
lendemain. « Rien de plus facile que de ramener l'infidèle à
vos pieds, dit la Gitana. Auriez-vous un mouchoir, une
écharpe, une mantille qu'il vous ait donnée ? » On lui remit
un fichu de soie. « Maintenant cousez avec de la soie cramoi-
sie, une piastre dans un coin du fichu. — Dans un autre coin
cousez une demi-piastre ; ici, une piécette ; là, une pièce de
deux réaux. Puis il faut coudre au milieu une pièce d'or. Un
doublon serait le mieux. » On coud le doublon et le reste. « À
présent, donnez-moi le fichu, je vais le porter au Campo-
Santo, à minuit sonnant. Venez avec moi, si vous voulez voir
une belle diablerie. Je vous promets que dès demain vous
reverrez celui que vous aimez. » La Bohémienne partit seule
pour le Campo-Santo, car on avait trop peur des diables pour
l'accompagner. Je vous laisse à penser si la pauvre amante
délaissée a revu son fichu et son infidèle.

Malgré leur misère et l'espèce d'aversion qu'ils inspirent,
les Bohémiens jouissent cependant d'une certaine considération parmi les gens peu éclairés[1], et ils en sont très vains[2]. Ils
se sentent une race supérieure pour l'intelligence et mépri-
sent cordialement le peuple qui leur donne l'hospitalité.
— Les Gentils[3] sont si bêtes, me disait une Bohémienne des
Vosges, qu'il n'y a aucun mérite à les attraper. L'autre jour,
une paysanne m'appelle dans la rue, j'entre chez elle. Son
poêle fumait, et elle me demande un sort pour le faire aller.
Moi, je me fais d'abord donner un bon morceau de lard. Puis,
je me mets à marmotter quelques mots en rommani. « Tu es
bête, je disais, tu es née bête, bête tu mourras... » Quand je

---

1. Peu instruits ; comparer avec le jugement de Bourgoing :
« Quant aux gitanos, ce sont des espèces de Bohémiens qui courent
le pays, mènent une vie scandaleuse, disent la bonne aventure, ont
entre eux un langage et des signes particuliers, et avec les autres
cette tournure de fripons adroits qui cherchent des dupes. Cette
classe de citoyens, dont on aurait dû depuis longtemps purger la
société, y a cependant été tolérée jusqu'à nos jours », *Tableau de
l'Espagne moderne*, 1803, II, p. 387. — **2.** Vaniteux. — **3.** Les
Gentils, ou « goyim » : nom que les juifs donnaient aux chrétiens ;
le terme gitan est *payllo* ou *gadjo*.

fus près de la porte, je lui dis en bon allemand : « Le moyen infaillible d'empêcher ton poêle de fumer, c'est de n'y pas faire de feu. » Et je pris mes jambes à mon cou.

L'histoire des Bohémiens est encore un problème. On sait à la vérité que leurs premières bandes, fort peu nombreuses, se montrèrent dans l'est de l'Europe, vers le commencement du XVe siècle [1] ; mais on ne peut dire ni d'où ils viennent, ni pourquoi ils sont venus en Europe, et, ce qui est plus extraordinaire, on ignore comment ils se sont multipliés en peu de temps d'une façon si prodigieuse dans plusieurs contrées fort éloignées les unes des autres. Les Bohémiens eux-mêmes n'ont conservé aucune tradition sur leur origine, et si la plupart d'entre eux parlent de l'Égypte [2] comme de leur patrie primitive, c'est qu'ils ont adopté une fable très anciennement répandue sur leur compte.

La plupart des orientalistes qui ont étudié la langue des Bohémiens, croient qu'ils sont originaires de l'Inde. En effet, il paraît qu'un grand nombre de racines et beaucoup de formes grammaticales du rommani se retrouvent dans des idiomes dérivés du sanscrit [3]. On conçoit que dans leurs longues pérégrinations, les Bohémiens ont adopté beaucoup de mots étrangers. Dans tous les dialectes du rommani, on trouve quantité de mots grecs. Par exemple : *cocal*, os, de κοκκαλον ; *pétalli*, fer de cheval, de πέταλον ; *cafi*, clou, de καρφι [4], etc. Aujourd'hui, les Bohémiens ont presque

---

1. Selon Grellmann, cette migration commença en 1409, après l'invasion de l'Inde par Timour. Les Tsiganes, en fait, avaient quitté l'Inde pour l'Iran, où leur présence est attestée vers 950. Ils quittèrent cette région pour fuir la conquête turque, et entrèrent en Europe, avec sauf-conduit du roi de Bohême, d'où leur nom de Bohémiens. On les trouve en France dès 1421, en Andalousie, vers 1462. — **2.** Dans son édition des *Aventures du baron de Fœneste*, d'Agrippa d'Aubigné (1855), Mérimée écrit : « On donna le nom d'Égyptiens aux premiers de ces vagabonds au teint noir, qui parurent en Europe, et qu'on appelle aujourd'hui Bohémiens, avec aussi peu de raison. Leurs bandes arrivant en France au XVe siècle, prétendaient venir d'Égypte et accomplir une pénitence en errant par le monde », p. 131. — **3.** Langue indo-syrienne d'où dérive le tsigane. — **4.** Ces termes sont cités par Borrow, *The Zincali*, II, chap. 2 ; Mérimée avait donné une autre série de mots grecs et rommani dans une lettre à Édouard Grasset du 4 août 1845, *Correspondance générale*, IV, p. 323.

autant de dialectes différents qu'il existe de hordes de leur race séparées les unes des autres. Partout ils parlent la langue du pays qu'ils habitent plus facilement que leur propre idiome, dont ils ne font guère usage que pour pouvoir s'entretenir librement devant des étrangers. Si l'on compare le dialecte des Bohémiens de l'Allemagne avec celui des Espagnols, sans communication avec les premiers depuis des siècles, on reconnaît une très grande quantité de mots communs ; mais la langue originale partout, quoiqu'à différents degrés, s'est notablement altérée par le contact des langues plus cultivées, dont ces nomades ont été contraints de faire usage. L'allemand, d'un côté, l'espagnol, de l'autre, ont tellement modifié le fond du rommani, qu'il serait impossible à un Bohémien de la Forêt Noire de converser avec un de ses frères andalous, bien qu'il leur suffît d'échanger quelques phrases pour reconnaître qu'ils parlent tous les deux un dialecte dérivé du même idiome. Quelques mots d'un usage très fréquent sont communs, je crois, à tous les dialectes ; ainsi, dans tous les vocabulaires que j'ai pu voir : *pani* veut dire de l'eau, *manro*, du pain, *mâs*, de la viande, *lon*, du sel.

Les noms de nombre sont partout à peu près les mêmes. Le dialecte allemand me semble beaucoup plus pur que le dialecte espagnol ; car il a conservé nombre de formes grammaticales primitives, tandis que les Gitanos ont adopté celles du castillan [1]. Pourtant quelques mots font exception pour attester l'ancienne communauté de langage. — Les prétérits du dialecte allemand se forment en ajoutant *ium* à l'impératif qui est toujours la racine du verbe. Les verbes, dans le rommani espagnol, se conjuguent tous sur le modèle des verbes castillans de la première conjugaison. De l'infinitif *jamar*, manger, on devrait régulièrement faire *jamé*, j'ai mangé, de *lillar*, prendre, on devrait faire *lillé*, j'ai pris. Cependant quelques vieux bohémiens disent par exception : *jayon, lillon*. Je ne connais pas d'autres verbes qui aient conservé cette forme antique.

Pendant que je fais ainsi étalage de mes minces connaissances dans la langue rommani, je dois noter quelques mots

---

1. Espagnol.

d'argot français que nos voleurs ont empruntés aux Bohémiens. *Les Mystères de Paris* ont appris à la bonne compagnie que *chourin* voulait dire couteau[1]. C'est du rommani pur ; *tchouri* est un de ces mots communs à tous les dialectes. M. Vidocq[2] appelle un cheval *grès*, c'est encore un mot bohémien *gras, gre, graste, gris*. Ajoutez encore le mot *romanichel*[3] qui dans l'argot parisien désigne les Bohémiens. C'est la corruption de *romané tchave*, gars bohémiens. Mais une étymologie dont je suis fier, c'est celle de *frimousse*, mine, visage, mot que tous les écoliers emploient ou employaient de mon temps. Observez d'abord que Oudin, dans son curieux dictionnaire, écrivait en 1640, *firlimousse*[4]. Or, *firla, fila* en rommani veut dire visage, *mui* a la même signification, c'est exactement *os* des Latins. La combinaison *firlamui* a été sur-le-champ comprise par un Bohémien puriste, et je la crois conforme au génie de sa langue.

En voilà assez pour donner aux lecteurs de *Carmen* une idée avantageuse de mes études sur le rommani. Je terminerai par ce proverbe qui vient à propos : *En retudi panda nasti abela macha*. En close bouche, n'entre point mouche[5].

---

1. *Les Mystères de Paris* d'Eugène Sue ont paru en feuilleton dans le *Journal des Débats* en 1842. Un des personnages avait pour surnom « le Chourineur ». *Chourin*, couteau, est devenu *surin*. — 2. François Vidocq (1775-1857), un ancien voleur devenu policier sous l'Empire, publia ses *Mémoires* en 1824, ainsi qu'un livre, *Les Voleurs*, qui renferme un lexique d'argot ; voir *Correspondance générale*, I, p. 34. Balzac s'inspira de lui pour créer son personnage de Vautrin. — 3. Toutes les éditions portent *romamichel*. Le mot est pris de Vidocq. — 4. Publié en 1640, sous le titre de *Curiosités françoises pour suppléer aux Dictionnaires*, le dictionnaire d'Oudin, maître d'italien de Louis XIV, donne : « la Firlimousse, la mine : mot fait à plaisir », p. 226 ; le mot semble venir de frime ; Trippault le cite dès 1577 sous la forme *phrimousse* comme un mot d'origine grecque. — 5. Ce proverbe qui conclut avec désinvolture le passage, n'est pas cité par les dictionnaires...

APPENDICES

« Les Sorcières espagnoles »

Prosper Mérimée, *Lettres d'Espagne, IV.*

Les antiquités, surtout les antiquités romaines, me touchent peu. Je ne sais comment je me suis laissé persuader d'aller à Murviedro voir ce qui reste de Sagonte. J'y ai gagné beaucoup de fatigue, j'ai fait de mauvais dîners, et je n'ai rien vu du tout. En voyage, on est sans cesse tourmenté par la crainte de ne pouvoir répondre oui à cette inévitable question qui vous attend au retour : « Vous avez vu sans doute... ? » Pourquoi serais-je forcé de voir ce que les autres ont vu ? Je ne voyage pas dans un but déterminé ; je ne suis pas antiquaire. Mes nerfs sont endurcis aux émotions sentimentales, et je ne sais si je me rappelle avec plus de plaisir le vieux cyprès des Zegris au Généralife que les grenades et l'excellent raisin sans pépins que j'ai mangés sous cet arbre vénérable.

Mon excursion à Murviedro ne m'a point ennuyé pourtant. J'ai loué un cheval et un paysan valencien pour m'accompagner à pied. Je l'ai trouvé (le Valencien) grand bavard, passablement fripon, mais, en somme, bon compagnon et assez amusant. Il dépensait prodigieusement d'éloquence et de diplomatie pour me tirer un réal de plus que le prix convenu entre nous pour la location du cheval ; et, en même temps, il soutenait mes intérêts dans les auberges avec tant de vivacité et de chaleur, qu'on eût dit qu'il payait la carte de ses propres deniers. Le compte qu'il me présentait tous les matins offrait une terrible suite d'items pour raccommodages de courroies, clous remis, vin pour frotter le cheval, et qu'il buvait sans doute ; et avec tout cela jamais je n'ai payé moins cher. Il avait l'art de me faire acheter partout où nous passions je ne sais combien de bagatelles inutiles, surtout des couteaux du pays. Il m'apprenait comment on doit mettre le pouce sur la lame pour éventrer convenablement son homme sans se couper les doigts. Puis ces diables de couteaux me paraissaient bien lourds. Ils s'entrechoquaient dans mes poches, battaient sur mes jambes, bref, me gênaient tellement que, pour m'en débarrasser, je n'avais d'autre ressource que d'en faire cadeau à Vicente. Son refrain était :

« Comme les amis de votre seigneurie seront contents quand ils verront toutes les belles choses qu'elle leur apportera d'Espagne ! »

Je n'oublierai jamais un sac de glands doux que ma seigneurie acheta pour rapporter à ses amis, et qu'elle mangea tout entier, avec l'aide de son guide fidèle, avant même d'être arrivée à Murviedro.

Vicente, quoiqu'il eût couru le monde, car il avait vendu de l'orgeat à Madrid, avait sa bonne part des superstitions de ses compatriotes. Il était fort dévot, et, pendant trois jours que nous passâmes ensemble, j'eus l'occasion de voir quelle drôle de religion était la sienne. Le bon Dieu ne l'inquiétait guère, et il n'en parlait jamais qu'avec indifférence. Mais les saints et surtout la Vierge avaient tous ses hommages. Il me faisait penser à ces vieux solliciteurs consommés dans le métier, et dont la maxime est qu'il vaut mieux avoir des amis dans les bureaux que la protection du ministre lui-même.

Pour comprendre sa dévotion à la bonne Vierge, il faut savoir qu'en Espagne il y a Vierge et Vierge. Chaque ville a la sienne et se moque de celle des voisins. La Vierge de Peniscola, petite ville qui avait donné naissance à l'honorable Vicente, valait mieux, selon lui, que toutes les autres ensemble.

« Mais, lui dis-je un jour, il y a donc plusieurs Vierges ?

— Sans doute ; chaque province en a une.

— Et dans le ciel, combien y en a-t-il ? »

La question l'embarrassa évidemment, mais son catéchisme vint à son aide.

« Il n'y en a qu'une, répondit-il avec l'hésitation d'un homme qui répète une phrase qu'il ne comprend pas.

— Eh bien ! poursuivis-je, si vous vous cassiez une jambe, à quelle Vierge vous adresseriez-vous ? À celle du ciel ou à une autre ?

— À la très sainte Vierge Notre-Dame de Peniscola, apparemment *(por supuesto)*.

— Mais pourquoi pas à celle du Pilier, à Saragosse, qui fait tant de miracles ?

— Bah ! elle est bonne pour des Aragonais ! »

Je voulus le prendre par son côté faible, le patriotisme provincial.

« Si la Vierge de Peniscola, lui dis-je, est plus puissante que celle du Pilier, cela prouverait que les Valenciens sont de plus grands coquins que les Aragonais, puisqu'il leur faut une patronne si bien en cour pour que leurs péchés leur soient remis.

— Ah ! monsieur, les Aragonais ne sont pas meilleurs que d'autres ; seulement, nous autres Valenciens, nous connaissons le pouvoir de Notre-Dame de Peniscola, et nous nous y fions trop quelquefois.

— Vicente, dites-moi : ne croyez-vous pas que Notre-Dame de Peniscola parle valencien au bon Dieu quand elle prie *Sa Majesté* de ne pas vous damner pour vos méfaits ?

— Valencien ? Non, monsieur, répliqua vivement Vicente. Votre seigneurie sait bien quelle langue parle la Vierge.

— Non, en vérité.

— Mais latin, apparemment. »

... Les montagnes peu élevées du royaume de Valence sont couronnées souvent de châteaux en ruines. Je m'avisai un jour, passant auprès d'une de ces masures, de demander à Vicente s'il y avait là des revenants. Il se mit à sourire, et me répondit qu'il n'y en avait pas dans le pays ; puis il ajouta, en clignant l'œil de l'air d'un homme qui riposte à une plaisanterie :

« Votre seigneurie sans doute en a vu dans son pays ? »

En espagnol, il n'y a pas de mot qui traduise exactement celui de revenant. *Duende*, que vous trouvez dans le dictionnaire, correspond plutôt à notre mot de lutin, et s'applique, comme en français, à un enfant espiègle. *Duendecito* (petit *duende*) se dirait très bien d'un jeune homme qui se cache derrière un rideau dans la chambre d'une jeune fille pour lui faire peur, ou dans toute autre intention. Mais, quant à ces grands spectres, pâles, drapés d'un linceul et traînant des chaînes, on n'en voit point en Espagne et l'on n'en parle pas. Il y a encore des Maures enchantés dont on conte des tours aux environs de Grenade ; mais ce sont, en général, de bons revenants, paraissant d'ordinaire au grand jour pour demander bien humblement le baptême, qu'ils n'ont point eu le loisir de se faire administrer de leur vivant. Si on leur accorde cette grâce, ils vous montrent pour la peine un beau trésor. Ajoutez à cela une espèce de loup-garou tout velu que l'on nomme *el velludo*, lequel est peint dans l'Alhambra, et un certain cheval sans tête* qui, ce nonobstant, galope fort vite au milieu des pierres qui encombrent le ravin entre l'Alhambra et le Généralife, — vous aurez une liste à peu près complète de tous les fantômes dont on effraye ou dont on amuse les enfants.

Heureusement, l'on croit encore aux sorciers, et surtout aux sorcières.

À une lieue de Murviedro, il y a un petit cabaret isolé. Je mourais de soif, et je m'arrêtai à la porte. Une très jolie fille, point trop basanée, m'apporta un grand pot de cette terre poreuse qui rafraîchit l'eau. Vicente, qui ne passait jamais devant un cabaret sans avoir soif, et me donner quelque bonne raison pour entrer, ne paraissait pas avoir envie de s'arrêter dans cet endroit-là. Il se faisait tard, disait-il ; nous avions beaucoup de chemin à faire ; à un quart de lieue de là, il y avait une bien meilleure auberge où nous trouverions le plus fameux vin du royaume, celui de Peniscola excepté. Je fus inflexible. Je bus l'eau qu'on me présentait, je mangeai du gazpacho préparé par les mains de Mlle Carmencita, et même je fis son portrait sur mon livre de croquis.

Cependant, Vicente frottait son cheval devant la porte, sifflait d'un air d'impatience, et semblait éprouver de la répugnance à entrer dans la maison.

---

* *El caballo descabezado.*

Nous nous remîmes en route. Je parlais souvent de Carmencita, Vicente secouait la tête.

« Mauvaise maison ! disait-il.

— Mauvaise ! pourquoi ? Le gazpacho était excellent.

— Cela n'est pas extraordinaire, c'est peut-être le diable qui l'a fait.

— Le diable ! Dites-vous cela parce qu'elle n'épargne pas le piment, ou bien cette brave femme aurait-elle le diable pour cuisinier ?

— Qui sait ?

— Ainsi... elle est sorcière ? »

Vicente tourna la tête d'un air d'inquiétude pour voir s'il n'était pas observé ; il hâta le pas du cheval d'un coup de houssine, et, tout en courant à côté de moi, il haussait légèrement la tête, ouvrant la bouche et levant les yeux en l'air, signe d'affirmation ordinaire à des gens qu'on serait tenté de croire silencieux à la difficulté que l'on éprouve pour en tirer une réponse à une question précise. Ma curiosité était excitée, et je voyais avec un vif plaisir que mon guide n'était pas, comme je l'avais craint, un esprit fort.

« Ainsi elle est sorcière ? dis-je en remettant mon cheval au pas. Et la fille, qu'est-elle ?

— Votre Seigneurie connaît le proverbe : *Primero p... ; luego alcahueta, pues bruja*[*]. La fille commence, la mère est déjà arrivée au port.

— Comment savez-vous qu'elle est sorcière ? qu'a-t-elle fait qui vous l'ait prouvé ?

— Ce qu'elles font toutes. Elle donne le mal d'yeux[**], qui fait dessécher les enfants ; elle brûle les oliviers, elle fait mourir les mules, et bien d'autres méchancetés.

— Mais connaissez-vous quelqu'un qui ait été victime de ses maléfices ?

— Si j'en connais ? J'ai mon cousin germain, par exemple, à qui elle a joué un maître tour.

---

[*] D'abord c..., puis entremetteuse, puis sorcière.
[**] *Mal de ojos.* Ce n'est pas le mal que reçoivent les yeux, mais que font les yeux, c'est la fascination du mauvais œil. On attache souvent au poignet des enfants, dans le royaume de Valence, un petit bracelet d'écarlate pour les préserver du mauvais œil.

— Racontez-moi cela, je vous prie.

— Mon cousin n'aime pas trop qu'on raconte cette histoire. Mais il est à Cadix maintenant, et j'espère qu'il ne lui en arriverait pas malheur si je vous disais... »

J'apaisai les scrupules de Vicente en lui faisant présent d'un cigare. Il trouva l'argument irrésistible et commença de la sorte :

« Vous saurez, monsieur, que mon cousin se nomme Henriquez, et qu'il est natif du Grao de Valence, marin et pêcheur de son état, honnête homme et père de famille, vieux chrétien comme toute sa race ; et je puis me vanter de l'être, tout pauvre que je suis, quand il y a tant de gens plus riches que moi qui sentent le marrane. Mon cousin donc était pêcheur dans un petit hameau auprès de Peniscola, parce que, quoique né au Grao, il avait sa famille à Peniscola. Il était né dans la barque de son père ; ainsi, étant né sur mer, il ne faut pas s'étonner qu'il fût bon marin. Il avait été aux Indes, en Portugal, partout enfin. Quand il n'était pas embarqué sur un gros vaisseau, il avait sa barque à lui, et allait pêcher. À son retour, il attachait sa barque avec une amarre bien solide à un gros pieu, puis il allait se coucher tranquille. Voilà qu'un matin, partant pour la pêche, il va pour défaire le nœud de l'amarre ; que voit-il ?... Au lieu du nœud qu'il avait fait, nœud tel qu'en pourrait faire un bon matelot, il voit un nœud comme une vieille femme en ferait un pour attacher sa bourrique.

« "Les petits polissons se seront amusés dans ma barque hier soir, pensa-t-il ; si je les attrape, je les étrillerai d'importance."

« Il s'embarque, pêche et revient. Il attache son bateau, et, par précaution cette fois, il fait un double nœud. Bon ! Le lendemain, le nœud défait. Mon cousin enrageait, mais — devine qui a fait le coup ?... Pourtant, il prend une corde neuve, et, sans se décourager, il amarre encore solidement son bateau ! Bah ! le lendemain plus de corde neuve, et en place un mauvais morceau de ficelle, débris d'un câble tout pourri. De plus, sa voile était déchirée, preuve qu'on l'avait déployée pendant la nuit. Mon cousin se dit :

« "Ce ne sont pas des polissons qui vont la nuit dans

mon bateau ; ils n'oseraient pas déployer la voile de peur
de chavirer. Sûrement, c'est un voleur."

« Que fait-il ? Il s'en va le soir se cacher dans sa barque,
il se couche dans l'endroit où il serrait son pain et son riz
quand il s'embarquait pour plusieurs jours. Il jette sur lui,
pour mieux se cacher, une mauvaise mante, et le voilà tranquille. À minuit, remarquez bien l'heure, tout à coup il
entend des voix comme si beaucoup de personnes s'en
venaient courant au bord de la mer. Il lève un peu le bout
du nez et voit... non pas des voleurs, Jésus ! mais une douzaine de vieilles femmes pieds nus et les cheveux au vent.
Mon cousin est un homme résolu, et il avait un bon couteau
bien affilé dans sa ceinture pour s'en servir contre les
voleurs ; mais, quand il vit que c'était à des sorcières qu'il
allait avoir affaire, son courage l'abandonna ; il mit la
mante sur sa tête et se recommanda à Notre-Dame de Peniscola, pour qu'elle empêchât ces vilaines femmes de le voir.

« Il était donc tout ramassé, tout pelotonné dans son coin,
et fort en peine de sa personne. Voilà les sorcières qui déta-
chent la corde, larguent la voile et se lancent en mer. Si la
barque eût été un cheval, on aurait bien pu dire qu'elle
prenait le mors aux dents. Ce qu'il y a de sûr, c'est qu'elle
semblait voler sur la mer. Elle allait, elle allait avec tant de
vitesse, que le sifflement de l'eau fendait les oreilles, et que
le goudron s'en fondait[*] ! Et il n'y a pas là de quoi s'étonner, car les sorcières ont du vent quand elles en veulent,
puisque c'est le diable qui le souffle. Cependant, mon cousin les entendait causer, rire, se trémousser, se vanter de
tout le mal qu'elles avaient fait. Il en y avait quelques-unes
qu'il connaissait, d'autres qui apparemment venaient de
loin et qu'il n'avait jamais vues. La Ferrer, cette vieille
sorcière chez qui vous vous êtes arrêté si longtemps, tenait
le gouvernail. Enfin, au bout d'un certain temps, on s'arrête, on touche la terre, les sorcières sautent hors de la bar-

---

[*] Je n'osai interrompre mon guide pour avoir l'explication de
ce phénomène. Serait-ce que la vitesse du mouvement produisait
assez de chaleur pour fondre le goudron ? On voit que mon ami
Vicente, qui n'avait jamais été marin, n'employait pas fort habile-
ment la *couleur locale*.

que et l'attachent au rivage à une grosse pierre. Quand mon cousin Henriquez n'entendit plus leurs voix, il se hasarda à sortir de son trou. La nuit n'était pas très claire, mais il vit pourtant fort bien, à un jet de pierre du rivage, de grands roseaux que le vent agitait, et, plus loin, un grand feu. Soyez sûr que c'était là que se tenait le sabbat. Henriquez eut le courage de sauter à terre et de couper quelques-uns de ces roseaux ; puis il se remit dans sa cache avec les roseaux qu'il avait pris, et attendit tranquillement le retour des sorcières. Au bout d'une heure, plus ou moins, elles reviennent, se rembarquent, tournent le bateau, et voguent aussi vite que la première fois.

« "Du train dont nous allons, se disait mon cousin, nous serons bientôt à Peniscola."

« Tout allait bien lorsque tout d'un coup l'une de ces femmes se mit à dire :

« "Mes sœurs, voilà trois heures qui sonnent."

« Elle n'eut pas plus tôt dit cela, qu'elles s'envolent toutes et disparaissent. Pensez que c'est jusqu'à cette heure-là seulement qu'elles ont le pouvoir de courir le pays.

« La barque n'allait plus, et mon cousin fut obligé de ramer. Dieu sait combien de temps il fut en mer avant de pouvoir rentrer à Peniscola. Plus de deux jours ! Il arriva épuisé. Dès qu'il eut mangé un morceau de pain et bu un verre d'eau-de-vie, il alla chez l'apothicaire de Peniscola, qui est un homme bien savant et qui connaît tous les simples. Il lui montre les roseaux qu'il avait apportés.

« "D'où cela vient-il ? qu'il demande à l'apothicaire.

« — D'Amérique, répond l'apothicaire. Il n'en pousse de pareils qu'en Amérique, et vous auriez beau en semer la graine ici, elle ne produirait rien."

« Mon cousin, sans dire un mot de plus à l'apothicaire, s'en va droit chez la Ferrer :

« "Paca, dit-il en entrant, tu es une sorcière."

« L'autre de se récrier et de dire :

« "Jésus, Jésus !

« — La preuve que tu es sorcière, c'est que tu vas en Amérique et que tu en reviens en une nuit. J'y suis allé avec toi, telle nuit, et en voici la preuve. Tiens, voici des roseaux que j'ai cueillis là-bas." »

Vicente, qui m'avait conté tout ce qui précède d'une voix émue et avec beaucoup de chaleur, étendit alors la main vers moi, accompagnant son récit d'une pantomime convenable, et me présenta une poignée d'herbe qu'il venait d'arracher. Je ne pus m'empêcher de faire un mouvement, croyant voir les roseaux d'Amérique.

Vicente reprit :

« La sorcière dit :

« "Ne faites pas de bruit ; voici un sac de riz, emportez-le, et laissez-moi tranquille."

« Henriquez dit :

« "Non, je ne te laisse pas tranquille, que tu ne me donnes un sort pour avoir à volonté un vent comme celui qui nous a menés en Amérique."

« Alors, la sorcière lui a donné un parchemin dans une calebasse qu'il porte toujours sur lui quand il est en mer ; mais, à sa place, il y a longtemps que j'aurais jeté au feu parchemin et tout ; ou bien je l'aurais donné à un prêtre, car qui traite avec le diable est toujours mauvais marchand. »

Je remerciai Vicente de son histoire, et j'ajoutai, pour le payer de même monnaie, que, dans mon pays, les sorcières se passaient de bateaux, et que leur moyen de transport le plus ordinaire était un balai, sur lequel ces dames se mettaient à califourchon.

« Votre seigneurie sait bien que cela est impossible », répondit froidement Vicente.

Je fus stupéfait de son incrédulité. C'était me manquer, à moi qui n'avais pas élevé le moindre doute sur la vérité de l'histoire des roseaux. Je lui exprimai toute mon indignation, et je lui dis d'un ton sévère qu'il ne se mêlât pas de parler des choses qu'il ne pouvait comprendre, ajoutant que, si nous étions en France, je lui trouverais autant de témoins du fait qu'il pourrait en désirer.

« Si votre seigneurie l'a vu, alors cela est vrai, répondit Vicente ; mais, si elle ne l'a pas vu, je dirai toujours qu'il est impossible que des sorcières montent à califourchon sur un balai ; car il est impossible que, dans un balai, il n'y ait pas quelques brins qui se croisent, et alors voilà une croix faite ; et alors comment voulez-vous que des sorcières puissent s'en servir ? »

« ... J'ajoutai... que, dans mon pays, leur moyen de transport le plus ordinaire était un balai, sur lequel ces dames se mettaient à califourchon. » Gravure de Goya (Les Caprices).

L'argument était sans réplique. Je me tirai d'affaire en disant qu'il y avait balais et balais. Qu'une sorcière montât sur un balai de bouleau, c'est ce qu'il était impossible d'accorder ; mais sur un balai de genêt dont les brins sont droits et raides, sur un balai de crin, rien de plus facile. Tout le monde comprend sans peine qu'on peut aller au bout du monde sur un tel manche à balai.

« J'ai toujours entendu dire, monsieur, dit Vicente, qu'il y a beaucoup de sorciers et de sorcières dans votre pays.

— Cela tient, mon ami, à ce que nous n'avons pas d'inquisition chez nous.

— Alors, votre seigneurie aura sans doute vu de ces gens qui vendent des sorts pour toutes sortes de choses. J'en ai vu les effets, moi qui vous parle.

— Faites, lui dis-je, comme si je ne connaissais pas ces histoires-là ; je vous dirai ensuite si elles sont vraies.

— Eh bien, monsieur, on m'a dit qu'il y a, dans votre pays, des gens qui vendent des sorts aux gens qui en achètent. Moyennant un bon sac de piécettes, ils vous vendent un morceau de roseau avec un nœud d'un côté et un bon bouchon de l'autre. Dans ce roseau, il y a des petites bêtes *(animalitos)* au moyen desquelles on obtient tout ce qu'on demande. Mais vous savez mieux que moi comment on les nourrit... De chair d'enfant non baptisé, monsieur : et, quand il ne peut pas s'en procurer, le maître du roseau est obligé de se couper un morceau de chair à lui-même... (Les cheveux de Vicente se dressaient sur sa tête.) Il faut lui donner à manger une fois toutes les vingt-quatre heures, monsieur.

— Avez-vous vu un de ces roseaux en question ?

— Non, monsieur, pour ne point mentir ; mais j'ai beaucoup connu un certain Romero ; j'ai bu cent fois avec lui (lorsque je ne le connaissais pas pour ce qu'il était, comme je le connais à présent). Ce Romero était zagal de son métier. Il fit une maladie à la suite de laquelle il *perdit son vent*, de sorte qu'il ne pouvait plus courir. On lui disait d'aller en pèlerinage pour obtenir sa guérison ; mais lui, disait :

« "Pendant que je serai en pèlerinage, qui est-ce qui gagnera de l'argent pour faire de la soupe à mes enfants ?" si bien que, ne sachant où donner de la tête, il se faufila parmi des sorciers et autre semblable canaille qui lui vendirent un de ces morceaux de roseaux dont j'ai parlé à votre seigneurie. — Monsieur, depuis ce temps-là, Romero aurait attrapé un lièvre à la course. Il n'y avait pas un zagal qui pût lui être comparé. Vous savez quel métier c'est, et combien il est dangereux et fatigant. Aujourd'hui, il court devant les mules sans perdre une bouffée de son cigare. Il courrait de Valence à Murcie sans s'arrêter, tout d'une traite. Mais il n'y a qu'à le voir pour juger ce que cela lui coûte. Les os lui percent la peau, et, si ses yeux se creusent toujours comme ils font, bientôt il verra derrière la tête. Ces bêtes-là le mangent.

« Il y a de ces sorts qui sont bons à autre chose qu'à courir... des sorts qui vous garantissent du plomb et de l'acier, qui vous rendent *dur*, comme l'on dit. Napoléon en avait un, c'est ce qui a fait qu'on n'a pu le tuer en Espagne ; mais il y avait pourtant un moyen bien facile...

— C'était de faire fondre une balle d'argent, interrompis-je, me rappelant la balle dont un brave whig perça l'omoplate de Claverhouse.

— Une balle d'argent pourrait être bonne, reprit Vicente, si elle était fondue avec une pièce de monnaie sur laquelle il y aurait la croix, comme sur une vieille piécette ; mais ce qui vaut encore mieux, c'est de prendre tout bonnement un cierge qui ait été sur l'autel pendant qu'on dit la messe. Vous faites fondre cette cire bénite dans un moule à balles, et soyez certain qu'il n'y a ni sort, ni diablerie, ni cuirasse qui puisse garantir un sorcier contre une telle balle. Juan Coll, qui a fait tant de bruit dans le temps aux environs de Tortose, a été tué par une balle de cire que lui tira un brave miquelet, et, quand il fut mort et que le miquelet le fouilla, on lui trouva la poitrine toute couverte de figures et de marques faites avec de la poudre à canon, des parchemins pendus au cou, et je ne sais combien d'autres brimborions. Jose Maria, qui fait tant parler de lui maintenant en Andalousie, a un charme contre les balles ; mais gare à lui si on lui lâche des balles de cire ! Vous savez comme il maltraite les prêtres et les moines qui tombent entre ses mains : c'est qu'il sait qu'un prêtre doit bénir la cire qui le tuera. »

Vicente en eût dit bien davantage si dans ce moment le château de Murviedro, que nous aperçûmes au tournant de la route, n'eût donné un autre tour à notre conversation.

La Bohémienne de Madrid *

Miguel de Cervantes

Traduction et notes de Louis Viardot (1838).

On dirait que les Bohémiens et les Bohémiennes ne sont venus au monde que pour être voleurs. Ils naissent de parents voleurs, ils s'élèvent parmi des voleurs, ils étudient pour devenir voleurs ; et finalement ils sortent de là voleurs faits et parfaits en toute matière et à tout événement. Le goût de voler et le vol sont chez eux comme des accidents

---

* Cervantes a peint, dans la présente nouvelle, les mœurs de cette race étrange qu'on appelle *Gitanos* en Espagne, *Zingari* en Italie, *Gipsies* en Angleterre, et *Bohêmes* ou *Bohémiens* en France. On n'est pas d'accord sur leur origine, si ce n'est en un point, qu'ils vinrent d'Égypte. Les uns pensent que les premiers Bohémiens furent des prêtres et des prêtresses d'Isis et de Sérapis, qui cherchèrent un refuge en Europe quand Théodose eut détruit leurs temples, et qui attiraient les aumônes en faisant le métier de charlatans et de devins. Apulée, du moins, fait de ces prophètes ambulants un portrait tout semblable à celui des Bohêmes. D'autres pensent, au contraire, que ce furent des chrétiens égyptiens, chassés de leur pays par la conquête des musulmans. Voici comment Pasquier raconte leur première apparition en France : « Le 17 avril 1427, vinrent à Paris douze penanciers (pénitents), un duc, un comte, et dix hommes à cheval, qui se qualifièrent chrétiens de la Basse-Égypte, chassés par les Sarrasins ; qui, étant venus vers le pape confesser leurs péchés, reçurent, pour pénitence, d'aller sept ans par le monde sans coucher en lit. Leur suite était d'environ cent vingt personnes, reste de douze cents qu'ils étaient à leur départ. On les logea à La Chapelle, où on allait les voir en foule ; ils avaient les oreilles percées, où pendait une boucle d'argent ; leurs cheveux étaient très noirs et crépus, leurs femmes, très laides,

inséparables qui ne s'en vont qu'avec la vie. Or donc, une femme de cette nation, vieille Bohémienne qui pouvait être gratifiée de la vétérance dans la science de Cacus, éleva, sous le nom de sa petite-fille, une jeune enfant qu'elle appela Préciosa, et à laquelle elle enseigna tous ses talents, tous ses tours de bohème. Cette petite Préciosa devint la plus admirable danseuse de toute la Bohémerie, la plus belle personne et la plus spirituelle qui se pût trouver, non point parmi les Bohémiens, mais parmi les plus belles et les plus spirituelles dames dont la renommée publiât alors les louanges. Ni le soleil, ni le grand air, ni toutes les inclémences du ciel, auxquelles les Bohémiens, toujours vagabonds, sont plus sujets que les autres hommes, ne purent flétrir son visage, ni hâler ses mains. Bien plus ; l'éducation grossière qu'elle recevait ne faisait découvrir en elle autre chose, sinon qu'elle était née avec des qualités plus relevées que celles d'une Bohémienne. Elle était, en effet, courtoise au dernier point, usant de bonnes façons et de bon langage ; avec tout cela, un peu libre et hardie, mais non pourtant de manière à laisser voir la moindre déshonnêteté. Au contraire, toute badine qu'elle fût, elle était si retenue, si décente, qu'aucune Bohémienne, vieille ou jeune, n'osait chanter en sa présence de chansons obscènes, ni prononcer

---

sorcières, larronnesses et diseuses de bonne aventure. L'évêque les obligea à se retirer, et excommunia ceux qui leur avaient montré leurs mains. Par ordonnance des États d'Orléans de l'an 1560, il fut enjoint à tous ces imposteurs, sous le nom de *Bohémiens* ou *Égyptiens*, de vider le royaume sous peine de galères. » (*Recherches*, livre IV, chap. XIX.)

On ne trouve plus de Bohémiens dans le reste de l'Europe, sinon quelques-uns en Angleterre, en Écosse et dans le midi de la France ; mais ils sont encore assez nombreux en Espagne. Sans compter les troupes errantes que l'on rencontre dans les Castilles, dans la Manche, et surtout dans l'Andalousie, certains quartiers de Valence et de Murcie, le grand faubourg de Triana, à Séville, et les environs de la porte de Terre, à Cadix, sont presque entièrement peuplés de Bohémiens. Ils s'occupent tous à des travaux manuels, ou à quelques branches de petite industrie, comme le maquignonnage, la tonsure des mules, le colportage de la menue mercerie, etc. Ils ne se mêlent point à d'autres races ; aussi ont-ils un caractère de physionomie particulier : ce sont à peu près les traits des Juifs avec le teint des Éthiopiens.

une parole équivoque. Finalement, la grand-mère connut bien le trésor qu'elle avait dans sa petite-fille, et, vieille aigle, elle résolut de faire voler loin du nid son aiglon, de lui apprendre à vivre de ses serres. Préciosa se mit en campagne, bien pourvue de couplets, de noëls, de sarabandes, de *seguidillas* et de toutes sortes de vers, principalement de *romances*, qu'elle chantait avec une grâce toute particulière. La rusée grand-mère prévoyait bien que de tels agréments et de telles gentillesses, joints au peu d'années et à la grande beauté de sa petite-fille, seraient de puissantes amorces et d'heureux appâts pour grossir son pécule. Aussi cherchat-elle à se les procurer par tous les moyens possibles, et il ne manqua pas de poètes pour lui en fournir ; car il y a des poètes qui s'arrangent avec les Bohémiens et leur vendent leurs ouvrages, comme il y en a pour les aveugles, qui inventent des miracles et partagent le bénéfice. Il y a de tout dans le monde, et cette coquine de faim fait souvent faire aux beaux esprits des choses qui ne sont pas sur la carte. Préciosa passa son enfance en divers endroits de la Castille ; quand elle eut quinze ans, sa grand-mère putative la ramena à Madrid, c'est-à-dire à son ancien campement, dans la plaine de Santa-Barbara, où les Bohémiens ont l'habitude de s'établir, pensant qu'elle vendrait bien sa marchandise à la cour*, où tout s'achète et tout se vend.

La première apparition que Préciosa fit à Madrid, ce fut un jour de Sainte-Anne, patronne et avocate de la ville, dans un ballet où figuraient huit Bohémiennes, quatre vieilles et quatre jeunes, conduites par un Bohémien, grand danseur. Quoiqu'elles fussent toutes propres et bien requinquées, Préciosa était mise avec tant de goût et d'élégance, que, peu à peu, elle amouracha les yeux de tous ceux qui la regardaient. Du bruit que faisaient les castagnettes et le tambourin, et de l'ardeur de la danse, il s'éleva une rumeur d'éloges sur la beauté et la grâce de la jeune Bohémienne, si bien que les petits garçons accouraient la voir et les hommes l'admirer. Mais quand ils l'entendirent chanter, car la danse était accompagnée de chant, ce fut bien une autre affaire. Pour le coup, la renommée de la Bohémienne

---

* Le mot *corte* signifie la cour et la capitale.

grandit et s'étendit, et, de l'avis unanime des commissaires de la fête, on lui adjugea le bijou qui formait le prix de la meilleure danse. Quand on vint à faire la fête dans l'église de Sainte-Marie, devant l'image de la glorieuse sainte Anne, Préciosa, après avoir dansé son pas, prit un tambour à grelots, au bruit desquels, traçant un long cercle en légères pirouettes, elle chanta le _romance_ suivant :

« Arbre précieux, qui tardas à porter du fruit, des années qui pouvaient te couvrir de deuil,

« Et rendre les purs désirs de ton époux bien incertains, malgré son espérance,

« Retard duquel naquit ce démêlé qui chassa du temple le plus saint personnage ;

« Sainte terre stérile, qui à la fin produisit toute l'abondance qui alimente le monde ;

« Hôtel de monnaie, où se forgea le coin qui donna à Dieu la forme qu'il eut comme homme ;

« Mère d'une fille en qui Dieu voulut et put faire éclater des grandeurs surhumaines ;

« Par vous et par elle, vous êtes, Anne, le refuge où nos infortunes vont chercher remède.

« Vous avez, je n'en doute pas, en certaine manière, un empire pieux et juste sur votre petit-fils.

« Étant commensale du palais céleste, mille parents seraient avec vous parfaitement d'accord.

« Quelle fille ! quel gendre et quel petit-fils ! Vous pourriez, à bien juste titre, chanter vos triomphes.

« Mais, humble vous-même, vous avez été l'école où votre fille a appris l'humilité.

« Et maintenant, à son côté, le plus rapproché de Dieu, vous jouissez d'une grandeur dont je me fais à peine l'idée. »

Le chant de Préciosa était fait pour étonner et ravir tous ceux qui l'écoutaient. Les uns disaient : « Que Dieu te bénisse, la jeune fille ! » D'autres : « C'est grand dommage qu'elle soit Bohémienne ; en vérité, en vérité, elle méritait d'être la fille d'un grand seigneur. » Il y en avait d'autres, plus grossiers, qui disaient : « Laissez grandir la fillette, et vous la verrez faire des siennes. Par ma foi, elle va serrer les mailles d'un gentil filet pour pêcher des cœurs. » Un

autre, plus épais de corps et d'esprit, la voyant danser avec
tant de légèreté, lui cria : « Courage, ma fille, courage ; en
danse, les amours, et frétille à perdre haleine. » Elle répondit, sans ralentir son pas : « Et je frétillerai sans perdre
haleine*. »

Les vêpres et la fête de Sainte-Anne finies, Préciosa resta
quelque peu fatiguée, mais avec une telle réputation de
beauté, d'esprit, de malice et de talent pour la danse, qu'on
faisait groupe pour parler d'elle dans toute la ville.

Quinze jours après, elle revint à Madrid, selon son habitude, accompagnée de trois autres jeunes filles, avec des
tambours à grelots et un nouveau ballet, toutes bien four-
nies de romances et de chansonnettes, gaies, mais décentes :
car Préciosa ne permettait point que celles qui l'accompagnaient chantassent des chansons graveleuses ; et, pour elle,
jamais elle n'en chanta. Bien des gens prirent garde à cette
retenue, et l'en estimèrent davantage. La vieille Bohémienne ne s'éloignait jamais d'elle, s'étant faite son Argus,
dans la crainte qu'on ne la dégourdît et qu'on ne la lui
soufflât ; elle l'appelait sa petite-fille, et Préciosa la croyait
sa grand-mère. Ses quatre compagnes se mirent à danser à
l'ombre, dans la rue de Tolède, pour complaire à ceux qui
les regardaient, et bientôt un grand cercle se fit à l'entour
d'elles. Tandis qu'elles dansaient, la vieille demandait l'aumône aux spectateurs, et les *ochavos* et les *cuartos*** pleu-
vaient sur elle comme des pierres sur un plancher de
théâtre, car la beauté a aussi le privilège de réveiller la
charité endormie. La danse achevée : « Si l'on me donne
quatre *cuartos*, dit Préciosa, je chanterai toute seule un
romance, joli au possible, qui raconte comment la reine
Marguerite, notre dame, entendit la messe de relevailles à

---

* Il y a dans l'original : « ... *andad, amores, y pisad el polvito
à tan menudito.* » *Y ella respondiò sin dejar el baile :* « *Y pisarélo
yo à tan menudo.* » Cette réponse renferme quelque malice dont il
est fort difficile de deviner le sens aujourd'hui. N'ayant trouvé
personne qui pût me l'expliquer, j'ai mis un équivalent dans les
mots, et peut-être dans l'unique signification qu'il soit possible de
leur donner par conjecture.
** Le *cuarto* est la huitième partie d'un réal, environ trois
liards ; l'*ochavo* est la moitié du *cuarto*.

Valladolid, et alla à San-Llorente. Je dis que ce romance est fameux, et composé par un poète du métier, capitaine dans le bataillon. » A peine eut-elle dit cela, que presque tous ceux qui formaient le cercle répondirent à grands cris : « Chante-le. Préciosa, chante-le, voici mes quatre *cuartos*. » Et, en effet, les *cuartos* tombaient sur elle comme la grêle, si bien que la vieille ne pouvait suffire à les ramasser. Quand elle eut fait sa moisson et sa vendange, Préciosa fit sonner ses grelots, et d'un ton coulant et folâtre, chanta le *romance* suivant :

« À la messe de relevailles va la plus grande reine d'Europe, riche et admirable bijou par le nom et par les vertus [*].

« De même qu'elle attire tous les yeux, elle attire toutes les âmes de ceux qui la regardent, et qui admirent sa dévotion et sa magnificence.

« Pour montrer qu'elle est une partie du ciel sur la terre, elle conduit d'un côté le soleil d'Autriche, de l'autre la tendre Aurore.

« Par derrière, la suit un astre, qui parut tout à coup la nuit du jour où pleurent le ciel et la terre.

« Si, dans le ciel, il y a des étoiles qui forment des chars brillants, sur d'autres chars, de brillantes étoiles ornent son ciel.

« Ici, le vieux Saturne peigne sa barbe et rajeunit ; quoique pesant, il marche avec légèreté, car le plaisir guérit la goutte.

« Le Dieu de l'éloquence se montre dans les langues flatteuses et amoureuses, et Cupidon dans les devises variées, brodées en perles et en rubis.

« Là, se montre le furieux Mars, dans la personne élégante d'une foule de jeunes galants qui s'effrayent de leur ombre.

« Près de la demeure du soleil se montre Jupiter ; il n'y a rien de difficile à la faveur fondée sur la puissance des œuvres.

« La lune se montre sur les joues de deux déesses sœurs, et Vénus chaste dans les attraits de celles qui composent le Ciel.

---

[*] *Margarita*, perle.

« De petits Ganymèdes vont, viennent, tournent et retournent, dans la ceinture galonnée de cette sphère merveilleuse.

« Pour que tout surprenne et cause l'admiration, il n'y a pas une chose qui ne soit plus que libérale, et qui ne touche à l'excès de prodigalité.

« Milan, avec ses riches étoffes, se montre là, en réjouissant les yeux ; les Indes, avec leurs diamants ; l'Arabie, avec ses parfums.

« Chez les gens malintentionnés se montre l'envie mordante, et la bonté dans les cœurs de la loyauté espagnole.

« L'allégresse universelle, fuyant le sombre chagrin, court les rues et les places, en désordre et presque folle.

« Le silence ouvre la bouche à mille louanges muettes, et les enfants répètent ce qu'entonnent les hommes.

« L'un dit : « Vigne féconde, grandis, monte, embrasse ton heureux ormeau, et puisse-t-il te donner de l'ombre mille siècles,

« Pour la gloire de toi-même, pour le bien et l'honneur de l'Espagne, pour l'appui de l'Église, pour l'épouvante de Mahomet. »

« Une autre voix s'élève et dit : « Vis, ô blanche colombe, qui nous a donné pour petits des aigles à deux couronnes,

« Afin de chasser des airs les furieux oiseaux de proie, afin de couvrir de leurs ailes les vertus timides. »

« Une autre voix, plus discrète et plus grave, plus piquante et plus avisée, dit, en répandant l'allégresse par les yeux et par la bouche :

« Cette perle que tu nous as donnée, ô nacre d'Autriche, cette perle unique, que de machinations elle déjoue ! que de mauvais desseins elle coupe !

« Que d'espérances elle répand ! que de souhaits elle déconcerte ! que de frayeurs elle inspire ! que de secrètes trames elle fait avorter ! »

« Cependant la reine arrive au temple du Saint Phénix, qui fut brûlé à Rome, mais qui vit éternellement dans la renommée et la gloire céleste.

« Elle s'approche de l'image de vie, de la Reine du Ciel,

de celle qui, pour avoir été humble, foule maintenant aux pieds les étoiles.

« À celle qui est mère et Vierge à la fois, à la fille et à l'épouse de Dieu, Marguerite, agenouillée, parle de la sorte :

« Ce que tu m'as donné, je te le donne, main toujours libérale, telle que, si ta faveur manque, la misère reste seule.

« Je t'offre, Vierge adorable, les prémices de mes fruits, tels qu'ils sont ; reçois-les, donne-leur tes regards, ton appui, ta grâce.

« Je te recommande leur père, qui, Atlas humain, plie sous le poids de tant de royaumes et de régions si lointaines.

« Je sais que le cœur du Roi repose dans les mains de Dieu, et je sais que tu peux avec Dieu tout ce que tu lui demandes pieusement. »

« Cette oraison terminée, des voix et des hymnes en entonnent une autre qui montre que sa gloire est sur la terre.

« Les offices achevés avec de royales cérémonies, ce ciel retourne à sa place avec sa sphère merveilleuse. »

À peine Préciosa eut-elle achevé son *romance*, que de l'illustre auditoire et du grave sénat qui l'écoutait, une voix formée de plusieurs s'écria : « Chante encore une fois, Préciosa ; les *cuartos* ne te manqueront pas plus que la terre. » Plus de deux cents personnes étaient réunies pour regarder la danse et écouter le chant des Bohémiennes. Au plus beau moment, un des lieutenants de la ville vint à passer par là. Voyant tant de gens assemblés, il demanda ce que c'était : on lui répondit qu'on faisait cercle autour de la belle Bohémienne qui chantait. Le lieutenant s'approcha, car il était curieux, et se mit un instant à écouter ; mais, pour ne point manquer à la gravité de son office, il n'écouta pas le *romance* jusqu'au bout. Toutefois, comme la petite Bohémienne lui avait semblé charmante, il chargea un de ses pages de dire à la vieille qu'elle vînt le soir à sa maison, avec les jeunes filles, parce qu'il voulait les faire entendre à Doña Clara, sa femme. Le page fit la commission, et la vieille dit qu'elle ne manquerait point d'y aller.

La danse et le chant terminés, toute la troupe changea de place. En ce moment, un page fort bien équipé s'approcha de Préciosa, et lui donnant un papier plié : « Préciosita, lui dit-il, chante le *romance* qui est là-dedans ; il est fort bon, et je t'en donnerai d'autres de temps en temps, pour que tu acquières la réputation de la meilleure *romancière* du monde. — J'apprendrai celui-là de très bon cœur, répondit Préciosa, et prenez garde, seigneur, à ne pas manquer de me fournir les *romances* que vous dites, pourvu toutefois qu'ils soient honnêtes. Si vous voulez qu'on vous les paie, arrangeons-nous par douzaines : douzaine chantée, douzaine payée ; mais penser que je vous paierai à l'avance, c'est rêver l'impossible. — Que mademoiselle Préciosa me donne seulement pour le papier, reprit le page, et je serai content ; de plus, tout *romance* qui ne sera pas jugé bon et honnête n'entrera pas en ligne de compte. — Je fais le mien de les choisir, » répondit Préciosa.

Cela fait, les Bohémiennes continuèrent à monter la rue, et des gentilshommes les appelèrent d'une fenêtre basse. Préciosa s'approcha de la grille, et vit dans un salon très frais et très bien meublé plusieurs gentilshommes, dont les uns se promenaient, tandis que les autres jouaient à divers jeux. « Voulez-vous me donner des étrennes*, zeigneurs ? » dit Préciosa, qui, en qualité de Bohémienne, prononçait les *s* en *z* (ce que font les femmes de cette race, non de nature, mais par artifice). À la voix et à la vue de Préciosa, les joueurs laissèrent leur jeu, et les promeneurs leur promenade, et les uns comme les autres accoururent à la fenêtre pour la voir, car ils avaient déjà ouï parler d'elle. « Entrez, dirent-ils, entrez, les Bohémiennes ; nous vous donnerons vos étrennes ici. — Ce serait les vendre, reprit Préciosa, si l'on nous y pinçait. — Non, foi de gentilhomme, répondit l'un d'eux ; tu peux entrer, jeune fille, bien sûre que personne ne te touchera à la bordure du soulier. J'en réponds par l'ordre dont je suis revêtu ; » et il porta la main sur une croix de chevalier de Calatrava. « Si tu veux entrer, Préciosa, dit une des trois jeunes Bohémiennes qui l'accompagnaient, entre, à la bonne heure ; mais, moi, je ne pense pas entrer où il y a tant d'hommes. — Tiens, Cristina, répondit Préciosa, sais-tu de quoi tu dois te garder ? D'un homme

---

* *Barato*, gratification que donnent les joueurs gagnants à la galerie.

seul, et seule avec lui, mais non de tant d'hommes ensemble ; au contraire, de ce qu'ils sont beaucoup, cela ôte la
peur et l'appréhension d'en être offensée. Sois sûre d'une
chose, ma bonne Cristina : c'est qu'une femme bien résolue
à rester vertueuse peut l'être au milieu d'une armée de soldats. Il est bon, à la vérité, de fuir les occasions de chute ;
mais ce doit être les occasions secrètes, et non les publiques. — Entrons, Préciosa, reprit sa compagne, tu en sais
plus long qu'un savant. »

La vieille Bohémienne leur fit prendre courage, et toutes
quatre entrèrent. À peine Préciosa fut-elle entrée, que le
chevalier de Calatrava vit le papier qu'elle portait dans son
sein ; il s'approcha d'elle, et le lui enleva. « Ah ! ne le prenez pas, zeigneur, s'écria Préciosa ; c'est un *romance* qu'on
vient de me donner à l'instant même, et que je n'ai pas
encore lu. — Tu sais donc lire, ma fille ? dit l'un des gentilshommes. — Et écrire, répondit la vieille, car j'ai élevé
cette enfant comme si elle eût été fille d'un robin. » Le
gentilhomme ouvrit le papier, et vit qu'il y avait dedans un
écu d'or. « En vérité, Préciosa, dit-il, cette lettre porte son
port avec elle. Prends cet écu qui est enveloppé dans le
romance. — C'est bien, dit Préciosa, il paraît que le poète
m'a traitée en mendiante. Eh bien ! à coup sûr, il y a un
plus grand miracle à ce qu'un poète me donne un écu qu'à
ce que je le reçoive. Si ses *romances* doivent m'arriver avec
de tels noyaux, il fera bien de transcrire tout le *romancero
general*[*], et de me les envoyer l'un après l'autre ; je leur
tâterai le poids, et si je les trouve durs, je serai très-douce
à les recevoir. » La surprise fut grande parmi tous ceux qui
écoutaient la Bohémienne, et l'on n'admira pas moins son
esprit que la grâce avec laquelle elle parlait. « Lisez, seigneur, dit-elle, et lisez haut ; nous verrons si le poète est
aussi spirituel qu'il est libéral. » Le gentilhomme lut ce qui
suit :

« Jeune Bohémienne, que l'on peut saluer du nom de

---

[*] Recueil des anciens *romances* du Cid, de Bernard del Carpio,
etc.

belle, c'est par ce que tu as de commun avec la pierre que le monde t'appelle Préciosa*.

« Ce qui confirme cette vérité, c'est, comme tu le verras en toi-même, que jamais ne se séparent le dédain et la beauté**.

« Si tu continues à grandir en arrogance autant qu'en attraits et en valeur, je ne me fais plus caution du siècle où tu es née.

« Car, en toi s'élève un basilic qui tue de ses regards, et s'établit un empire qui, bien que doux, nous paraît tyrannie.

« Parmi des pauvres et des hordes errantes, comment est née une telle beauté ? Comment l'humble Manzanarès a-t-il produit un tel chef-d'œuvre ?

« Pour cela il sera fameux à l'égal du Tage doré, et, pour Préciosa, apprécié plus que le Gange aux profondes eaux.

« Tu dis la bonne aventure, et tu la donnes toujours mauvaise, car ton intention et ta beauté ne suivent pas le même chemin.

« En effet, dans le péril imminent qu'on trouve à te voir, à te contempler, ton intention se dirige à te disculper, et ta beauté à donner la mort.

« On dit qu'elles sont sorcières, toutes les femmes de ta nation ; mais tes sortilèges, à toi, sont plus forts et plus réels.

« Car, pour emporter les dépouilles de tous ceux qui te voient, tu fais, ô jeune fille, que les charmes soient dans tes yeux.

« Tu devances toutes les autres par la puissance des tiens ; car tu nous émerveilles si tu danses, tu nous tues si tu nous regardes, tu nous enchantes si tu chantes.

« De cent mille façons tu ensorcelles ; que tu parles, que tu te taises, que tu chantes, que tu regardes, que tu t'approches ou que tu t'éloignes, tu attises le feu de l'amour.

« Sur le cœur le plus indépendant tu étends ton pouvoir

---

* Il est inutile de faire remarquer que cette strophe contient un jeu de mots sur *pierre* et *précieuse*.
** Les Espagnols disent proverbialement : *La belle femme se reconnaît au dédain*.

et ta seigneurie ; témoin le mien, qui se soumet sans regret à ton empire.

« Précieux bijou d'amour, voilà ce que t'écrit humblement celui qui pour toi meurt et vit pauvre, quoique humble adorateur. »

« C'est en *pauvre* que finit le dernier vers, s'écria Préciosa ; mauvais signe. Les amoureux ne doivent jamais dire qu'ils sont pauvres ; car, dans le commencement, à ce que j'imagine, la pauvreté est très ennemie de l'amour. — Qui t'apprend cela, petite fille ? dit un des assistants. — Eh ! qui a besoin de me l'apprendre ? répondit Préciosa. N'ai-je pas mon âme dans mon corps ? n'ai-je pas déjà mes quinze ans ? Oh ! je ne suis ni manchote, ni boiteuse, ni estropiée de l'entendement. Chez les Bohémiennes, l'intelligence ne va point du même pas que chez les autres gens ; toujours elle devance leurs années. Il n'y a pas de Bohémien lourdaud, ni de Bohémienne sotte. Comme ils n'ont d'autres moyens de gagner leur vie que d'être fins, adroits, rusés et fourbes, à chaque pas ils dégourdissent leur esprit, et ne le laissent moisir par aucun côté. Voyez-vous ces jeunes filles, mes compagnes, qui ne remuent pas les lèvres et semblent des niaises ? Eh bien ! mettez-leur le doigt dans la bouche, et tâtez-leur les dents de sagesse, et vous verrez ce que vous verrez. Il n'y a pas de petite fille de douze ans qui n'en sache autant qu'une autre de vingt-cinq, parce qu'elles ont pour maîtres et précepteurs le diable et la pratique, qui leur enseignent en une heure ce qu'elles devraient apprendre en un an. » En parlant ainsi, la Bohémienne tenait bouche béante tous les assistants. Ceux qui jouaient lui donnèrent des étrennes, et même ceux qui ne jouaient pas. La vieille ramassa trente réaux dans sa tirelire, et plus riche, plus joyeuse qu'une Pâques-fleuries, elle poussa devant elle ses brebis, et gagna la maison du seigneur lieutenant, après avoir promis qu'elle reviendrait un autre jour avec son petit troupeau pour amuser ces gentilshommes si généreux.

Madame Doña Clara, femme du seigneur lieutenant, était déjà prévenue que les Bohémiennes devaient venir à sa maison. Elle les attendait comme la pluie de mai, avec ses femmes et ses duègnes, et avec celles d'une autre dame, sa voisine, car elles s'étaient toutes réunies pour voir Préciosa.

A peine les Bohémiennes furent-elles entrées, que Préciosa parut resplendissante au milieu des autres, comme une torche allumée au milieu de petits cierges. Aussi, les dames et leurs suivantes coururent toutes à elle. Les unes l'embrassaient, les autres la regardaient avec de grands yeux ; celles-ci la bénissaient, celles-là faisaient son éloge. Doña Clara disait : « Voilà ce qu'on peut nommer des cheveux d'or ! voilà ce qui s'appelle des yeux d'émeraude ! » La dame, sa voisine, épluchait la Bohémienne, la mettait en pièces, et faisait un abattis de ses membres et de leurs plus petits détails. Quand elle vint à louer une fossette que Préciosa avait au menton[*] : « Oh, quelle fossette ! s'écria-t-elle ; dans cette fossette doivent trébucher tous les yeux qui la voient. » Ce propos fut entendu par un écuyer de main de madame Doña Clara, qui se trouvait présent, homme à longue barbe et de longues années. « Vous appelez cela une fossette, madame ? dit-il à son tour ; ou je n'entends rien en fossette, ou celle-ci est une vraie fosse pour ensevelir les âmes toutes vivantes. Pardieu, la petite Bohémienne est si gentille, que, faite d'argent ou de pâte de sucre, elle ne le serait pas davantage. Sais-tu dire la bonne aventure, ma fille ? — De trois ou quatre manières, répondit Préciosa. — Cela aussi ! s'écria Doña Clara. Par la vie du lieutenant, mon seigneur, tu vas me la dire, fille d'or, fille d'argent, fille de perles, fille d'escarboucles, fille du Ciel, ce qui est tout ce que je puis dire de plus. — Donnez la paume de la main à la petite fille, dit la vieille, ainsi que de quoi faire la croix, et vous verrez que de choses elle vous dit, car elle en sait plus qu'un docteur de médecine. » Madame la lieutenante mit la main dans sa poche, et trouva qu'elle n'avait pas une obole. Elle demanda un *cuarto* à ses femmes, mais aucune d'elles n'en avait, ni la dame voisine non plus. Quand Préciosa vit cela : « Toutes les croix, dit-elle, en tant que croix, sont bonnes ; mais celles d'argent ou d'or sont meilleures. Il faut que vos grâces sachent que de faire la croix dans la paume de la main avec de la monnaie de cuivre, cela gâte la bonne aventure, la mienne au moins. Aussi, j'aime beaucoup mieux faire la première croix avec quelque écu d'or, ou quelque pièce de

---

[*] Le mot espagnol, comme le mot français, veut dire *petite fosse*.

huit réaux, ou du moins un double réal. Je suis comme les sacristains ; quand l'offrande est bonne, je me frotte les mains. — Tu as de l'esprit, petite fille, en vérité, » s'écria la dame voisine ; et se tournant vers l'écuyer : « Vous, dit-elle, seigneur Contreras, n'auriez-vous pas sous la main une pièce de quatre réaux, donnez-la-moi ; quand le docteur, mon mari, sera de retour, je vous la rendrai. — Oui, j'en ai bien une, reprit Contreras ; mais elle est engagée pour vingt-deux maravédis, prix de mon souper d'hier soir. Donnez-les-moi, et j'irai dégager la pièce à vol d'oiseau. — Nous n'avons pas un *cuarto* entre nous toutes, reprit Doña Clara, et vous nous demandez vingt-deux maravédis ! Allez, Contreras, vous n'avez jamais le sens commun. » Une des femmes présentes, voyant la stérilité de la maison, dit à Préciosa : « Fille, est-ce qu'on peut faire la croix avec un dé d'argent ? — Certes, répondit Préciosa, on fait les meilleures croix du monde avec des dés d'argent, pourvu qu'il y en ait beaucoup. — Moi, j'en ai un, reprit la suivante ; si c'est assez, le voilà, à condition que tu me diras aussi ma bonne aventure. — Tant de bonnes aventures pour un dé ! s'écria la vieille Bohémienne. Enfant, dépêche-toi, car il se fait nuit. » Préciosa prit le dé, puis la main de madame la lieutenante, et dit :

« Belle, belle, aux mains d'argent, ton mari t'aime plus que le roi des Alpuxarres.

« Tu es une colombe sans fiel ; mais quelquefois tu deviens terrible comme une lionne d'Oran, ou une tigresse d'Ocaña*.

« Mais, en un pif et paf, ton courroux se passe, et tu redeviens comme de la cire, ou comme une douce brebis.

« Tu querelles beaucoup, et tu manges peu ; tu te montres parfois un peu jalouse, car le lieutenant est badin, et il aime à déposer sa verge magistrale.

« Quand tu étais demoiselle, un beau garçon t'a aimée ; maudits soient les entremetteurs qui viennent déranger les inclinations !

« Si par hasard tu avais été religieuse, tu commanderais

---

* Ocaña est une ville de la Manche, à quinze lieues de Madrid. Cette manière plaisante de dire une tigresse d'Hircanie (de Hircania) se trouve déjà dans la nouvelle de *Rinconète et Cortadillo*.

aujourd'hui dans ton couvent ; car d'une abbesse tu as plus de quatre cents qualités.

« Je ne voudrais pas te le dire, mais n'importe, allons : tu deviendras veuve une autre fois, et deux autres fois te remarieras.

« Ne pleure pas, madame, car nous autres Bohémiennes nous ne disons pas toujours l'évangile. Allons, madame, ne pleure pas.

« Pourvu que tu meures avant le seigneur lieutenant, ce sera assez pour éviter les inconvénients du veuvage qui te menace.

« Tu hériteras, et promptement, d'une fortune abondante. Tu auras un fils chanoine, je ne sais dans quelle église,

« Mais non à Tolède, c'est impossible. Tu auras une fille blonde et blanche, et si elle est religieuse, elle deviendra également abbesse.

« Si ton mari ne meurt pas avant quatre semaines, tu le verras corrégidor de Burgos ou de Salamanque.

« Tu as une envie*, ah quelle jolie chose ! Jésus, quelle lune brillante ! quel soleil qui, là-bas aux Antipodes, éclaire les sombres vallées !

« Pour le voir, plus de deux aveugles donneraient plus de quatre blancs. Maintenant, oui, c'est le cas de rire ; ah, que cette saillie a de grâce !

« Garde-toi des chutes, principalement sur le dos ; d'ordinaire elles sont dangereuses pour les dames de qualité.

« Il y a d'autres choses à te dire ; si tu m'attends le vendredi, tu les sauras ; elles sont fort plaisantes, mais quelques-unes annoncent des malheurs. »

Preciosa finit là sa bonne aventure, ayant allumé dans le cœur de toutes les assistantes le désir de savoir la leur. Toutes la lui demandèrent, mais elle les remit au vendredi prochain, après avoir reçu la promesse qu'elles auraient des réaux d'argent pour faire les croix. Sur ces entrefaites, arriva le seigneur lieutenant, auquel on conta des merveilles de la Bohémienne. Il la fit danser un peu, et confirma pour légitimes et bien placées les louanges données à Preciosa.

---

* Une envie, un seing, s'appelle en espagnol *lunar* ; de là le jeu de mots qui va suivre.

Il mit la main dans sa poche, et après l'avoir épluchée, secouée et ratissée bien des fois, à la fin il retira la main vide. « Pardieu, dit-il, je n'ai pas une obole ; donnez, vous, Doña Clara, donnez un réal à Préciosa ; je vous le rendrai plus tard. — Certes, voilà qui est bon, seigneur, répondit Doña Clara ; oui vraiment, le réal est tout prêt. Nous n'avons pas trouvé entre nous toutes un *cuarto* pour faire le signe de la croix, et vous voulez que nous ayons un réal ? Donnez-lui donc quelqu'un de vos rabats, ou quelque chose enfin ; un autre jour, Préciosa reviendra nous voir, et nous la régalerons mieux. — Eh bien ! reprit le lieutenant, pour que Préciosa revienne une autre fois, je ne veux rien lui donner aujourd'hui. — Au contraire, s'écria Préciosa ; si l'on ne me donne rien, je ne reviendrai jamais ici ; mais si, pourtant, je reviendrai pour servir de si nobles seigneurs ; seulement je me mettrai bien dans l'estomac qu'on n'a rien à me donner du tout, et je m'épargnerai la peine d'attendre. Vendez la justice, seigneur lieutenant, vendez la justice, c'est le moyen d'avoir de l'argent ; si vous faites des modes nouvelles, vous êtes sûr de mourir de faim. Tenez, seigneur, j'ai ouï dire par ici, et, quoique jeunette, je comprends que ce ne sont pas de trop bons propos, qu'il faut tirer de l'argent des offices pour payer les condamnations de la résidence*, et pour solliciter avec succès d'autres emplois. — C'est ce que disent et ce que font les gens sans âme, répliqua le lieutenant ; mais le juge qui rend bon compte de ses actions à sa résidence n'aura point à supporter de condamnation, et le bon usage qu'il aura fait de son emploi sera le protecteur qui lui en fera obtenir un autre. — Votre grâce parle comme un saint, seigneur lieutenant, répondit Préciosa : agissez de la sorte, et nous vous couperons des lambeaux d'habit pour en faire des reliques. — Tu sais bien des choses, Préciosa, reprit le lieutenant ; tais-toi, et je ferai en sorte que tu paraisses sous les yeux de leurs majestés, car tu es vraiment un morceau de roi. — Oh non, repartit

---

* À l'expiration de leurs charges, plusieurs employés de l'État étaient tenus de *résider* quelque temps dans le pays qu'ils avaient administré, pour répondre aux réclamations de leurs anciens subordonnés, devenus leurs égaux.

Préciosa, ils me voudront pour jongleuse, je n'y entendrai
rien, et tout sera perdu. S'ils me voulaient pour se divertir
de mon esprit, à la bonne heure, je me laisserais conduire ;
mais il y a des palais où les jongleurs réussissent mieux
que les gens d'esprit. Moi, je me trouve bien d'être Bohémienne et pauvre, et que la chance tourne comme le Ciel
voudra. — Allons, petite fille, dit alors la vieille Bohémienne, ne parle pas plus, tu as déjà beaucoup parlé, et tu
en sais plus long que je ne t'en ai appris. Ne te fais pas si
fine, tu te casseras la pointe ; parle de ce que tes années te
permettent de savoir, et ne t'envole pas si haut : il n'y a
pas d'élévation qui ne menace de chute. — Ces Bohémiennes ont le diable au corps », s'écria le lieutenant. Elles prirent alors congé de la compagnie, et, lorsqu'elles partaient,
la suivante au dé dit à Préciosa : « Dis-moi la bonne aventure, Préciosa, ou rends-moi mon dé, je n'en ai pas d'autre
pour coudre. — Madame la suivante, répondit Préciosa,
figurez-vous que je vous l'ai dite, et pourvoyez-vous d'un
autre dé, ou bien ne faites ni ourlet ni effilé jusqu'au vendredi où je reviendrai. Alors je vous dirai plus d'aventures
que n'en contient un livre de chevalerie. » Les Bohémiennes s'en allèrent, et se réunirent à plusieurs paysannes qui
ont coutume de quitter Madrid à l'heure de l'*Ave Maria*
pour regagner leurs villages. De cette façon, elles étaient
en nombreuse compagnie, et s'en retournaient bien en
sûreté : c'est ce que souhaitait la vieille Bohémienne, qui
vivait dans une continuelle frayeur qu'on ne lui enlevât par
violence sa Préciosa.

Or, il arriva qu'un beau matin, lorsque la grande-mère et
la petite-fille venaient à Madrid faire la récolte avec les
autres Bohémiennes, dans une petite vallée qui est à cinq
cents pas environ avant d'arriver à la ville, elles aperçurent
un beau jeune homme, en riche équipage de route. Son épée
et sa dague brillaient comme une châsse d'or, et il portait
un chapeau orné d'une riche bourdaloue et de plumes de
diverses couleurs. Les Bohémiennes s'arrêtèrent en le
voyant, et se mirent à le considérer avec attention, étonnées
qu'à de telles heures un si beau jeune homme fût en un tel
lieu, seul et à pied. Lui s'approcha d'elles, et s'adressant à
la maîtresse Bohémienne : « Par votre vie, lui dit-il, faites-

moi le plaisir, ma chère amie, d'entendre à l'écart, vous et Préciosa, deux mots qui seront tout à votre profit. — Pourvu que nous n'ayons pas à nous détourner beaucoup, ni à nous arrêter longtemps, répondit la vieille, à la bonne heure » ; puis, appelant Préciosa, ils s'éloignèrent tous trois ensemble à une vingtaine de pas. Là, debout comme ils se trouvaient, le jeune homme leur dit : « Je viens tellement épris des talents, de l'esprit et de la beauté de Préciosa, qu'après avoir fait bien des efforts pour éviter de descendre à cette extrémité, je me trouve à la fin plus réduit, plus subjugué que jamais, et dans l'impossibilité de m'en défendre. Je suis, mes dames, et c'est un nom que j'aurai toujours à vous donner si le Ciel favorise ma prétention, je suis chevalier, comme peuvent vous le prouver les insignes que je porte. » Alors, entrouvrant son manteau, il découvrit sur sa poitrine la croix d'un des ordres les plus qualifiés qu'il y ait en Espagne. « Je suis, ajouta-t-il, fils d'un tel (des motifs de convenance empêchent de déclarer son nom), qui me tient sous sa tutelle et sa protection. Je suis fils unique, et, comme tel, j'attends un raisonnable majorat. Mon père est maintenant à la Cour, où il sollicite une charge importante qu'il est sur le point d'obtenir, étant déjà proposé. Bien que j'aie la qualité et la noblesse que je viens de vous indiquer, et dont vous devez déjà vous faire une exacte idée, je voudrais pourtant être tout à fait grand seigneur, pour élever à ma grandeur l'humilité de Préciosa, en la faisant mon égale et ma dame. Je ne la recherche pas pour la tromper, et mon amour est trop sérieux, trop profond, pour qu'il y ait place à nulle espèce de fausseté. Je veux seulement la servir de la manière qui lui conviendra le mieux ; sa volonté est la mienne. A son égard, mon âme sera de cire ; elle y pourra imprimer ce qui lui plaira, et pour conserver, pour garder ses ordres, ils ne seront pas comme imprimés sur la cire, mais comme gravés dans le marbre, dont la dureté résiste à l'action du temps. Si vous ajoutez foi à la vérité de mes paroles, mon espoir n'a pas à redouter de déception ; mais si vous ne me croyez pas, vos soupçons me tiendront dans une crainte perpétuelle. Voici mon nom (et il le lui dit) ; celui de mon père, vous le savez déjà ; la maison où il demeure est dans telle rue, elle a telles et telles enseignes ; il a des voisins près de qui vous pouvez prendre des informations, et vous pouvez même vous adresser à ceux qui ne sont pas ses voisins : car la qualité de mon père, son nom et le mien, ne sont pas si obscurs qu'on ne les connaisse dans les cours du palais, et même dans toute la capitale. J'apporte ici cent écus d'or, pour vous les donner en arrhes et en signe de ce que je pense vous donner ; car celui qui livre son âme ne peut refuser sa fortune. »

Tandis que le gentilhomme parlait ainsi, Preciosa l'examinait très attentivement, et sans doute que ni sa mine ni ses propos ne lui semblèrent mal. Se tournant vers la vieille : « Pardonnez-moi, grand-mère, lui dit-elle, si je prends la permission de répondre à cet amoureux seigneur. — Réponds ce que tu voudras, ma fille, répliqua la vieille. Je sais que tu as de l'esprit pour tout. » Preciosa reprit donc : « Moi, seigneur chevalier, quoique Bohémienne pauvre et humblement née, j'ai ici dedans un certain petit esprit fantastique qui me mène à de grandes choses. Ni les promesses ne m'émeuvent, ni les cadeaux ne me subjuguent, ni les soumissions ne me font plier, ni les galanteries ne m'épouvantent. Bien que j'aie à peine quinze ans, puisque d'après le compte de ma grand-mère je ne les ferai qu'à la Saint-Michel, je suis déjà vieille par la pensée, et je comprends plus de choses que ne le promet mon âge, moins par l'expérience que par mon heureux naturel. Mais enfin, par l'une ou par l'autre, je sais que, chez les nouveaux amants, les passions amoureuses sont comme des transports inconsidérés qui font sortir la volonté de ses gonds, laquelle, affrontant tous les obstacles, se précipite follement à la poursuite de son désir, et lorsqu'elle croit atteindre le paradis de ses visions, elle tombe dans l'enfer de ses peines. Si elle obtient ce qu'elle convoite, le désir décroît avec la possession de la chose désirée, et peut-être, les yeux de l'entendement s'ouvrant alors, on voit qu'il est juste de haïr ce qu'on adorait auparavant. Cette crainte fait naître en moi une telle réserve que je ne crois à aucune parole et que je doute de bien des œuvres. Je n'ai qu'un seul bijou, que j'estime plus que la vie : c'est celui de ma pudeur et de ma virginité. Je ne veux pas le vendre à prix de promesses et de cadeaux, car enfin il serait vendu, et s'il pouvait être acheté, il mériterait peu d'estime. Je ne veux pas non plus me le laisser ravir par des ruses et des perfidies. J'aime mieux l'emporter à la sépulture, et plaise au Ciel qu'il en soit ainsi ! plutôt que de le mettre en danger d'être assailli, souillé, par des chimères et des fantaisies. C'est une fleur, celle de la virginité, qui devrait, s'il était possible, ne pas se laisser offenser même par l'imagination. Quand la rose est coupée du rosier, avec quelle vitesse elle se fane, et quelle facilité ! L'un la touche, l'autre la sent, celui-ci la défeuille, et finalement elle périt entre des mains grossières. Si vous venez, seigneur, seulement pour ce bijou, vous ne l'obtiendrez qu'attaché par les liens du mariage : car si la virginité doit courber la tête, que ce soit du moins sous ce joug sacré. Alors, ce ne serait pas la perdre, mais l'employer en honnêtes marchés qui promettent d'heureux bénéfices. Si vous voulez être mon époux, je serai votre femme. Mais bien des conditions doivent précéder le mariage, et bien des vérifications. D'abord, je dois savoir si vous êtes qui vous dites. Ensuite, quand cette vérité sera reconnue, vous devrez abandonner la maison de vos parents, et la troquer contre nos tentes, après avoir pris le costume bohémien. Vous suivrez deux années de cours dans nos écoles, pendant lesquelles je m'assurerai de votre caractère, et vous du mien. Au bout de ce temps, si vous êtes content de moi, et moi de vous, je me livrerai à vous pour épouse. Jusquelà, vous devez me traiter en sœur, et moi vous servir humblement. Considérez que, pendant le temps de ce noviciat, il pourra se faire que vous recouvriez la vue, que vous avez perdue à présent, ou pour le moins troublée, et que vous reconnaissiez qu'il vous convenait de fuir ce que vous poursuivez aujourd'hui avec tant d'ardeur. Une fois que vous aurez recouvré la liberté perdue, un beau repentir fait pardonner toute espèce de faute. Si vous voulez, sous ces conditions, entrer comme soldat dans notre milice, la chose est en votre main ; mais vous ne toucherez pas à un doigt de la mienne, pour peu que l'une de ces conditions vienne à manquer. »

Le jeune homme resta stupéfait aux propos de Préciosa, et se mit, comme un extatique, à regarder fixement la terre, faisant connaître qu'il réfléchissait profondément à ce qu'il devait répondre. En le voyant ainsi, Préciosa reprit la parole : « Ce n'est pas, dit-elle, une affaire si peu importante qu'elle puisse ni doive se résoudre en aussi peu de temps que nous en avons ici. Retournez, seigneur, à la ville, et pesez mûrement ce qui vous convient le mieux. Vous pourrez, dans ce même endroit, me parler tous les jours de fête, soit à l'aller soit au retour de Madrid. » À cela, le gentilhomme répondit : « Quand le Ciel ordonna que je t'aimasse, ma Préciosa, je résolus de faire pour toi tout ce que ta volonté s'aviserait de me demander. Jamais cependant il ne me vint à la pensée que tu me demanderais ce que tu me demandes ; mais puisque ton désir est que mon goût se règle et s'accommode au tien, compte-moi pour Bohémien dès aujourd'hui ; fais de moi toutes les expériences qu'il te plaira, sûre de me trouver toujours le même que je me montre à présent. Vois, quand veux-tu que je change de costume ? Moi, je voudrais que ce fût sur-le-champ. Sous le prétexte d'aller en Flandre, je tromperai mes parents, et je tirerai d'eux assez d'argent pour passer quelques jours. Je n'en demanderai que huit pour préparer mon départ, et quant aux gens qui devront m'accompagner, je saurai les tromper de manière que ma résolution s'accomplisse. Ce que je te demande, si déjà je puis avoir assez d'audace pour te demander quelque chose, pour t'en supplier, c'est, après t'être informée aujourd'hui de ma qualité et de celle de mes parents, de ne plus retourner à Madrid ; car je ne voudrais pas que quelqu'une des trop nombreuses occasions qui peuvent s'y rencontrer m'enlevât le bonheur qui me coûte si cher. — Oh ! pour cela non, seigneur galant, répondit Préciosa. Sachez qu'avec moi la liberté doit marcher sans embarras, sans ennuis, et ne doit être ni étouffée, ni troublée par les soucis de la jalousie. Du reste, mettez-vous bien dans l'esprit que je ne la prendrai pas si excessive qu'on ne reconnaisse du plus loin que mon honnêteté égale ma hardiesse. La première charge que je veuille vous imposer, c'est celle de la confiance que vous devez avoir en moi. Les amants, voyez-vous, qui débutent par témoigner de la jalousie sont des simples ou des présomptueux. — Tu as Satan dans le corps, petite fille, s'écria en l'interrompant la vieille Bohémienne. Vois un peu, tu dis des choses que ne dirait pas un professeur de Salamanque. Tu t'entends en amour, en jalousie, en confiance ; comment cela ? En vérité, tu me rends folle, et je suis là à t'écouter, comme j'écouterais une personne possédée du démon, qui parle latin sans le savoir. — Taisez-vous, grand-mère, répondit Préciosa, et sachez que toutes les choses que vous m'entendez dire sont des sornettes et des enfantillages à côté de toutes celles plus sérieuses qui me restent dans la poitrine. »

Tout ce que disait Préciosa, tout l'esprit, toute la discrétion qu'elle montrait, c'était jeter de l'huile sur le feu qui brûlait dans le cœur de l'amoureux gentilhomme. Finalement, ils tombèrent d'accord qu'à huit jours de là, ils se reverraient au même endroit ; que le jeune homme viendrait leur rendre compte de l'état où se trouvaient ses affaires, tandis qu'elles auraient eu le temps de vérifier l'exactitude de ce qu'il leur avait dit. Le jeune homme tira une bourse de brocart, qui contenait, leur dit-il, les cents écus d'or, et la remit à la vieille. Préciosa ne voulait point qu'elle les acceptât, mais la Bohémienne lui dit : « Tais-toi, petite fille ; la meilleure preuve qu'ait donnée ce seigneur qu'il est épris et soumis, c'est d'avoir rendu les armes, en signe de soumission. Donner, en quelque occasion que ce soit, fut toujours l'indice d'un cœur généreux, et rappelle-toi le proverbe qui dit : « Prier le Ciel, et donner du maillet *. » D'ailleurs, je ne veux point que, par ma faute, les Bohémiennes perdent le renom qu'elles ont acquis depuis bien des siècles, d'être cupides et ménagères. Tu veux que je refuse cent écus d'or, Préciosa ? cent écus que l'on peut porter cousus dans l'ourlet d'un jupon qui ne vaille pas deux réaux, et les garder là comme une rente perpétuelle sur les pâturages d'Estrémadure ? y penses-tu ? Mais si quelqu'un de nos fils, de nos petits-fils, ou de nos parents, tombait par quelque malheur dans les mains de la justice, y aurait-il une aussi bonne recommandation à faire arriver à l'oreille du juge ou du greffier que ces écus, s'ils arrivent à leurs bourses ? Trois fois, et pour trois délits différents, je me suis vue presque montée sur l'âne pour être publiquement fouettée : une fois, c'est un pot d'argent qui m'a délivrée ; une

---

* C'est notre proverbe : *Aide-toi, le Ciel t'aidera.*

autre, un collier de perles ; une autre, enfin, quarante pièces de huit réaux, que je changeai contre de la monnaie de cuivre, en donnant vingt réaux de plus pour le change. Prends garde, ma fille, que nous exerçons un métier dangereux, plein d'encombres, de faux pas et d'occasions de chute. Il n'y a pas de défenses qui nous protègent plus vite et plus sûrement que les armes du grand Philippe. Il ne faut point dépasser son *plus ultra**. Avec un doublon à deux faces, la triste face du procureur se montre riante, et nous réjouissons celle de tous les ministres de la mort, qui sont des harpies pour nous autres Bohémiennes. Ils ont plus de plaisir à nous dépouiller, à nous écorcher, qu'à faire rendre gorge à un voleur de grand chemin. Jamais, quelque déchirées et déguenillées qu'ils nous voient, ils ne nous croient pauvres ; ils disent que nous sommes comme les pourpoints des *gabachos*** de Belmonte, pleins de graisse et de trous, mais pleins de doublons.

— Par votre vie, grand-mère, s'écria Préciosa, n'en dites pas davantage. Vous êtes en train d'alléguer tant de lois en faveur du droit de garder l'argent, que vous épuiserez toutes celles des empereurs. Allons, gardez ces écus, et grand bien vous en advienne ; mais plaise à Dieu que vous les enterriez dans une sépulture d'où ils ne revoient jamais la clarté du soleil, et d'où il ne soit pas nécessaire de les tirer ! A nos compagnes il faudra donner quelque chose, car il y a longtemps qu'elles nous attendent, et elles doivent commencer à se fâcher. — Bah ! répliqua la vieille, elles verront de cette monnaie d'or, comme elles voient le Grand Turc à présent. Ce bon seigneur verra s'il lui reste quelques pièces d'argent, ou quelques *cuartos*, et les partagera entre elles ; avec peu de chose, elles seront contentes. — Oui, j'en ai », reprit le galant, et il tira de sa poche trois pièces de huit réaux, dont il fit présent aux trois jeunes Bohémiennes, ce qui les rendit plus gaies et plus contentes que ne l'est d'ha-

---

* Les monnaies espagnoles portent au revers les Colonnes d'Hercule, avec la fière devise : *Plus ultra*.
** Nom injurieux et populaire des Français.

bitude un auteur de comédies*, lorsque, étant en rivalité de quelque autre, on ajoute à son nom, sur les affiches au coin des rues, *victor, victor*. Enfin, il demeura convenu, comme on l'a dit, que le gentilhomme reviendrait à huit jours de là, et qu'il s'appellerait, lorsqu'il se ferait Bohémien, Andrès Caballero** ; car il y avait justement parmi eux des Bohémiens portant ce nom de famille. Andrès (c'est ainsi que nous l'appellerons désormais) n'osa point embrasser Préciosa ; au contraire, lui ayant envoyé son âme avec ses regards, privé d'elle, si l'on peut ainsi dire, il les quitta, et rentra dans Madrid, où elles le suivirent pleines de joie. Préciosa, un peu éprise, plus par bienveillance que par amour, de la bonne mine d'Andrès, sentait déjà le désir de s'informer s'il était ce qu'il avait dit.

Elle entra dans Madrid, et quand elle eut traversé quelques rues, elle rencontra le page poète, celui du couplet et de l'écu. Dès qu'il la vit, il s'approcha d'elle : « Sois la bienvenue, Préciosa, lui dit-il. As-tu lu par hasard les couplets que je t'ai donnés l'autre jour ? — Avant que je réponde un mot, repartit Préciosa, il faut que vous me disiez une vérité, par la vie de ce que vous aimez le plus. — En m'adjurant ainsi, répliqua le page, je ne refuserai nullement de la dire, dût-elle me coûter la vie. — Eh bien ! la vérité que je veux que vous me disiez, reprit Préciosa, c'est si par bonheur*** vous êtes poète. — Si je l'étais, repartit le page, ce serait forcément par bonheur. Mais il faut que tu saches, Préciosa, que ce nom de poète, bien peu de gens le méritent ; aussi ne le suis-je point, mais seulement un amateur de poésie. Toutefois, quand j'en ai besoin, je ne vais ni chercher ni mendier des vers d'autrui. Ceux que je t'ai donnés sont de moi, aussi bien que ceux que je te donne à présent ; mais je ne suis pas poète pour cela, à Dieu ne plaise ! — Est-il donc si mauvais d'être poète ? répondit Préciosa. — Mauvais, non, reprit le page ; mais être poète

---

* Auteur de comédies (*autor de comedias*) signifie en cet endroit directeur d'une troupe de comédiens ambulants.
** *Caballero* signifie chevalier, gentilhomme.
*** *Por ventura*, c'est l'expression espagnole pour dire par hasard.

en cachette ne me semble pas très bon. Il faut user de la poésie comme d'un bijou très précieux, que son maître ne porte pas tous les jours, qu'il ne montre pas à toutes gens et en toute occasion, mais, au contraire, quand il est sage et raisonnable de le montrer. La poésie est une belle jeune fille, chaste, honnête, discrète, spirituelle, solitaire et retirée, qui se retient dans les bornes de la plus stricte discrétion. Elle est amie de la solitude ; les ruisseaux la divertissent, les prairies la consolent, les arbres la désennuient, les fleurs la réjouissent, et, finalement, elle charme et instruit tous ceux qui la fréquentent. — Cependant, reprit Préciosa, j'ai ouï dire qu'elle est très pauvre, et même quelque peu mendiante. — C'est tout au rebours, s'écria le page ; car il n'y a pas de poète qui ne soit riche, puisqu'ils vivent tous contents de leur situation : philosophie à l'usage de peu de monde. Mais, qui t'a poussée, Préciosa, à me faire cette question ? — Ce qui m'y a poussée, répondit Préciosa, c'est que, tenant tous les poètes, ou presque tous, pour pauvres, j'ai été émerveillée de cet écu d'or que vous m'avez donné roulé dans vos vers. Mais à présent que je sais que vous n'êtes pas poète, mais seulement amateur de poésie, il se pourrait que vous fussiez riche. Toutefois, j'en doute, car, par ce goût qui vous tient de faire des couplets, doit s'en aller et se fondre toute la fortune que vous pouvez avoir. Il n'y a pas de poète, à ce que l'on dit, qui sache conserver la fortune qu'il a, ni acquérir celle qui lui manque. — Eh bien ! je ne suis pas de ceux-là, répliqua le page : je fais des vers, et pourtant ne suis ni riche, ni pauvre. Sans le regretter et sans le décompter, comme font les Génois* des dîners qu'ils donnent, je puis bien donner un écu, et même deux, à qui me convient. Tenez, perle précieuse, prenez ce second papier, et ce second écu qu'il contient, sans vous mettre à chercher si je suis poète ou non. Je veux seulement que vous croyiez que celui qui vous le donne voudrait avoir, pour vous les donner aussi, les richesses de Midas. » En disant cela, il lui remit un papier. Préciosa, l'ayant tâté, reconnut qu'il y avait dedans un écu.

---

* Les Génois, qui avaient beaucoup de comptoirs en Espagne, étaient renommés par leur avarice et leur rigidité commerciale.

« Ce papier, lui dit-elle, devra vivre bien des années, puis-qu'il renferme deux âmes : l'une, celle de l'écu ; l'autre, celle des vers, qui sont toujours pleins d'*âmes* et de *cœurs*. Mais il faut que le seigneur page apprenne que je ne veux pas tant d'âmes avec moi. S'il ne retire l'une, il n'y a de garde que j'accepte l'autre. C'est comme poète que je l'aime, et non comme faiseur de cadeaux ; de cette façon nous aurons une amitié durable, car on peut plutôt se passer d'un écu, quelque fort qu'il soit, que de la façon d'un *romance*. — Eh bien ! Préciosa, répondit le page, puisque tu veux absolument que je sois pauvre, ne refuse pas du moins l'âme que je t'envoie dans ce papier. Rends-moi l'écu, et pourvu que tu le touches avec ta main, je le garde-rai comme une relique tant que la vie me durera. »

Préciosa ôta l'écu du papier, qu'elle garda, mais qu'elle ne voulut point lire dans la rue. Le page lui dit adieu, et s'en alla joyeux et triomphant, croyant déjà que Préciosa était à lui, puisqu'elle lui parlait avec tant d'affabilité. Pour elle, comme son intention était de chercher la maison du père d'Andrès, sans vouloir s'arrêter à danser nulle part, elle fut bientôt dans la rue indiquée, qu'elle connaissait par-faitement. Quand elle en eut parcouru la moitié, elle porta les yeux à des balcons de fer doré qu'on lui avait donnés pour enseignes, et aperçut un gentilhomme d'une cinquan-taine d'années, d'un aspect grave et vénérable, qui portait une croix rouge sur la poitrine. Celui-ci n'eut pas plutôt vu de son côté la Bohémienne qu'il s'écria : « Montez, jeunes filles, on vous fera l'aumône. » A sa voix, trois autres gen-tilshommes accoururent au balcon, et parmi eux l'amoureux Andrès, lequel, en apercevant Préciosa, perdit couleur, et fut sur le point de perdre connaissance, tant sa vue lui cau-sait d'émotion. Toutes les Bohémiennes montèrent, à l'ex-ception de la vieille, qui resta en bas pour s'informer auprès des domestiques de la vérité des propos d'Andrès.

Quand les Bohémiennes entrèrent dans la salle, le vieux gentilhomme disait à ses amis : « Ce doit être sans doute la belle Bohémienne, celle dont on parle dans tout Madrid. — Elle-même, répondit Andrès, et sans doute aussi c'est la plus belle créature qu'on ait jamais vue. — Voilà ce qu'on dit, reprit Préciosa, qui avait tout entendu en entrant ; mais

franchement on doit se tromper de la moitié du juste prix.
Jolie, je crois bien l'être ; mais aussi belle qu'on le dit, je
n'en ai pas seulement la pensée. — Par la vie de Don Juanico, mon fils, s'écria le vieillard, vous êtes encore plus
belle qu'on ne le dit, jolie Bohémienne. — Et quel est Don
Juanico, votre fils ? demanda Préciosa. — Ce galant qui est
à côté de vous, répondit le gentilhomme. — En vérité, reprit
Préciosa, je pensais que votre grâce avait juré par la vie de
quelque marmouset de deux ans. Voyez un peu quel Don
Juanico ! quel petit bijou ! m'est avis qu'il pourrait fort bien
être marié, et suivant certaines lignes qu'il a sur le front,
trois ans ne se passeront pas sans qu'il le soit, et fort à son
goût, à moins que d'ici-là on ne le perde ou ne le change.
— Assez, dit un des assistants, la Bohémienne se connaît
en lignes. »

Cependant, les trois jeunes Bohémiennes qui accompagnaient Préciosa se reculèrent dans un coin de la salle, et,
se cousant l'une à l'autre, comme on dit, la bouche à
l'oreille, elles se serrèrent bien pour ne pas être entendues.
« Amies, dit la Cristina, voilà le gentilhomme qui nous a
donné ce matin les trois pièces de huit réaux. — C'est vrai,
répondirent-elles ; mais n'en parlons pas, et ne lui disons
rien, s'il ne nous parle le premier. Qui sait ? peut-être veut-
il qu'on ne le sache pas ? » Tandis que cela se passait entre
les trois jeunes commères, Préciosa répondait au sujet des
lignes : « Ce que je vois avec les yeux, je le devine avec le
doigt. A l'égard du seigneur Don Juanico, ce que je sais, et
sans lignes, c'est qu'il est quelque peu prompt à s'amoura-
cher, impétueux, bouillant, et grand prometteur de choses
qui paraissent impossibles. Et plaise à Dieu que, de plus, il
ne soit pas menteur, ce qui serait le pire de tout. Il doit faire
bientôt un voyage très loin d'ici ; mais une chose pense le
bidet, et une autre celui qui le selle : l'homme propose et
Dieu dispose ; peut-être pensera-t-il se rendre à Oñez, et il
ira tomber à Gamboa. — En vérité, Bohémienne, répondit
Don Juan, tu as trouvé juste sur bien des points de mon
caractère ; mais quant à être menteur, tu vas bien loin de la
vérité, car je me pique de la dire en toute rencontre. A
l'égard du long voyage, tu as encore deviné juste : car sans
aucun doute, s'il plaît à Dieu, dans quatre ou cinq jours je

partirai pour la Flandre, bien que tu me menaces d'être
obligé de changer de chemin. Je ne voudrais pas, vraiment,
qu'il m'arrivât quelque accident en route capable d'empêcher mon projet. — Taisez-vous, mon petit seigneur, répondit Préciosa, et recommandez-vous à Dieu ; tout se fera
pour le mieux. Sachez que je ne sais rien de ce que je dis,
mais il n'est pas étonnant que, parlant beaucoup, à tort et à
travers, je réussisse en quelque chose. Ce que je voudrais,
c'est réussir à te persuader de ne point partir, mais, au contraire, de calmer ton ardeur et de rester avec tes parents,
pour leur donner une heureuse vieillesse. Je n'aime pas ces
allées et venues en Flandre, surtout pour les jeunes gens
d'un âge aussi tendre que le tien. Laisse-toi grandir et grossir un peu, pour que tu puisses supporter les fatigues de la
guerre. D'ailleurs, tu as bien assez de guerre chez toi ; bien
assez de combats amoureux se livrent dans ton cœur.
Calme-toi, calme-toi, petit turbulent, et prends bien garde à
ce que tu fais avant de te marier. Maintenant, donne-nous
une aumône, au nom de Dieu et de qui tu es ; car, franchement, je crois que tu es bien né, et si à cette qualité se
joint celle d'être véridique, je chanterai victoire pour avoir
deviné juste en tout ce que je t'ai dit. — Je t'ai déjà dit,
jeune fille, répliqua Don Juan, celui qui devait devenir
Andrès Caballero, que tu as deviné juste en toute chose, si
ce n'est en la crainte que tu as que je ne sois pas très sincère. En cela, tu te trompes assurément. La parole que je
donne au milieu des champs, je la tiendrai à la ville, ou
partout ailleurs, sans qu'on en réclame l'exécution, car
celui-là ne peut se piquer d'être gentilhomme qui trempe
dans le vice du mensonge. Mon père te fera l'aumône pour
Dieu et pour moi ; car, en vérité, j'ai donné ce matin tout
ce que j'avais à certaines dames, de qui je n'oserais garantir, de l'une d'elles surtout, qu'elles sont aussi douces et
tendres que belles. » Cristina, entendant ces mots, dit aux
autres Bohémiennes, avec autant de mystère que la première fois : « Hein, petites filles ; qu'on me tue s'il ne dit
pas cela pour les trois pièces de huit réaux qu'il nous a
données ce matin. — Cela ne peut être, répondit une des
deux autres, puisqu'il dit que c'étaient des dames ; nous ne
le sommes pas, et s'il est véridique autant qu'il le dit, il ne

pourrait mentir à ce point. — Oh ! ce n'est pas un si gros mensonge, reprit Cristina, que celui qui se fait sans nuire à personne, et au profit de celui qui le fait. Mais, avec tout cela, je m'aperçois qu'on ne nous donne rien, et qu'on ne nous fait pas danser. »

La vieille Bohémienne monta dans ce moment : « Allons, ma fille, dépêche-toi, s'écria-t-elle ; il est tard, et nous avons beaucoup à faire, et plus encore à dire. — Qu'y a-t-il donc, grand-mère ? demanda Préciosa. Est-ce un fils ou une fille ? — Un fils, et très joli, ma foi, répondit la vieille. Viens, Préciosa, tu entendras des merveilles véritables. — Plaise à Dieu que l'enfant ne meure pas avant les relevailles ! s'écria Préciosa. — On y donnera tous ses soins, répliqua la vieille. D'ailleurs, jusqu'à présent, les couches se sont bien faites, et l'enfant est comme un bijou d'or. — Est-ce que quelque dame est accouchée ? demanda le père d'Andrès Caballero. — Oui, seigneur, répondit la Bohémienne, et l'accouchement est si secret, que personne n'en sait rien, si ce n'est Préciosa, moi et une autre personne. Aussi, nous ne pouvons dire qui c'est. — Nous ne voulons pas le savoir non plus, reprit un des assistants ; mais, malheureuse celle qui dépose son secret sur vos langues, et qui confie son honneur à votre assistance ! — Nous ne sommes pas toutes mauvaises, répondit Préciosa, et peut-être y en a-t-il quelqu'une parmi nous qui se pique d'être discrète et sincère autant que l'homme le plus fier et le plus huppé qu'il y ait dans cette salle. Allons-nous-en, grand-mère : ici l'on ne fait pas grand cas de nous ; en vérité, pourtant, nous ne sommes pas des voleuses, et nous ne demandons rien à personne. — Ne vous fâchez point, Préciosa, reprit le père, car, de vous du moins, j'imagine qu'on ne peut rien présumer de mauvais ; votre charmant visage suffit à vous accréditer, et se rend caution de votre bonne conduite. Par votre vie, Préciosa, dansez un peu avec vos compagnes ; j'ai là un doublon d'or à deux faces, dont aucune ne vaut la vôtre, bien que ce soient deux faces de rois. »

A peine la vieille eut-elle entendu ces mots qu'elle s'écria : « Allons, petites filles, les pans dans la ceinture, et faites plaisir à ces seigneurs. » Préciosa prit le tambour à grelots, et les Bohémiennes, se mettant en danse, firent et défirent leurs pas entrelacés avec tant de légèreté et de grâce qu'elles emportaient à leurs pieds les yeux de tous ceux qui les regardaient, surtout ceux d'Andrès, qui fixait les siens entre les pieds de Préciosa, comme s'ils eussent trouvé là le centre de leur félicité. Mais le sort vint à la troubler de façon qu'elle se changea en enfer. Il arriva que, dans la fougue de la danse, Préciosa laissa tomber le papier que lui avait donné le page, et, dès qu'il fut à terre, celui qui avait mauvaise idée des Bohémiennes le ramassa, et l'ouvrant aussitôt : « Bon ! s'écria-t-il, nous tenons un petit sonnet. Que le bal cesse, et qu'on écoute ; car, à en juger par le premier vers, il n'est pas du tout bête. » Préciosa s'en montra fâchée, ne sachant ce qu'il contenait ; elle pria qu'on ne le lût point, et qu'on le lui rendît. Mais tout l'empressement qu'elle mettait à le réclamer était des aiguillons qui stimulaient le désir qu'Andrès avait de l'entendre. Enfin, le gentilhomme lut le sonnet à haute voix ; le voici :

« Lorsque Préciosa touche le tambour de basque, et que son doux bruit frappe les airs insensibles, ce sont des perles qu'elle répand avec les mains, ce sont des fleurs qu'elle laisse échapper de sa bouche.

« L'âme reste en suspens, et la raison devient folle, aux doux mouvements surhumains dont la netteté, la grâce et la décence portent sa renommée jusqu'au ciel élevé.

« Elle traîne mille âmes attachées au moindre de ses cheveux, et, à la plante de ses pieds, l'amour rend humblement ses deux flèches.

« Elle aveugle et elle éclaire avec ses beaux soleils ; c'est par eux que l'amour maintient son empire, et il se croit même capable de plus grands prodiges. »

« Pardieu, s'écria celui qui lisait le sonnet, le poète qui a fait cela est vraiment gentil. — Ce n'est pas un poète, seigneur, dit Préciosa, mais un page fort galant et fort honnête homme. »

« Prenez garde à ce que vous avez dit, Préciosa, et à ce que vous allez dire. Ce ne sont point là des éloges du page, mais des coups de lance qui percent de part en part le cœur d'Andrès qui les écoute. Voulez-vous en être sûre, jeune fille ? Eh bien, tournez les yeux, et vous le verrez évanoui sur sa chaise, pris d'une sueur de mort. Ne pensez pas, mademoiselle, qu'Andrès vous aime si peu sérieusement qu'il ne soit alarmé et blessé par la moindre de vos étourderies. Approchez-vous de lui, à la bonne heure, et dites-lui quelques paroles à l'oreille qui lui aillent droit au cœur, et qui le tirent de son évanouissement. Sinon, mettèz-vous sur le pied de recevoir chaque jour des sonnets à votre louange, et vous verrez en quel état ils le mettront. »

Tout se passa comme on vient de le dire. Quand Andrès entendit le sonnet, mille visions jalouses le mirent en émoi. Il ne s'évanouit pas entièrement, mais il perdit couleur, au point qu'en le voyant, son père s'écria : « Qu'as-tu, Don Juan ? On dirait que tu vas t'évanouir, tant tu es devenu pâle. — Attendez, dit aussitôt Préciosa ; laissez-moi lui dire certaines paroles à l'oreille, et vous verrez qu'il ne s'évanouira point. » En effet, s'approchant de lui, elle lui dit, presque sans remuer les lèvres : « Beau courage pour un Bohémien ! Comment pourrez-vous, Andrès, supporter le tourment de la *toca**, si vous ne pouvez souffrir celui d'un morceau de papier ? » Puis, lui faisant une demi-douzaine de signes de croix sur le cœur, elle s'éloigna de lui ; alors Andrès reprit un peu haleine, et fit entendre que les paroles de Préciosa lui avaient fait du bien.

Finalement, le doublon à deux faces fut donné à Préciosa, qui dit à ses compagnes qu'elle le changerait, et le partagerait noblement avec elles. Le père d'Andrès lui demanda de lui laisser par écrit les paroles qu'elle avait dites à Don Juan, voulant en tout cas les savoir. « De très bon cœur, répondit Préciosa, et soyez sûr, quoiqu'elles semblent une plaisanterie, qu'elles ont une vertu toute spéciale pour préserver du mal de cœur et des éblouissements. Voici ces paroles magiques :

« Petite tête, petite tête, tiens-toi bien, ne te laisse pas glisser, et mets-toi deux étançons de la patience bénie. Sollicite la gentille confiance ; ne descends point à de basses pensées ; tu verras des choses qui sentent le miracle, Dieu aidant et saint Christophe le géant**.

---

* Espèce de torture qui consistait à faire boire au patient des bandelettes de gaze avec de l'eau.

** *Dios delante y san Cristoval gigante*, expression populaire pour dire avec l'aide de Dieu.

« Avec la moitié de ces paroles, ajouta Préciosa, qu'on dira à la personne qui aurait des éblouissements, et six croix qu'on lui fera sur le cœur, elle redeviendra fraîche comme une pomme. » Quand la vieille Bohémienne entendit le charme* et comprit la ruse, elle resta stupéfaite ; Andrès ne le fut pas moins, lui qui vit que tout cela était une invention de son esprit délié. Quant au sonnet, il resta à la compagnie, car Préciosa ne voulut pas le réclamer pour ne pas donner une autre sueur froide à Andrès. Elle savait déjà, sans qu'on le lui eût appris, ce que c'était que donner des frayeurs et des soucis jaloux, que de mettre, comme on dit, martel en tête aux amants subjugués. Les Bohémiennes prirent congé de la compagnie, et au moment de partir, Préciosa dit à Don Juan : « Tenez, seigneur, tous les jours de cette semaine sont bons pour les départs ; aucun n'est mauvais ; hâtez-vous donc de partir le plus tôt que vous pourrez ; une vie libre, large et fort agréable vous attend, si vous savez vous y accommoder. — Cependant, à mon avis, répondit Don Juan, celle du soldat n'est pas si libre qu'il n'y ait plus de sujétion que de liberté ; mais, avec tout cela, je ferai comme je verrai faire. — Et vous verrez plus que vous ne pensez, repartit Préciosa ; que Dieu vous conduise et vous mène à bien, comme le mérite votre bonne contenance. » Ces derniers mots rendirent Andrès tout content, et les Bohémiennes s'en allèrent plus contentes encore ; elles changèrent le doublon, et se le partagèrent entre toutes également. Cependant la vieille gardienne prenait toujours une part et demie de ce qu'on ramassait, tant à cause de sa supériorité, que parce qu'elle était la boussole qui guidait les autres dans le *mare magnum* de leurs danses, de leurs badinages, et même de leurs tours et de leurs tromperies.

Enfin arriva le jour où Andrès Caballero apparut un matin dans l'endroit même de sa première apparition, monté sur une mule de louage, et sans aucun domestique. Il y trouva Préciosa et sa grand-mère, lesquelles, l'ayant reconnu, l'accueillirent avec beaucoup de satisfaction. Il leur dit de le conduire au campement** avant que le soleil

---

* *Ensalmo*, paroles magiques pour guérir certaines maladies.
** *Rancho*, baraques mobiles d'un *aduar* ou peuplade de Bohémiens.

fût levé tout à fait, et qu'on pût reconnaître à la clarté du jour les détails de son signalement, si l'on était par hasard à sa recherche. Les deux femmes qui, averties d'avance, étaient venues seules, rebroussèrent chemin et arrivèrent peu de temps après à leurs baraques. Andrès entra dans la plus grande du campement, où accoururent aussitôt pour le voir dix à douze Bohémiens, tous jeunes, gaillards et bien faits, que la vieille avait informés déjà du nouveau compagnon qui allait leur arriver, et cela, sans avoir besoin de leur recommander le secret ; car, ainsi qu'on l'a dit, ils le gardent tous avec une sagacité et une exactitude incroyables. Ils jetèrent à l'instant l'œil sur la mule, et l'un d'eux dit sans plus tarder : « Cette bête pourra se vendre le jeudi à Tolède. — Oh ! pour cela non, s'écria Andrès, car il n'y a pas de mule de louage qui ne soit connue par tous les valets de muletiers qui circulent dans toute l'Espagne. — Pardieu, seigneur Andrès, reprit un des Bohémiens, quand même la mule aurait dans son signalement plus de signes qu'il n'y en aura pour annoncer le terrible jour du jugement dernier, nous saurons ici la transformer de manière qu'elle ne soit connue ni de la mère qui l'a mise au monde, ni du maître qui l'a élevée. — C'est égal, répondit Andrès ; pour cette fois il faut prendre et suivre mon avis ; cette mule doit être tuée, et enterrée où ses os même ne paraissent plus. — Grand péché ! s'écria un autre Bohémien ; faut-il ôter la vie à une innocente ? Que le bon Andrès ne dise pas un tel enfantillage, mais plutôt qu'il fasse une chose : qu'il regarde bien la bête à présent, de façon à ce que son signalement lui reste bien gravé dans la mémoire ; puis, qu'il me la laisse emmener. Si d'ici à deux heures il la reconnaît, qu'on me larde tout le corps comme un nègre fugitif. — Je ne consentirai nullement, répliqua Andrès, à ce que la mule ne meure pas, quelque assurance qu'on me donne de sa transformation ; je crains, moi, d'être découvert, si la terre ne la couvre pas. Mais si l'on veut la garder pour le profit qu'il y aurait à la vendre, je ne viens pas si nu, si dépouillé, à cette confrérie, que je ne puisse payer de bienvenue plus que ne valent quatre mules. — Puisque le seigneur Andrès Caballero le veut ainsi, ajouta un autre Bohémien, que la pauvre innocente meure donc ; et Dieu sait si je la regrette, tant pour sa jeunesse, puisqu'elle n'a pas encore cessé de marquer, chose fort rare parmi les mules de louage, que parce qu'elle doit avoir bonne allure, car elle n'a ni croûtes sur les flancs, ni plaies de coups d'éperon. »

On ajourna la mort jusqu'à la nuit, et pendant le reste du jour on fit les cérémonies suivantes pour la réception d'Andrès, en qualité de Bohémien. On débarrassa promptement une cabane, des meilleures du campement ; on l'orna de branchages, on la tapissa de joncs. Andrès s'étant assis sur un demi-tronc de liège, on lui mit entre les mains un marteau et des tenailles, puis, au son de deux guitares que grattaient deux Bohémiens, on lui fit faire deux cabrioles. Ensuite, on lui découvrit un bras, et, avec un ruban de soie neuve attaché à un tourniquet *, on lui donna doucement deux tours de corde. À tout cela, Préciosa se trouvait présente, ainsi que plusieurs autres Bohémiennes, vieilles et jeunes, qui regardaient Andrès, les unes avec étonnement, les autres avec amour ; car il avait si bonne mine que les Bohémiens eux-mêmes se prirent d'affection pour lui. Quand ces diverses cérémonies furent terminées, un vieux Bohémien prit par la main Préciosa, et, se plaçant devant Andrès, il lui dit : « Cette jeune fille, qui est la fleur et la crème de toute la beauté des Bohémiennes qui vivent à notre connaissance en Espagne, nous te la livrons, soit pour épouse, soit pour bonne amie, car en cela tu peux faire ce qui te conviendra le mieux. La vie libre et vagabonde que nous menons n'est pas soumise à beaucoup de délicatesse et de pruderie. Regarde-la bien ; vois si elle t'agrée, ou si tu trouves en elle quelque chose qui te déplaise. En ce cas, choisis parmi les autres jeunes filles que voici celle qui te plaira le plus, et nous te la donnerons ; mais sache bien qu'une fois que tu l'auras choisie, tu ne devras plus la laisser pour une autre ; tu ne devras plus t'entremettre et te faufiler ni avec les femmes, ni avec les filles. Nous gardons inviolablement la loi des liaisons ; personne ne courtise la maîtresse d'un autre ; nous vivons exempts de la peste amère de la jalousie.

---

* *Garrote*, tourniquet pour étrangler les gens condamnés au supplice de ce nom.

Parmi nous, bien qu'il y ait beaucoup d'incestes, il n'y a aucun adultère. Si une femme légitime ou une bonne amie commet la faute d'infidélité, nous n'allons pas devant la justice demander son châtiment ; nous sommes nous-mêmes les juges et les bourreaux de nos épouses et de nos maîtresses : nous les tuons et nous les enterrons dans les montagnes et les déserts avec autant de facilité que si c'étaient des animaux nuisibles. Il n'y a point de parents qui les vengent, ni de pères et mères qui nous demandent compte de leur mort. Avec la crainte et l'effroi d'un tel sort, elles trouvent moyen d'être chastes, et pour nous, comme je l'ai dit, nous vivons tranquilles de ce côté. Il y a peu de choses parmi nous qui ne soient communes à tous, excepté la femme et la maîtresse ; nous voulons que chacune soit à celui qui l'a reçue en partage. Parmi nous, la vieillesse cause le divorce, aussi bien que la mort. On peut, s'il en vient envie, quitter sa femme vieille, pourvu qu'on soit jeune, et en prendre une autre qui réponde au goût de ses années. Avec ces lois, ces statuts et d'autres semblables, nous conservons notre race et nous vivons gaiement. Nous sommes seigneurs des campagnes, des champs cultivés, des forêts, des monts, des fontaines et des fleuves. Les montagnes nous offrent gratuitement du bois, les arbres des fruits, les vignes des raisins, les potagers des légumes, les fontaines de l'eau, les rivières du poisson, les réserves du gibier, les rochers de l'ombre, les vallons de l'air frais et les cavernes des maisons. Pour nous, les tempêtes du ciel sont des zéphyrs, les neiges un doux rafraîchissement, les pluies un bain salutaire, les tonnerres de la musique et les éclairs des torches qui nous guident. Pour nous, les dures glèbes sont de doux lits de plume. Le cuir tanné de nos corps nous sert d'impénétrable harnais pour nous défendre. Notre légèreté n'est ni entravée par des menottes aux pieds, ni arrêtée par des ravins, ni retenue par des murailles. Les cordeaux de la question ne plient point notre courage, ni la poulie ne le suspend, ni la coiffe de fer ne l'étouffe, ni le chevalet ne le dompte *. Du *oui* au *non* nous ne faisons aucune différence, quand il y va de notre intérêt, et toujours nous nous piquons

---

* Divers instruments de torture.

plutôt d'être martyrs que confesseurs. C'est pour nous que
les bêtes de somme s'élèvent dans les campagnes, et que
les bourses se coupent dans les villes. Il n'y a point d'aigle,
point de faucon, qui s'élance plus rapidement sur la proie
offerte à ses regards, que nous ne nous élançons sur les
occasions qui nous offrent quelque profit. En un mot, nous
avons toutes sortes de talents qui nous promettent une heureuse fin. Dans la prison nous chantons, et sur le chevalet
nous gardons le silence. Nous travaillons de jour et nous
volons de nuit, ou, pour mieux dire, nous avertissons tout
le monde de prendre garde où il met son bien. Nous ne
sommes point tourmentés de la crainte de perdre l'honneur,
ni éveillés par l'ambition de l'accroître. Nous ne formons
point de partis, et ne nous levons pas avant le jour pour
présenter des requêtes, faire la cour aux grands et solliciter
des faveurs. Nous estimons ces baraques mobiles pour des
lambris dorés, de somptueux palais, et pour des tableaux de
paysages flamands ceux que nous donne la nature dans ces
rochers élevés, ces cimes blanches de neige, ces vastes prairies, ces bois épais, que nos yeux rencontrent à tout pas.
Nous sommes de rustiques astronomes, car, dormant presque toujours à ciel découvert, nous savons à point nommé
quelle heure il est du jour et quelle de la nuit. Nous voyons
comment l'aurore chasse et balaye les étoiles du ciel, comment elle paraît, avec l'aube, sa compagne, réjouissant les
airs, refroidissant les eaux et humectant la terre, et, sur ses
pas, le soleil, *dorant les cimes*, comme dit cet autre poète,
et frisant les montagnes. Nous ne craignons ni d'être gelés
par son absence, quand ses rayons nous atteignent de biais,
ni d'être brûlés, quand ils nous frappent perpendiculaire-
ment. Nous faisons le même visage au soleil qu'à la gelée,
à la stérilité qu'à l'abondance. Finalement, nous sommes
des gens qui vivons par notre industrie et notre bec, sans
nous mêler en rien de l'antique proverbe : église, ou mer
ou palais*. Nous avons ce que nous voulons avoir, puisque
nous nous contentons de ce que nous avons. Je vous ai dit

---

* Dans la nouvelle du *Capitaine captif*, Cervantes explique ce
proverbe, qui signifie que, pour réussir, il faut se mettre dans
l'église, dans le commerce, ou au service du roi.

tout cela, généreux jeune homme, pour que vous n'ignoriez point quelle vie vous êtes venu mener, et quelle conduite vous avez à tenir. Je viens de vous les peindre en ébauche ; peu à peu le temps vous y fera découvrir une infinité d'autres choses non moins dignes de considération que celles que vous venez d'entendre. »

L'éloquent et vieux Bohémien se tut, après avoir ainsi parlé, et le novice répondit qu'il se réjouissait beaucoup d'avoir appris de si louables statuts ; qu'il pensait faire sur-le-champ profession dans cet ordre si bien établi sur la raison et sur les fondements politiques ; que tout ce qui le chagrinait, c'était de n'avoir pas eu plus tôt connaissance d'une vie si gaie, si agréable ; mais que désormais il renonçait à l'état de gentilhomme et à la vaine gloire de son illustre lignage, pour se mettre sous le joug, ou plutôt sous les lois qui réglaient la vie de ses nouveaux frères, puisqu'ils donnaient à son désir de les servir une aussi magnifique récompense que celle de lui livrer la divine Préciosa, pour laquelle il quitterait des couronnes et des empires, ou ne les désirerait que pour lui en faire hommage. Préciosa reprit à son tour : « Bien que ces seigneurs législateurs aient trouvé dans leurs lois que je t'appartiens, et qu'ils m'aient livrée à toi comme t'appartenant, moi j'ai trouvé dans la loi de ma volonté, qui est la plus forte de toutes, que je ne veux pas être à toi, si ce n'est sous les conditions dont nous sommes convenus ensemble avant que tu vinsses ici : tu as deux années à vivre en notre compagnie avant que tu jouisses de la mienne, afin que tu n'aies pas à te repentir comme inconstant, ni moi comme trop hâtée. Les conditions brisent les lois ; tu sais maintenant celle que je t'impose ; si tu les veux garder, il se pourra faire que je sois à toi et que tu sois à moi. Dans le cas contraire, la mule n'est pas encore tuée, tes vêtements sont intacts, il ne manque pas une obole à ton argent, et comme l'absence que tu as faite n'est pas encore d'un jour entier, tu peux employer ce qui reste de ce jour à bien examiner ce qui te convient le mieux. Ces seigneurs peuvent bien te livrer mon corps, mais pour mon âme, qui est libre et qui est née libre, elle doit rester libre autant qu'il me plaira. Si tu demeures, je ferai grand cas de toi ; si tu pars, je ne t'en estimerai pas moins ; car, à mon avis, les transports amoureux courent à bride abattue jusqu'à ce qu'ils rencontrent la raison ou le désabusement. Je ne voudrais pas que tu fusses avec moi comme le chasseur, qui, lorsqu'il atteint le lièvre qu'il poursuit, le prend, et le laisse pour en poursuivre un autre qui s'enfuit. Il y a des yeux trompés qui prennent à la première vue l'oripeau pour de l'or ; mais, peu d'instants après, ils reconnaissent la différence qu'il y a du fin au faux. Cette beauté, dont tu dis que je suis pourvue, que tu élèves au-dessus du soleil, que tu estimes au-dessus de l'or, que sais-je si, de près, elle ne te semblera pas ombre, si, en la touchant, tu ne t'apercevras pas qu'elle est de laiton ? Je te donne deux années de temps pour que tu mesures et que tu pèses bien ce que tu dois choisir, ce que tu dois rejeter. Quand il s'agit d'acheter un bijou, dont on ne peut plus, une fois acheté, se défaire que par la mort, il est bon d'avoir du temps, et beaucoup, pour le regarder, l'examiner, voir enfin les défauts et les qualités qu'il a. Je ne me gouverne pas selon la barbare et injurieuse licence que mes parents se sont donnée de quitter les femmes et de les châtier quand il leur en prend fantaisie, et comme je ne pense rien faire qui appelle sur moi le châtiment, je ne veux pas prendre un compagnon qui se débarrasse de moi pour son plaisir.

— Tu as raison, ô Préciosa, s'écria Andrès, et si tu veux que je chasse tes craintes et que j'éloigne tes soupçons, en te jurant que je ne m'écarterai pas d'une ligne des ordres que tu m'imposeras, vois quel serment tu veux que je fasse, ou quelle autre garantie je puis te donner ; tu me trouveras prêt à tout. — Les serments et les promesses que fait le captif pour qu'on lui rende la liberté, répondit Préciosa, s'accomplissent bien rarement quand elle lui est rendue. C'est ainsi, à ce que j'imagine, que sont ceux de l'amant, qui, pour satisfaire son désir, promettra les ailes de Mercure et les foudres de Jupiter, comme me promit à moi certain poète, et jurera par le fleuve du Styx. Non, je ne veux point de serments, seigneur Andrès, je ne veux point de promesses ; je veux m'en remettre sur toute chose à l'épreuve de ce noviciat, et quant au soin de me garder, je le prends à ma charge, s'il vous prenait fantaisie de m'offenser. — Qu'il en soit ainsi, répondit Andrès ; je ne demande qu'une chose à ces seigneurs, mes compagnons : c'est qu'ils ne m'obligent pas à rien voler, au moins pendant l'espace d'un mois, car il me semble que je ne pourrai réussir à me faire voleur, si ce n'est après un grand nombre de leçons. — Tais-toi, fils, dit le vieux Bohémien ; ici nous te dresserons de manière à ce que tu deviennes un aigle dans le métier, et, quand tu le sauras, tu y prendras goût jusqu'à t'y manger le bout des doigts. Est-ce que c'est une plaisanterie de s'en aller le matin les poches vides, et de revenir le soir les poches pleines au campement ? — J'ai vu revenir à coups de fouet bien de ces gens à poches vides, reprit Andrès. — On ne prend pas les truites à braies sèches, répliqua le vieillard. Toutes les choses de cette vie sont sujettes à des périls divers, et les actions du voleur au danger des galères, du fouet et de la potence. Mais parce qu'un navire essuie une tempête, ou coule bas, est-ce que les autres doivent cesser de naviguer ? Il serait bon, parce que la guerre dévore les hommes et les chevaux, qu'il n'y eût plus de soldats ? D'ailleurs, entre nous, être fouetté par la justice, c'est porter sur les épaules les insignes d'un saint ordre, qui siéent mieux que si on les portait sur la poitrine ; toute l'affaire est de ne pas finir en battant l'air des pieds et des mains dans la fleur de notre jeunesse, et aux premiers délits ; quant à avoir les épaules émouchées, ou à battre l'eau dans les galères, nous n'en faisons pas plus de cas que d'un grain de cacao. Mon fils Andrès, dormez d'abord dans le nid et sous nos ailes ; le temps venu, nous vous ferons prendre votre vol, et dans des endroits où vous ne reveniez pas sans prise. Et ce qui est dit est dit : après chaque vol, vous vous lécherez les mains. — Eh bien, reprit Andrès, pour compenser ce que j'aurais pu voler pendant ce temps qu'on me donne de répit, je veux distribuer deux cents écus d'or entre tous les membres de ce campement. »

À peine Andrès eut-il dit cela, qu'une foule de Bohémiens se jetèrent sur lui, et l'élevant dans leurs bras et sur leurs épaules, ils criaient à tue-tête : « *Victor, victor*, le grand Andrès ! » en ajoutant : « Et vive, vive Préciosa, sa bien-aimée ! » Les Bohémiennes en firent de même avec Préciosa, non sans jalousie de Cristina et des autres jeunes filles qui se trouvèrent présentes ; car l'envie se loge aussi bien dans le campement des hordes barbares et dans les cabanes de bergers, que dans le palais des princes ; et voir réussir le voisin auquel on ne trouve pas plus de mérite qu'à soi, c'est une grande fatigue. Cela fait, on dîna posément ; l'argent promis fut réparti en toute équité et justice ; on répéta les louanges d'Andrès, et la beauté de Préciosa fut portée au ciel. La nuit vint, on assomma la mule, et on l'enterra de manière à ce qu'Andrès fût hors de danger d'être découvert par elle. On enterra aussi ses harnais, comme la selle, la bride, les sangles, à la mode des Indiens, qui ensevelissent avec eux leurs plus riches bijoux.

De tout ce qu'il voyait et entendait, Andrès resta fort étonné, ainsi que de l'esprit des Bohémiens ; mais il fit le propos de poursuivre et de mener à fin son entreprise, sans se mêler en rien à leurs mœurs et coutumes, ou du moins en s'en défendant par tous les moyens possibles. Il pensait échapper au devoir de leur obéir dans les choses injustes qu'ils lui commanderaient, aux dépens de sa bourse. Le lendemain, Andrès les pria de changer de place et de s'éloigner de Madrid, parce qu'il craignait, en restant là, d'être reconnu. Ils répondirent qu'ils avaient déjà résolu de s'en aller aux montagnes de Tolède, d'où ils pourraient explorer et écumer tout le pays circonvoisin. Ils levèrent donc le camp, et donnèrent à Andrès une ânesse pour faire le chemin. Mais lui n'en voulut pas ; il aima mieux aller à pied, servant de laquais à Préciosa, qui était montée sur une autre bourrique : elle, enchantée de voir comment elle triomphait de son aimable écuyer, et lui non moins ravi de se voir près de celle qu'il avait faite maîtresse de son libre arbitre. O force irrésistible de celui qu'on appelle le doux Dieu de l'amertume, titre que lui ont donné notre oisiveté et notre faiblesse ! comme tu nous domptes, comme tu nous maîtrises ! et que tu nous traites sans égards ! Andrès est gentilhomme, jeune, d'un esprit heureux et cultivé, presque toute sa vie élevé à la cour, choyé par ses riches parents ; et, depuis hier, il s'est fait un tel changement en lui, qu'il a trompé ses serviteurs et ses amis, frustré les espérances de ses parents, quitté le chemin de la Flandre, où il devait faire éclater la valeur de sa personne et accroître l'éclat de son lignage, pour venir se prosterner aux pieds, se faire le laquais d'une jeune fille, qui, toute belle qu'elle est, n'est enfin qu'une Bohémienne : privilège de la beauté qui traîne à ses pieds par les cheveux, et comme à rebrousse-poil, la volonté la plus indépendante.

Quatre jours après, ils arrivèrent à un village, à deux lieues de Tolède, où ils dressèrent leur camp, après avoir donné d'abord en gages quelques bijoux à l'alcalde du pays, pour garantie qu'ils n'y voleraient rien, ni dans tout son district. Cela fait, les Bohémiennes vieilles, quelques jeunes et tous les Bohémiens, se répandirent dans tous les villages à quatre ou cinq lieues à la ronde de celui où ils avaient planté leurs tentes. Andrès fut avec eux pour prendre sa première leçon de voleur ; mais, quoiqu'ils lui en donnassent un grand nombre dans cette campagne, aucune ne lui profita. Au contraire, répondant à son sang illustre, il se sentait arracher l'âme à chaque vol que commettaient ses maîtres. Quelquefois même, il paya de son argent les objets qu'avaient dérobés ses compagnons, touché des larmes que versaient les gens volés. Les Bohémiens se désespéraient, disant que c'était contrevenir à leurs statuts et ordonnances, qui prohibent l'entrée de la charité dans leurs cœurs, car, si elle y pénétrait une fois, il faudrait cesser d'être voleurs, chose qui ne leur convenait en aucune façon. Quand Andrès vit cela, il dit qu'il voulait voler tout seul, sans aller en compagnie de personne, puisqu'il avait autant d'agilité pour échapper au péril que de courage pour le braver ; qu'il voulait donc pour lui seul le prix ou le châtiment de ses entreprises. Les Bohémiens essayèrent de le dissuader de ce dessein, en lui disant qu'il pourrait arriver des occasions où la compagnie lui fût nécessaire, aussi bien pour attaquer que pour se défendre, et qu'une personne seule ne pourrait pas faire de grandes prises. Mais, quoi qu'on lui dît, Andrès voulut être voleur, seul, et pour son compte particulier : c'était dans l'intention de s'éloigner de la bande, d'acheter avec son argent quelque chose qu'il pût dire ensuite avoir volé, et, de cette manière, charger le moins possible sa conscience. Par le moyen de cet artifice, en moins d'un mois, il rapporta plus de profit à la société que ne lui en rapportaient quatre de ses plus huppés larrons ; de quoi se réjouissait fort Préciosa, voyant son tendre amant devenir voleur si gentil et si réveillé. Néanmoins, elle était toujours en souci de quelque disgrâce, car elle n'aurait pas voulu le voir exposé au déshonneur pour tout le trésor de Venise, obligée qu'elle était par ses bons sentiments, par les services et les cadeaux sans nombre que lui faisait son Andrès.

Ils restèrent un peu plus d'un mois dans les environs de Tolède, où ils firent leur moisson, bien que ce fût le temps des vendanges. De là ils passèrent en Estrémadure, parce que c'est une terre chaude et riche. Andrès avait avec Préciosa des entretiens honnêtes, sensés et amoureux ; peu à peu elle allait s'affectionnant à l'esprit et à l'aimable société de son amant ; pour lui, de la même manière, si son amour eût pu s'accroître, il se serait accru, tant étaient grandes l'honnêteté, la discrétion et la beauté de Préciosa. En quelque part qu'ils arrivassent, Andrès remportait le prix et les gageures à la course ; il sautait mieux que personne ; il jouait aux boules et à la paume admirablement ; il jetait la barre avec une force extrême et une singulière adresse. Finalement sa réputation parcourut en peu de temps toute l'Estrémadure, et il n'y avait pas un village où l'on ne parlât de la gaillarde tournure du Bohémien Andrès Caballero, de ses qualités et de ses talents. À l'égal de cette renommée, se répandait celle de la beauté de la petite Bohémienne. Il n'y avait pas de ville, pas de bourg, pas de hameau, où on ne les appelât pour célébrer les fêtes patronales ou d'autres réjouissances particulières. De cette façon, le campement vivait dans la richesse, la prospérité et la joie, et les deux amants étaient heureux seulement de se voir.

Or, il arriva qu'ayant dressé leur camp dans un petit bois de chênes un peu écarté du grand chemin, ils entendirent une nuit, bien avant le jour, aboyer leurs chiens avec plus de violence et de ténacité que d'habitude. Quelques Bohémiens, et Andrès parmi eux, sortirent pour voir ce qui les faisait aboyer ; ils aperçurent un homme vêtu de blanc qui se défendait contre eux, et que deux chiens avaient empoigné par la jambe. Ils accoururent le dégager, et l'un des Bohémiens lui dit : « Qui diable vous amène ici, homme, à de telles heures, et si loin du chemin ? Venez-vous voler par hasard ? Vous auriez, ma foi, touché à bon port. — Je ne viens pas voler, répondit le mordu, et ne sais si je suis ou non loin du chemin, quoique je voie bien que je suis égaré. Mais dites-moi, seigneurs, est-ce qu'il y a par ici quelque hôtellerie ou quelque village où je puisse m'héberger cette nuit, et panser les blessures que vos chiens m'ont faites ? — Il n'y a, répondit Andrès, ni village, ni hôtellerie où nous puissions vous acheminer ; mais pour panser vos blessures et vous loger cette nuit, vous serez commodément dans nos baraques. Venez avec nous ; bien que nous soyons Bohémiens, nous ne le paraissons pas en fait de charité. — Que Dieu en use avec vous ! répondit l'homme ; et emmenez-moi où vous voudrez, car la douleur de cette jambe me fatigue beaucoup. »

Andrès s'approcha de lui avec un autre Bohémien charitable (car, même parmi les démons, il y en a de pires les uns que les autres, et parmi beaucoup d'hommes méchants, il peut s'en trouver quelques bons), et entre eux deux ils l'emportèrent. La nuit était claire et la lune brillait, de façon qu'ils purent voir que cet homme était jeune, de belle taille et d'agréable visage. Il était entièrement vêtu de toile blanche, et portait devant la poitrine, et roulée sur l'épaule, une espèce de chemise ou de sac en toile. Ils arrivèrent à la baraque d'Andrès, où l'on alluma bien vite de la lumière et du feu. La grand-mère de Préciosa accourut panser le blessé, dont on lui avait annoncé l'accident. Elle prit quelques poils des chiens, les fit frire dans l'huile, et après avoir d'abord lavé avec du vin deux morsures qu'il avait à la jambe gauche, elle y mit les poils avec l'huile, et par-dessus un peu de romarin vert bien mâché. Elle lui attacha fortement cet emplâtre avec du linge propre ; puis, ayant fait le signe de la croix sur les blessures, elle lui dit : « Dormez, mon ami ; avec l'aide de Dieu, ce ne sera rien. »

Tandis qu'on pansait le blessé, Préciosa se tenait en face de lui, et le regardait attentivement ; lui faisait de même à son égard, de façon qu'Andrès s'aperçut de l'attention avec laquelle le jeune homme la regardait ; mais il attribua cette circonstance à ce que la grande beauté de Préciosa attirait tous les regards. Enfin, après qu'on eut bien pansé ce jeune homme, on le laissa seul, couché sur un lit de foin sec, et on ne voulut lui rien demander pour lors ni de son voyage, ni d'autre chose.

À peine se fut-on éloigné de lui, que Préciosa prit Andrès à part, et lui dit : « Te rappelles-tu, Andrès, un certain papier que je laissai tomber dans ta maison, tandis que j'y dansais avec mes compagnes, et qui, je crois, te fit passer un mauvais moment ? — Oui, je me le rappelle, répondit Andrès ; c'était un sonnet à ta louange, et non mauvais vraiment. — Eh bien ! sache, Andrès, reprit Préciosa, que l'auteur de ce sonnet est ce jeune homme mordu que nous avons laissé dans la cabane ; je suis sûre de ne pas me tromper, car il me parla deux ou trois fois à Madrid, et même il me donna un fort joli *romance*. Il était alors vêtu en page, si je ne me trompe, non à la façon des pages ordinaires, mais de ceux que favorise quelque prince. En vérité, je t'assure, Andrès, que le jeune homme est discret, de bon ton et singulièrement honnête ; je ne sais qu'imaginer de son arrivée ici, et dans un tel équipage. — Que peux-tu imaginer, Préciosa, répondit Andrès, rien autre chose, sinon que la même puissance qui m'a fait devenir Bohémien, l'a fait paraître meunier, et venir à ta recherche ? Ah ! Préciosa, Préciosa, comme on découvre enfin que tu veux te vanter d'avoir plus d'un amant à tes pieds ! S'il en est ainsi, expédie-moi d'abord, ensuite tu tueras cet autre, mais ne veuille pas nous sacrifier ensemble sur l'autel de ta perfidie, pour ne pas dire de ta beauté. — Sainte Vierge ! repartit Préciosa, que tu te montres délicat, Andrès, et que tu as attaché à un fin cheveu, tes espérances et l'estime que tu me portes, puisque la pointe cruelle de la jalousie t'a si facilement percé l'âme ? Dis-moi, Andrès : s'il y avait en cela quelque artifice ou quelque fourberie de ma part, est-ce que je ne saurais pas me taire et cacher qui est ce jeune homme ? Est-ce que je suis assez sotte, par hasard, pour chercher à te donner occasion de mettre en doute ma sincérité et l'honnête but que je me propose ? Tais-toi, Andrès, par ta vie, et demain fais en sorte de tirer du cœur de ce jeune homme, ton épouvantail, où il va, et ce qu'il vient faire. Il se pourrait que ton soupçon fût aussi peu fondé, que je suis assurée, moi, qu'il est ce que j'ai dit ; mais, pour te donner une satisfaction plus grande encore, puisque je suis arrivée au terme de ne t'en point refuser, de quelque manière et avec quelque intention que ce jeune homme soit venu, donne-lui vite son congé, et fais qu'il s'en aille ; tous ceux de notre peuplade t'obéissent, et nul d'entre eux ne s'avisera, contre ta volonté, de lui donner asile dans sa hutte. S'il en était autrement, je t'engage ma parole de ne pas sortir de la mienne, et de ne pas me laisser voir par ses yeux, ni d'aucun de ceux dont tu ne voudras pas que je sois vue. » Puis, elle ajouta : « Écoute, Andrès, je n'ai pas de peine à te voir jaloux, mais j'en aurais beaucoup à te voir déraisonnable.

— À moins que tu ne me voies fou, répondit Andrès, toute autre démonstration sera insuffisante pour te faire comprendre jusqu'où va et quel tourment cause l'amer ressentiment de la jalousie ; mais néanmoins je ferai ce que tu m'ordonnes ; je saurai, s'il est possible, ce que veut ce page poète, où il va, et ce qu'il cherche. Il pourrait se faire que, par quelque fil, et sans nous compromettre, je tirasse tout le peloton avec lequel il vient m'enlacer[*]. — Jamais, à ce que j'imagine, reprit Préciosa, la jalousie ne laisse l'entendement assez libre pour qu'il puisse juger les choses comme elles sont. La jalousie regarde toujours avec des lunettes d'approche, qui font les petites choses grandes, les nains des géants et les soupçons des vérités. Par ta vie et par la mienne, Andrès, procède en ceci, et en tout ce qui a rapport à nos arrangements, avec tact et discrétion. Si tu agis de la sorte, je sais que tu auras à m'accorder la palme de femme honnête, réservée et véridique au plus haut degré. » Sur cela, elle prit congé d'Andrès, qui resta seul, attendant le jour pour recevoir la confession du blessé. L'âme pleine de trouble et de mille rêveries contraires, il ne pouvait croire autre chose, sinon que ce page était venu là, attiré par les charmes de Préciosa ; car le voleur pense que tout le monde est de son métier. D'une autre part, les satisfactions que Préciosa lui avait données lui semblaient si complètes et si fortes, qu'elles l'obligeaient à vivre en repos, et à remettre tout son bonheur aux mains de la vertu de sa maîtresse.

Le jour vint, après lui avoir paru plus tardif que d'habitude ; il alla visiter le mordu et lui demander comment il

---

[*] Allusion au proverbe : *Par le fil, on tire le peloton.*

s'appelait, où il allait, pourquoi il cheminait si tard et si hors du chemin, après lui avoir demandé, toutefois, comment il se portait, et s'il ne ressentait plus de douleur des morsures. À tout cela le jeune homme répondit qu'il se trouvait mieux et sans douleur aucune ; qu'ainsi il pourrait se remettre en chemin. Quand à déclarer son nom et où il allait, il se borna à dire qu'il s'appelait Alonzo Hurtado, qu'il allait, pour certaine affaire, à Notre-Dame de la Roche de France, et que, pour arriver plus vite, il cheminait de nuit ; que la veille au soir, il avait perdu son chemin, et s'était, par hasard, approché de ce campement, où les chiens de garde l'avaient mis dans l'état où on l'avait trouvé.

Cette déclaration ne parut pas à Andrès fort légitime, mais fort bâtarde au contraire. Ses soupçons revinrent de nouveau lui chatouiller l'âme, et il dit au blessé : « Frère, si j'étais juge, et que vous fussiez tombé sous ma juridiction pour quelque délit qui exigeât que je vous fisse les questions que je vous ai adressées, la réponse que vous m'avez faite obligerait à ce qu'on vous serrât la corde un peu plus fort. Je ne veux pas savoir qui vous êtes, comment on vous appelle et où vous allez ; mais je vous avertis que, s'il vous convient de mentir à propos de votre voyage, vous ferez bien de mentir avec plus d'apparence de vérité. Vous dites que vous allez à la Roche de France, et vous la laissez à main droite, à trente lieues au moins en arrière du pays où nous sommes. Vous cheminez de nuit pour aller plus vite, et vous marchez hors de la grand-route, à travers des bois et des bruyères qui ont à peine des sentiers, et pas l'ombre d'un chemin. Ami, levez-vous, apprenez à mieux mentir, et allez à la garde de Dieu. Mais, pour le bon avis que je vous donne, ne me direz-vous pas une vérité ? Oh ! oui, vous me la direz, puisque vous savez si mal mentir. Dites-moi, seriez-vous, par hasard, un certain jeune homme que j'ai vu bien des fois dans la capitale, moitié page et moitié gentilhomme, qui avait la réputation d'être grand poète, le même qui fit un *romance* et un sonnet pour une petite Bohémienne qui courait ces jours derniers les rues de Madrid et passait pour avoir une beauté singulière ? Dites-le-moi, et je vous promets, par la foi de gentilhomme bohémien, de vous garder le secret autant que vous le jugerez convenable. Prenez garde que nier que vous soyez celui dont je parle n'aurait ni rime ni raison, car ce visage que je vois là, c'est le même que j'ai vu à Madrid ; et, en vérité, la grande réputation de votre esprit m'a fait plusieurs fois vous regarder comme un homme insigne et rare. Aussi votre figure m'est-elle si bien restée gravée dans la mémoire, que je vous ai sur-le-champ reconnu, bien que dans cet équipage si différent de celui où je vous voyais alors. Ne vous troublez pas, prenez courage, et n'allez pas vous mettre en tête que vous êtes tombé dans une caverne de voleurs, mais bien dans un asile qui saura vous protéger et vous défendre de tout le monde. Écoutez ; j'imagine une chose, et si elle est telle que je l'imagine, vous avez, en me rencontrant, rencontré la bonne chance. Ce que j'imagine, c'est qu'épris de Préciosa, cette belle Bohémienne pour qui vous avez fait les vers, vous êtes venu la chercher ; et je ne vous en estimerai pas moins, mais au contraire bien davantage : car, tout Bohémien que je suis, l'expérience m'a fait voir jusqu'où s'étend l'irrésistible puissance de l'amour et les transformations qu'il fait faire à ceux qu'il prend sous son empire et sa juridiction. S'il en est ainsi, comme je le crois sans aucun doute, parlez, la Bohémienne est ici.

« Oui, elle y est, répondit le blessé ; je l'ai vue hier soir. » À ce propos, Andrès resta comme mort, croyant qu'il avait acquis enfin la confirmation de ses soupçons. « Je la vis hier soir, continua le jeune homme ; mais je n'osai pas lui dire qui j'étais, parce qu'il ne me semblait pas convenable de le faire. — De cette manière, reprit Andrès, vous êtes bien le poète que j'ai dit ? — Je le suis, en effet, répondit le jeune homme, et ne puis ni ne veux le nier. Peut-être pourrait-il se faire qu'où j'ai cru venir me perdre, je fusse venu me sauver, si l'on trouve fidélité dans les forêts et bon accueil dans les montagnes. — Oui, sans doute, seigneur, repartit Andrès, et de plus, parmi nous autres Bohémiens, la plus grande discrétion du monde. Dans cette confiance, vous pouvez m'ouvrir votre cœur, sûr de ne trouver dans le mien aucune duplicité. La jeune fille est ma parente, et soumise à ce qu'il me plaît de faire d'elle. Si vous la voulez pour épouse, tous ses parents et moi nous y consentirons volontiers. Si vous la voulez pour maîtresse, nous ne ferons pas plus de simagrées, pourvu que vous ayez de l'argent, car jamais la convoitise ne quitte un seul instant nos cabanes. — De l'argent ? répondit le jeune homme, j'en porte avec moi. Dans ces manches de chemise qui me ceignent la poitrine il y a quatre cents écus d'or. » Ce fut un autre coup mortel que reçut Andrès, croyant bien que l'autre n'apportait tant d'argent que pour conquérir ou acheter le bijou de son âme. « C'est une belle somme, dit-il d'une voix déjà troublée ; vous n'avez plus qu'à vous découvrir, et vite à l'ouvrage. La petite fille, qui n'est nullement sotte, verra combien il lui convient d'être à vous. — Hélas ! mon ami, s'écria le jeune homme, je veux que vous sachiez que ce qui m'a forcé de changer de costume, ce n'est pas l'amour dont vous parlez, ni le désir de posséder Préciosa. Madrid renferme assez de beautés qui peuvent dérober les cœurs, et qui savent soumettre les âmes aussi bien et mieux que les plus belles Bohémiennes ; je confesse, il est vrai, que la beauté de votre parente l'emporte sur toutes celles que j'ai vues ; mais ce qui m'a mis dans cet équipage, à pied et mordu par les chiens, ce n'est pas l'amour, c'est la fatalité qui me poursuit. »

A mesure que le jeune homme s'exprimait de la sorte, Andrès recouvrait peu à peu ses esprits, car il lui semblait que de tels propos signifiaient autre chose que ce qu'il avait imaginé. Empressé de sortir du doute qui le tourmentait, il revint encore sur la sécurité avec laquelle l'autre pouvait se découvrir, et celui-ci reprenant son histoire : « J'étais à Madrid, dit-il, dans la maison d'un titulaire de Castilla* que je servais, non comme un maître, mais comme un parent. Il avait un fils, son unique héritier, lequel, tant à cause de notre parenté que parce que nous avions le même âge et la même humeur, me traitait familièrement et avec une grande amitié. Il arriva que ce gentilhomme s'éprit d'amour pour une demoiselle de qualité, dont il eût fait bien volontiers sa femme, s'il n'eût, en bon fils, soumis sa volonté à celle de ses parents, qui aspiraient à un plus haut mariage. Il l'ai-

---

* *Titulo de Castilla*, noblesse qui vient immédiatement après la grandesse d'Espagne.

mait, toutefois, et la servait en cachette de tous les yeux qui auraient pu avec la langue publier quel était l'objet de sa flamme. Les miens seuls étaient témoins de ses projets. Une nuit, que le malheur devait avoir choisie pour l'événement que je vais vous conter, passant tous deux dans la rue de la dame, nous vîmes appuyés contre sa porte deux hommes qui semblaient de bonne mine. Mon parent voulut les reconnaître, mais à peine s'avançait-il de leur côté, qu'ils mirent tous deux précipitamment l'épée à la main et le bouclier au bras, et qu'ils fondirent sur nous. Aussitôt, nous fîmes de même, et nous nous attaquâmes à armes égales. Le combat dura peu, car par deux coups d'épée que dirigèrent la jalousie de mon parent et la défense que je lui prêtais, nos adversaires perdirent la vie : cas étrange et bien rarement vu. Triomphant ainsi d'une autre façon que nous n'aurions voulu, nous revînmes à la maison, et prenant en secret tout l'argent que nous pûmes, nous allâmes au couvent de San-Géronimo attendre le jour qui devait découvrir l'aventure, et faire connaître sur qui tomberaient les présomptions du meurtre. Nous apprîmes d'abord qu'aucun indice ne s'élevait contre nous, et les prudents religieux nous conseillèrent de retourner à la maison, afin que notre absence n'éveillât aucun soupçon. Nous étions décidés à suivre leur avis, quand on nous informa que les alcaldes de cour avaient arrêté dans leur domicile les parents de la demoiselle, ainsi que la demoiselle elle-même, et que parmi les domestiques qu'on interrogea, une servante avait révélé que mon parent courtisait sa maîtresse de jour et de nuit. Nous apprîmes aussi que, sur cet indice, on était accouru nous chercher, et que, ne nous trouvant pas, mais trouvant au contraire plusieurs traces de notre fuite, on avait annoncé comme certain dans toute la capitale que nous étions les meurtriers de ces deux gentilshommes, car ils l'étaient, et de haute qualité. Finalement, d'après l'avis du comte mon parent et d'après celui des religieux, au bout de quinze jours que nous restâmes cachés dans le monastère, mon camarade, en habit de moine, et conduit par un autre moine, prit la route de l'Aragon, avec l'intention de passer en Italie, et de là en Flandre, pour attendre le résultat de l'aventure. Pour moi, je voulus diviser notre fortune, et faire que notre

sort à tous deux ne courût pas les mêmes chances. Je suivis
un autre chemin, et dans le costume de frère lai, je partis à
pied avec un religieux, qui me laissa à Talavera. Depuis
cette ville, je suis venu seul, m'écartant de la grande route,
lorsqu'hier soir j'atteignis ce petit bois, où il m'est arrivé
ce que vous avez vu. Si j'ai demandé le chemin de la Roche
de France, c'était pour répondre quelque chose aux questions qui m'étaient faites ; car, en vérité, tout ce que je sais
de la Roche de France, c'est qu'elle est au-delà de Salamanque. — Cela est vrai, interrompit Andrès, et vous la laissez
à plus de vingt lieues sur votre main droite ; ainsi voyez
comme vous preniez le droit chemin, si vous fussiez allé
là. — Le chemin que je pensais prendre, reprit le jeune
homme, n'était autre que celui de Séville. J'ai là un gentilhomme génois, ami intime du comte, mon parent, qui est
dans l'usage d'envoyer à Gênes une grande quantité d'argent en lingots, et j'ai le projet de m'en aller avec ceux qui
ont l'habitude de porter cet argent, comme si j'étais l'un
d'eux. Au moyen de cette ruse, je pourrai sûrement passer
jusqu'à Carthagène, et de là en Italie, car deux galères doivent arriver bientôt pour qu'on y embarque ces lingots d'argent. Voilà, mon bon ami, toute mon histoire ; voyez si je
n'ai pas raison de dire qu'elle naît plutôt de malheur tout
pur que d'amours mêlés d'eau. Si ces messieurs les Bohémiens voulaient m'emmener en leur compagnie jusqu'à
Séville, dans le cas où ils iraient de ce côté, je leur paierais
très bien ce service. Je m'imagine, en effet, qu'en leur compagnie j'irais avec plus de sécurité, et sans la peur que je
traîne avec moi. — Oui, certes, ils vous emmèneront,
répondit Andrès ; et si ce n'est point par notre peuplade,
car je ne sais pas encore si elle va en Andalousie, vous y
serez conduit par une autre que nous devons rencontrer
dans deux ou trois jours. En leur donnant quelque peu des
écus que vous portez, vous obtiendrez d'eux des choses
plus difficiles. »

Andrès laissa le blessé, et alla rendre compte aux autres
Bohémiens de ce qu'il lui avait conté et de ce qu'il sollici-
tait, ainsi que de l'offre qu'il faisait d'un bon paiement en
récompense. Tous furent d'avis qu'il restât dans la peuplade. Préciosa seule eut un avis contraire, et la grand-mère

dit que, pour elle, il lui était impossible d'aller à Séville, parce que, les années passées, elle avait joué un méchant tour à un bonnetier nommé Triguillos, très connu dans le pays. Elle l'avait fait mettre dans un grand cuvier d'eau, jusqu'au cou, nu comme un ver, et avec une couronne de cyprès sur la tête, attendant le coup de minuit pour sortir du cuvier, prendre sa pioche et retirer un grand trésor qu'elle lui avait fait accroire être caché dans une certaine partie de sa maison. « Dès que le bon bonnetier, ajouta la vieille, entendit sonner matines, il se donna tant de hâte à sortir du cuvier, pour ne pas perdre la conjoncture, qu'il fit rouler par terre le cuvier et lui-même, se meurtrit, s'écorcha, et resta à nager dans l'eau qui se répandait sur le parquet, criant à tue-tête qu'il se noyait. Sa femme, ses voisins, accoururent aussitôt avec des lumières, et le trouvèrent qui faisait toutes les contorsions d'un nageur, soufflant, se traînant le ventre à terre, agitant les bras et les jambes en toute hâte, et criant de toutes ses forces : « Au secours, seigneurs, je me noie. » La peur le talonnait si fort, qu'il pensait véritablement se noyer. On se jeta sur lui, on le tira de ce danger, il reprit connaissance, et conta le tour de la Bohémienne. Malgré cela, continua celle-ci, il alla piocher dans l'endroit désigné plus d'une toise en profondeur, bien que tout le monde lui assurât que c'était un tour de ma façon ; et si un de ses voisins, de la maison duquel il atteignait déjà les fondations, ne l'en eût empêché, il piochait tant qu'il jetait les deux maisons par terre. L'histoire fut bientôt sue par toute la ville, et jusqu'aux petits garçons le montraient au doigt, racontant sa crédulité et mon espièglerie. » Tel fut ce que conta la vieille pour s'excuser d'aller à Séville.

Les Bohémiens, qui savaient déjà par Andrès Caballero que le jeune homme portait de l'argent en quantité, le reçurent très volontiers dans leur compagnie, et s'offrirent à le garder et à le cacher tout le temps qu'il voudrait. Ils résolurent même, changeant de direction, de tourner à gauche, et d'entrer dans la Manche, puis dans le royaume de Murcie. Ils appelèrent le jeune homme et l'instruisirent de ce qu'ils pensaient faire pour son service. Il les en remercia cordialement, et leur donna cent écus d'or pourqu'ils en fissent le

partage entre eux. Ce présent les rendit plus souples que
des peaux de martes. Préciosa seule ne se montra pas fort
satisfaite du séjour de Don Sancho : c'est ainsi que le jeune
homme avait dit s'appeler ; mais les Bohémiens changèrent
son nom en celui de Clément, et l'appelèrent ainsi désormais. Andrès aussi rechigna quelque peu, et ne parut pas
fort enchanté de voir Clément demeurer dans la peuplade,
car il lui sembla qu'il avait, sur d'assez faibles motifs, abandonné son premier dessein. Mais Clément, comme s'il eût
vraiment lu dans son intention, lui dit entre autres choses
qu'il se réjouissait d'aller au royaume de Murcie parce qu'il
serait plus près de Carthagène, d'où il pourrait plus facilement passer en Italie, si, comme il le pensait, des galères
ne tardaient point à venir. Finalement, pour ne pas le perdre
un instant de vue, pour surveiller ses actions et surprendre
ses pensées, Andrès voulut que Clément devînt son camarade, et celui-ci accepta son amitié comme une grande
faveur qui lui était faite. Ils allaient toujours ensemble,
dépensaient largement, faisaient pleuvoir les écus ; ils cou-
raient, sautaient, dansaient, jetaient la barre mieux qu'aucun
autre de la bande. Les Bohémiennes les aimaient plus que
médiocrement, et les Bohémiens leur portaient un grand
respect.

Ils quittèrent donc l'Estrémadure, entrèrent dans la Manche, et gagnèrent peu à peu le royaume de Murcie. Dans
tous les bourgs et villages où passait la troupe, il y avait
des défis d'escrime et de paume, des défis de courir, de
sauter, de jeter la barre, et d'autres exercices de force,
d'adresse ou d'agilité, desquels Andrès et Clément sortaient
toujours vainqueurs, comme on l'a dit précédemment d'Andrès tout seul. Pendant tout ce temps, c'est-à-dire plus d'un
mois et demi, Clément n'eut jamais et ne chercha pas
davantage l'occasion de parler à Préciosa, jusqu'à ce qu'un
jour, elle et Andrès étant ensemble, il vint prendre part à la
conversation, parce qu'on l'appela ; Préciosa lui dit : « Dès
la première fois que tu es arrivé dans notre peuplade, je t'ai
reconnu, Clément, et je me suis rappelé les vers que tu me
donnas à Madrid ; mais je ne voulus rien t'en dire, ne
sachant pas dans quelle intention tu venais à notre campement. Quand j'ai su ta disgrâce, je m'en suis affligée au

fond de l'âme ; mais mon cœur s'est calmé, car il s'était troublé en pensant que, puisqu'il y a des Don Juan dans le monde qui se sont changés en Andrès, il pouvait y avoir des Don Sancho qui se changeassent en d'autres noms. Si je te parle de la sorte, c'est qu'Andrès m'a dit qu'il t'avait révélé qui il est, et dans quelle intention il est devenu Bohémien (Andrès lui avait, en effet, raconté toute son histoire, afin de lui faire confidence de sa pensée). Ne crois pas qu'il ne t'a servi de rien que je t'eusse reconnu ; car c'est par déférence pour moi, et par ce que j'ai dit sur ton compte, qu'on t'a reçu, qu'on t'a admis dans notre compagnie, où plaise à Dieu qu'il t'arrive tout le bien que tu puisses désirer. Pour prix de ce bon désir, je veux que tu ne fasses pas rougir Andrès de la bassesse de son dessein, que tu ne lui peignes pas combien il est mal à lui de persévérer dans cette condition. Car, bien que sa volonté, à ce que j'imagine, soit sous le cadenas de la mienne, je serais pourtant désolée de lui voir les moindres signes de repentir. — Ne pense pas, Préciosa unique, répondit Clément, que Don Juan m'ait découvert qui il était par légèreté d'esprit. Je l'ai reconnu d'abord, et d'abord mes yeux ont aperçu son dessein. D'abord je lui ai dit qui j'étais, et d'abord j'ai deviné que sa volonté est emprisonnée comme tu le dis ; et lui, m'accordant la confiance qu'il était juste qu'il m'accordât, confia son secret à ma discrétion. Il est là témoin, pour dire si j'approuvai sa résolution et son choix. Je ne suis point, ô Préciosa, d'intelligence si bornée que je ne conçoive jusqu'où s'étendent les forces de la beauté ; et la tienne, passant les limites les plus extrêmes des attraits et des charmes, est une suffisante excuse pour de plus grandes fautes, si l'on doit appeler fautes celles qui se font pour de si puissants motifs. Je te suis très obligé de ce que tu as dit en ma faveur, et je pense reconnaître ce service en désirant que cette intrigue amoureuse ait un heureux dénouement, que tu possèdes ton Andrès et Andrès sa Préciosa, avec l'assentiment et le bon plaisir de ses parents, afin que nous voyions sortir d'un si beau couple les plus beaux rejetons que puisse former la bienfaisante nature. Voilà ce que je désire, Préciosa ; voilà ce que je dirai toujours à ton Andrès, au lieu de détourner de toi ses désirs si bien placés. » Clément s'était exprimé avec tant de chaleur et d'affection, qu'Andrès resta dans le doute s'il avait ainsi parlé par amour ou par politesse ; car l'infernale maladie de la jalousie est si prompte à venir qu'elle se prend aux rayons du soleil, et que ceux qui touchent l'objet aimé tourmentent un amant et le désespèrent. Toutefois, sa jalousie n'eut pas de suite ; il prit confiance en la fidélité de Préciosa plus qu'en son propre bonheur : les amants se croient toujours malheureux tant qu'ils n'obtiennent pas ce qu'ils désirent. Enfin, Andrès et Clément étaient camarades, amis intimes, et leur liaison se maintenait sans nuages, grâce à la bonne intention de Clément, grâce surtout à la prudence et à la réserve de Préciosa, qui ne donna jamais à Andrès l'occasion d'être jaloux.

Clément avait sa petite prétention de poète, comme il le montra par les vers donnés à Préciosa ; Andrès aussi s'en piquait un peu, et tous deux aimaient la musique. Une fois donc que la peuplade avait campé dans un vallon, à quatre lieues de Murcie, il arriva qu'un soir, conviés par le silence de la nuit, Andrès et Clément, étant tous deux assis, l'un aux pieds d'un liège, l'autre au pied d'un chêne, et chacun une guitare à la main, Andrès commençant et Clément faisant la réponse, ils chantèrent les vers suivants* :

ANDRÈS

« Regarde, Clément, le voile brodé d'étoiles avec lequel cette nuit fraîche le dispute au jour, tant le ciel est orné de belles lumières ; dans cette ressemblance, si ton divin esprit atteint jusque-là, se retrace ce visage où réside le comble de la beauté.

CLÉMENT

« Où réside le comble de la beauté, et où l'honnêteté précieuse et belle s'unit avec le comble de la bonté dans une même personne. Qu'aucun esprit humain ne la loue,

---

* La principale difficulté de ces strophes, c'est que le dernier vers de l'une doit servir de premier vers à l'autre.

s'il ne se convertit en divin, en élevé, rare, grave et merveilleux.

ANDRÈS

« En élevé, rare, grave et merveilleux style, et jamais employé, je voudrais que jusqu'au ciel, par un chemin doux au monde, ton nom, ô Bohémienne, causant la surprise et l'étonnement d'un prodige, je voudrais de la renommée qu'elle le portât jusqu'à la huitième sphère.

CLÉMENT

« Qu'elle le portât jusqu'à la huitième sphère serait convenable et juste ; ce serait donner aux cieux du plaisir, quand le bruit de son nom s'y entendrait ; ce serait causer sur la terre, où résonnerait ce doux nom, musique dans les oreilles, paix dans les âmes, volupté dans les sens.

ANDRÈS

« Paix dans les âmes, volupté dans les sens, s'éprouvent quand la sirène chante, elle qui enchante et assoupit ceux qui sont le plus sur leurs gardes. Telle est ma Préciosa, dont la moindre qualité est d'être belle ; mon doux trésor, couronne de la grâce, honneur de l'agilité.

CLÉMENT

« Couronne de la grâce, honneur de l'agilité, tu l'es, ô belle Bohémienne, fraîcheur du matin, zéphyr caressant dans l'ardente canicule, foudre avec qui l'amour aveugle change en feu un cœur de neige, force qui surmonte toute force, qui tue mollement et avec délices. »

Les deux chanteurs, le libre et le captif, faisaient mine de ne pas finir de sitôt, s'ils n'eussent entendu derrière eux la voix de Préciosa, qui avait écouté leurs chants. À ce bruit, ils s'arrêtèrent, et, sans bouger de place, ils lui prêtèrent une merveilleuse attention. Pour elle, je ne sais si ce fut à l'improviste, ou si on lui avait composé dans un autre temps les vers qu'elle chanta, et qui semblaient faits pour leur répondre ; mais, avec une grâce infinie, elle chanta ce qui suit :

« Dans cette entreprise amoureuse, où j'amuse l'amour, je tiens à plus grand bonheur d'être honnête que d'être belle.

« La plus humble plante, si elle pousse sa tige par grâce ou par nature, s'élève jusqu'aux cieux.

« Dans ce vil cuivre dont je suis faite, mais où l'honnêteté sert d'émail, il n'y a pas de bonne intention qui manque, ni de richesse qui ne soit de trop.

« Je n'éprouve aucune peine de n'être point aimée, point recherchée ; car je pense me fabriquer moi-même mon sort et ma bonne aventure.

« Que je fasse ce qui est en moi, que je m'achemine à devenir vertueuse, et qu'ensuite le Ciel fasse et détermine ce qui lui plaira.

« Je veux voir si la beauté a de telles prérogatives, qu'elle m'exalte si haut, que j'aspire à plus grande hauteur.

« Si les âmes sont égales, l'âme d'un laboureur pourra égaler en mérite celles qui naissent impériales.

« Ce que je sens de la mienne m'élève au plus haut degré, car la majesté et l'amour n'occupent pas le même siège. »

Préciosa finit là son chant, et les deux amis se levèrent pour la recevoir. Une aimable et discrète conversation s'engagea entre eux, et Préciosa montra dans ses propos tant d'amabilité, de décence et d'esprit, que le projet d'Andrès trouva cette fois une excuse dans l'esprit de Clément, qui ne l'avait pas jusqu'alors complètement disculpé, le trouvant plutôt un coup de tête de jeune homme qu'une détermination raisonnable.

Le lendemain matin, la peuplade leva le camp et alla se loger dans un bourg du district de Murcie, à trois lieues de cette ville. Là, il arriva à Andrès un malheur qui le mit en péril de la vie. Après avoir donné pour garantie, selon l'usage, quelques vases et bijoux d'argent, Préciosa et sa grand-mère, Cristina et deux autres jeunes Bohémiennes, enfin Andrès et Clément, allèrent tous se loger dans une auberge appartenant à une veuve riche, laquelle avait une fille de dix-sept à dix-huit ans, un peu plus dévergondée que belle, et qui s'appelait, pour tout dire, Juana Carducha. Quand celle-ci eut vu danser les Bohémiens et les Bohémiennes, voilà que le diable la prit, et qu'elle s'amouracha si violemment d'Andrès, qu'elle résolut de le lui dire, et de le prendre pour mari, s'il y consentait, en dépit de tous ses parents. Elle chercha donc une occasion de lui parler, et le trouva dans une basse-cour, où Andrès était entré pour examiner deux ânons. Elle s'approcha de lui, et se hâtant, pour n'être point surprise : « Andrès, lui dit-elle, car elle savait déjà son nom, je suis fille et riche, ma mère n'a pas d'autre enfant que moi ; cette auberge est à elle, sans compter bon nombre de plants de vignes, et deux autres paires de maisons. Tu m'as plu ; si tu me veux pour femme, c'est une affaire faite, réponds-moi vite. Si tu es bien avisé, tu resteras, et tu verras quelle vie nous ferons. »

Andrès demeura fort étonné de la résolution de la Carducha, et avec la promptitude qu'elle exigeait, il lui répondit : « Mademoiselle, je suis déjà fiancé, et nous autres Bohémiens nous n'épousons que des Bohémiennes. Dieu vous garde pour la faveur que vous vouliez me faire, et dont je ne suis pas digne. » À cette verte réponse d'Andrès, la Carducha fut à deux doigts de tomber morte ; elle aurait répliqué si elle n'eût vu d'autres Bohémiennes entrer dans la cour. Elle s'échappa, toute confuse, toute troublée, et se serait vengée de bon cœur, si elle l'eût pu. En habile homme, Andrès résolut de prendre la clef des champs, et de fuir l'occasion que lui présentait le diable ; car il lut sans peine dans les yeux de la Carducha qu'elle se donnerait à lui sans les liens conjugaux, et il ne voulut pas se rencontrer dans ce champ clos tête à tête avec elle. Il pria donc les Bohémiens de décamper du bourg cette nuit même. Eux, qui lui obéissaient toujours, se mirent aussitôt à l'œuvre, et, ayant retiré leurs gages, partirent dès l'après-midi. La Carducha, qui vit qu'en s'en allant Andrès lui emportait la moitié de son âme, et qu'il ne lui restait pas assez de temps pour solliciter l'accomplissement de ses désirs, imagina de faire rester Andrès par force, puisqu'elle ne pouvait le retenir de bon gré. Dans ce dessein, avec l'adresse et le mystère que lui suggéra sa mauvaise pensée, elle glissa parmi les effets qu'elle reconnut pour être à Andrès un riche collier de corail, deux patènes d'argent, et quelques autres de ses petits bijoux ; puis, à peine eurent-ils quitté l'auberge, qu'elle se mit à crier que les Bohémiens lui avaient volé et lui emportaient tous ses joyaux. À ses cris, la justice accourut, et toute la population du bourg. Les Bohémiens firent halte, jurant tous qu'ils n'avaient rien volé, et qu'ils allaient ouvrir les sacs et le bagage de la peuplade. Cette offre affligea fort la vieille Bohémienne, qui avait peur que, dans cet inventaire, on ne découvrît les bijoux de Préciosa et les vêtements d'Andrès, qu'elle gardait avec grand soin. Mais la bonne Carducha eut bientôt tout arrangé. Au second paquet qu'on examina, elle dit de demander celui d'un certain Bohémien, grand danseur, qu'elle avait vu entrer deux fois dans sa chambre, et qui pourrait bien avoir fait le coup. Andrès comprit aisément qu'il s'agissait de lui, et se mettant à rire : « Mademoiselle, lui dit-il, voilà ma garde-robe et voilà mon âne ; si vous trouvez dans l'une ou sur l'autre ce qui vous manque, je vous le paierai avec dommages et intérêts, outre que je me soumets au châtiment que la loi inflige au voleur. » Les gens de justice accoururent aussitôt dévaliser le baudet, et, en fouillant, trouvèrent bientôt le vol. Andrès en resta si stupéfait, si absorbé, qu'il ressemblait à une statue de pierre, muette et sans mouvement. « N'avais-je pas bien soupçonné ? s'écria la Carducha. Voyez sous quelle bonne mine se cache un si grand larron. » L'alcade, qui était présent, se mit à dire force injures à Andrès et à tous les Bohémiens, qu'il appelait brigands publics et voleurs de grands chemins. À tout cela Andrès ne disait mot, pensif, abattu, et ne pouvant imaginer la trahison de la Carducha. En ce moment, un arrogant soldat, neveu de l'alcade, s'approcha de lui. « Voyez-vous, dit-il, quelle mine fait ce chétif Bohémien, tout pourri de voler. Je parie qu'il va minauder, faire la sainte Nitouche, et nier le vol qu'on lui prend dans les mains. Pourquoi ne les envoie-t-on pas tous aux galères ? Est-ce que ce garnement n'y serait pas mieux à servir Sa Majesté, qu'à danser de village en village, et à voler de plaine en montagne ? Foi de soldat, il me prend envie de lui donner une taloche qui le jette à mes pieds. » Cela dit, et sans plus de façon, il lève la main et lui applique un tel soufflet, que, le faisant sortir de son extase, il le fait ainsi souvenir qu'il n'était pas Andrès Caballero, mais Don Juan, et gentilhomme. Celui-ci se jette sur le soldat, avec plus de colère encore que de promptitude, lui arrache sa propre épée du fourreau, et, la lui passant au travers du corps, l'étend mort sur la place.

Alors ce fut un cri général dans le pays ; alors se courrouça l'oncle alcalde ; alors Préciosa s'évanouit et Andrès s'émut de la voir évanouie ; alors tout le monde courut aux armes et à la poursuite du meurtrier. Pour secourir Préciosa dans son évanouissement, Andrès oublia de pourvoir à sa défense, et le malheur voulut que Clément ne se trouvât point à la sanglante scène, car il était déjà sorti du bourg avec les bagages. Finalement, tant de gens se jetèrent sur Andrès, qu'on l'arrêta, et qu'on le garrotta de deux fortes chaînes. L'alcalde aurait bien voulu le pendre tout de suite, s'il en eût eu le pouvoir ; mais il était tenu de livrer le coupable à Murcie, ville dont relevait sa juridiction. On n'y conduisit le prisonnier que le lendemain, et pendant le jour qu'il passa dans l'endroit, Andrès eut à souffrir bien des tourments et des outrages que le furieux alcalde, ses suppôts et tous les gens du pays lui firent endurer. L'alcalde fit arrêter aussi tous les Bohémiens et Bohémiennes qu'il put attraper ; mais la plupart s'enfuirent, et parmi eux Clément, qui eut peur d'être pris et découvert. Finalement, avec le procès-verbal de l'aventure et une longue procession de Bohémiens, l'alcalde et ses recors entrèrent à Murcie, accompagnés d'une grande troupe de gens armés, au milieu desquels marchaient Préciosa et le pauvre Andrès, enchaîné sur un mulet, avec les menottes aux mains, les fers aux pieds, et un carcan sous le menton. Tout Murcie sortit pour voir les prisonniers, car on y avait déjà connaissance du meurtre du soldat. Mais la beauté de Préciosa fut ce jour-là si incomparable, que personne ne la regardait sans la bénir. Le bruit de ses attraits vint jusqu'aux oreilles de madame la corrégidore, qui, par curiosité de la voir, obtint du corrégidor, son mari, l'ordre que cette jeune Bohémienne ne fût pas conduite, comme les autres, à la prison. Quant à Andrès, on le jeta dans un étroit cachot, dont l'obscurité, que n'éclairait point la lumière de Préciosa, lui fit tant d'effet, qu'il pensa bien ne plus sortir de là que pour la sépulture.

On mena Préciosa et sa grand-mère devant madame la corrégidore, qui s'écria en la voyant : « C'est avec raison qu'on vante sa beauté ; » puis, s'approchant d'elle, elle l'embrassa tendrement, et ne pouvait rassasier ses yeux de la regarder. Elle demanda à la grand-mère quel âge avait cette enfant : « Quinze ans, répondit la Bohémienne, à deux mois de plus ou de moins. — C'est précisément l'âge qu'aurait mon infortunée Constanza, s'écria la corrégidore. Ah ! mes amies, la vue de cette jeune fille a renouvelé tous mes chagrins. » Préciosa prit les mains de la corrégidore, les baisa plusieurs fois, et les baignant de ses larmes, elle lui disait : « Ah ! ma chère dame, le Bohémien qui est en prison n'est pas coupable, car il a été provoqué : on l'a appelé voleur, et il ne l'est pas ; on lui a donné un soufflet sur son visage, où se montre pourtant la bonté de son cœur. Au nom de Dieu, au nom de qui vous êtes, madame, faites-lui rendre justice ; faites que le seigneur corrégidor ne se hâte point d'exécuter sur lui la sentence dont les lois le menacent. Si ma beauté vous agrée quelque peu, conservez-la en conservant le prisonnier, car la fin de sa vie serait la fin de la mienne. Il doit être mon époux, et ce sont de justes, d'honnêtes empêchements qui ne nous ont point permis jusqu'à présent de nous donner la main. S'il faut de l'argent pour obtenir pardon de la partie adverse, tous les effets de notre peuplade se vendront aux enchères publiques, et l'on paiera plus même qu'il ne sera demandé. Ah ! madame, si vous savez ce que c'est que l'amour, si vous en avez eu dans un temps, si vous en avez encore pour votre époux, prenez pitié de moi, car j'aime le mien tendrement. »

Tout le temps qu'elle parla de la sorte, Préciosa ne lâcha point les mains de la corrégidore, et ne cessa de fixer ses regards sur les siens, en versant avec abondance d'amères et pieuses larmes. De son côté, la corrégidore la pressait dans ses bras, la regardant avec non moins d'attendrissement, et ne versant guère moins de pleurs. Sur ces entrefaites, le corrégidor entra ; trouvant sa femme et Préciosa si éplorées, si étroitement serrées l'une à l'autre, il s'arrêta tout surpris, autant des pleurs que de la beauté de la Bohémienne, et demanda quelle était la cause de cette scène de douleur. Pour lui répondre, Préciosa lâcha les mains de la corrégidore, et se jetant aux pieds du magistrat : « Miséricorde, seigneur, s'écria-t-elle, miséricorde ! Si mon époux meurt, je suis morte ; il n'est pas coupable ; mais s'il l'est, que ce soit moi qu'on punisse ; et si cela ne se peut, au moins qu'on retarde la cause tandis qu'on emploiera tous les moyens possibles de le délivrer. Peut-être qu'à celui qui n'a point péché par malice le Ciel enverra par grâce son salut. » Le corrégidor tomba dans une nouvelle surprise en écoutant les discrètes paroles de la Bohémienne, et sans la crainte de montrer trop de faiblesse, il eût mêlé ses larmes aux siennes.

Pendant que tout cela se passait, la vieille Bohémienne restait immobile, considérant autour d'elle une foule de choses diverses. Au bout d'un long espace de surprise et de rêverie : « Que vos grâces m'attendent un moment, mes chers seigneurs, s'écria-t-elle ; je vais faire que ces pleurs se changent en rires, dût-il m'en coûter la vie. » Et d'un pas agile, elle sortit de l'appartement, laissant tous les assistants fort étonnés de ce qu'elle avait dit. En attendant son retour, Préciosa ne cessa ni ses larmes, ni ses prières pour qu'on ajournât la cause de son époux, dans l'intention de prévenir le père d'Andrès pour qu'il vînt s'y interposer. La Bohémienne revint avec un petit coffre sous le bras, et pria le corrégidor d'entrer avec elle et sa femme dans une pièce séparée, parce qu'elle avait de grandes choses à leur dire en secret. Le corrégidor, croyant qu'elle voulait lui découvrir quelque vol des Bohémiens pour se le rendre propice dans l'affaire du prisonnier, se retira aussitôt avec elle et sa femme dans un cabinet de toilette, où la Bohémienne, se jetant à genoux devant eux, leur dit : « Si les bonnes nouvelles que je veux vous donner, seigneurs, ne méritaient de recevoir en étrennes le pardon d'un grand péché que j'ai commis, je suis prête à recevoir le châtiment qu'il vous plaira de m'infliger. Mais avant d'en faire l'aveu, je veux que vous me disiez d'abord si vous connaissez ces bijoux. » Découvrant alors un coffret où se trouvaient ceux de Préciosa, elle le remit dans les mains du corrégidor. Celui-ci, l'ayant ouvert, y vit des joyaux d'enfant, mais ne comprit point ce que cela pouvait signifier. La corrégidore les regarda aussi, sans deviner davantage. Elle dit seulement : « Ce sont les parures de quelque enfant au maillot. — C'est vrai, reprit la Bohémienne, et l'écrit que contient ce papier plié dira de quel enfant. » Le corrégidor ouvrit le papier en toute hâte, et lut ce qui suit : « *La petite fille s'appelait Doña Constanza de Acevedo y Menesès ; sa mère, Doña Guiomar de Menesès, et son père, Don Fernando de Acevedo, chevalier de l'ordre de Calatrava. Je l'enlevai le jour de l'Ascension de Notre-Seigneur, à huit heures du matin, l'année 1595. L'enfant portait les bijoux qui sont conservés dans ce coffre.* »

À peine la corrégidore eut-elle entendu la lecture du papier, qu'elle reconnut les bijoux, les porta à sa bouche, et leur donnant une foule de baisers, elle tomba évanouie. Le corrégidor accourut à son aide, avant de s'informer de sa fille auprès de la Bohémienne. La dame revint à elle, et s'écria : « Femme adorable, plutôt ange que Bohémienne, où est la personne, où est l'enfant, dis-je, à qui appartient cette parure ? — Où, madame ? répondit la Bohémienne ; vous l'avez chez vous ; c'est cette jeune Bohémienne qui vous a tiré les larmes des yeux. Elle est votre fille, sans aucun doute ; je l'ai volée à Madrid, dans votre maison, le jour et à l'heure que dit ce papier. » À ces mots, et toute hors d'elle, la dame jeta ses pantoufles, et revint en courant dans la salle où elle avait laissé Préciosa, qu'elle trouva entourée de ses femmes et de ses servantes, continuant à pleurer. Elle se jeta sur elle ; puis, sans lui rien dire, elle lui délaça son corsage, et regarda si elle avait sous la mamelle gauche un petit signe, un petit seing blanc, avec lequel sa fille était née. Elle le trouva, en effet, mais plus grand, car l'âge l'avait étendu. Ensuite, avec la même promptitude, elle la déchaussa, découvrit un pied de neige, un pied de marbre fait au tour, et y trouva ce qu'elle cherchait, c'est-à-dire que les deux derniers orteils du pied droit se trouvaient réunis l'un à l'autre par une petite membrane de chair, qu'on n'avait point voulu lui couper, quand elle était enfant, pour ne pas lui causer de peine. Sa poitrine, son pied, ses joyaux, le jour du vol si bien désigné, la confession de la Bohémienne, enfin l'émotion et la joie qu'avaient éprouvées ses parents à sa vue, tout confirmait dans l'âme de la corrégidore que Préciosa était sa fille. Aussi, la prenant dans ses bras, elle retourna avec elle auprès du corrégidor et de la Bohémienne. Préciosa restait toute surprise, ne sachant à quel propos on avait fait sur elle toutes ces vérifications, et surtout se voyant emporter dans les bras de la corrégidore, qui lui donnait d'un baiser jusqu'à cent.

Enfin, Doña Guiomar arriva devant son mari avec sa précieuse charge, et la remettant de ses bras dans ceux du corrégidor, elle lui dit : « Recevez, seigneur, votre fille Constanza. C'est elle assurément, et n'en doutez, seigneur, en aucune façon, car la marque des orteils réunis et celle de la poitrine, je viens de les voir. D'ailleurs, le cœur me le dit depuis le moment où mes yeux l'ont vue. — Je n'en doute point, répondit le corrégidor, tenant dans ses bras Préciosa ; mon âme a ressenti les mêmes mouvements que la vôtre ; et comment, à moins d'un miracle, tant de circonstances pourraient-elles se trouver réunies ? »

Tous les gens de la maison restaient absorbés, et se demandaient les uns aux autres ce que ce pouvait être ; mais tous touchaient bien loin du but ; car qui pouvait imaginer que la petite Bohémienne fût la fille de leur seigneur ? Le corrégidor recommanda à sa femme, à sa fille et à la vieille Bohémienne de garder l'aventure secrète jusqu'à ce qu'il la découvrît lui-même. Il dit aussi à la vieille qu'il lui pardonnait le tort qu'elle lui avait fait en lui volant le trésor de son âme, puisqu'elle méritait une plus grande récompense pour le lui avoir rendu. Il regrettait seulement, ajouta-t-il, que, sachant la qualité de Préciosa, elle l'eût fiancée avec un Bohémien, et, de plus, avec un voleur et un meurtrier. « Hélas ! mon bon seigneur, s'écria sur-le-champ Préciosa, il n'est ni Bohémien, ni voleur ; et s'il est meurtrier, il l'a été de celui qui lui avait enlevé l'honneur. Il ne put faire autrement que de montrer qui il était, et de le tuer à l'instant. — Comment ! il n'est pas Bohémien, ma fille ? » s'écria Doña Guiomar. Alors la vieille Bohémienne raconta brièvement l'histoire d'Andrès Caballero, lequel était fils de Don Francisco de Carcamo, chevalier de l'ordre de

Saint-Jacques, et s'appelait Don Juan de Carcamo, chevalier du même ordre, ajoutant qu'elle gardait ses habits
depuis le jour où il les échangea pour ceux de Bohémien.
Elle raconta aussi l'arrangement conclu entre Préciosa et
Don Juan de faire deux années d'épreuve avant de se marier
ou de se séparer ; enfin, elle vanta convenablement l'honnêteté de tous deux, et l'aimable caractère de Don Juan. Le
corrégidor et sa femme ne s'étonnèrent pas moins de cela
que de la rencontre de leur fille, et envoyèrent la Bohémienne chercher les habits de Don Juan. Celle-ci obéit aussitôt, et revint avec un autre Bohémien qui les apportait.

En attendant son retour, les parents de Préciosa lui firent
cent mille questions, auxquelles elle répondit avec tant
d'esprit et de grâce, que, ne l'eussent-ils pas reconnue pour
leur fille, elle les aurait rendus fous d'amour. Ils lui demandèrent si elle avait quelque affection pour Don Juan. « Pas
plus, répondit-elle, que ne m'oblige d'en avoir la reconnaissance pour quelqu'un qui a voulu s'humilier jusqu'à se faire
Bohémien pour moi. Mais désormais cette reconnaissance
ne s'étendra pas au-delà de ce que voudront mes parents et
seigneurs. — C'est bien, ma Préciosa, reprit le père, car ce
nom de Préciosa, je veux que tu le gardes en mémoire de
ce que tu as été perdue et retrouvée ; mais moi, comme ton
père, je prends à ma charge de te trouver un parti qui ne
démente point ta qualité. » Préciosa se mit à soupirer en
entendant cela, et sa mère, en femme discrète, comprit
qu'elle soupirait d'amour pour Don Juan. « Seigneur, dit-
elle à son mari, puisque Don Juan de Carcamo est de si
bonne naissance, et qu'il aime tant notre fille, il ne serait
pas mal de la lui donner pour épouse. — Comment, reprit-
il ; nous ne l'avons retrouvée que d'aujourd'hui, et vous
voulez déjà que nous la perdions ! Ah ! jouissons-en quelque temps encore. Quand vous l'aurez mariée, elle ne sera
plus à vous, mais à son mari. — Vous avez raison, seigneur,
répliqua-t-elle ; mais donnez ordre qu'on tire Don Juan de
prison ; il doit être enfermé dans quelque cachot. — Oh !
sans doute, s'écria Préciosa ; à un voleur, à un meurtrier, et
surtout à un Bohémien, on n'aura pas donné meilleur logis.
— Je veux aller le voir, répondit le corrégidor, comme si
j'allais lui faire subir un interrogatoire, et je vous recom-

mande encore une fois, madame, que personne ne sache cette histoire jusqu'à ce que je veuille la faire connaître. » Là-dessus, ayant embrassé Préciosa, il se rend à la prison, et entra dans le cachot où était enfermé Don Juan, sans permettre que personne entrât avec lui.

Il le trouva les deux jambes dans un ceps, avec les menottes aux mains ; on ne lui avait pas même ôté son carcan. Le cachot était entièrement obscur. Mais le corrégidor fit ouvrir en haut un petit soupirail par où entrait une faible lumière. Dès qu'il aperçut le prisonnier : « Comment va la bonne pièce ? dit-il. Oh ! je voudrais tenir ici, accouplés comme des chiens, autant de Bohémiens qu'il y en a dans l'Espagne, pour en finir avec eux le même jour, comme Néron voulait faire de Rome, sans avoir à donner plus d'un coup. Sachez, larron chatouilleux sur le point d'honneur, que je suis le corrégidor de cette ville, et je viens savoir, de vous à moi, s'il est vrai qu'une jeune Bohémienne qui fait partie de votre bande soit votre épouse. » Quand il l'entendit parler ainsi, Andrès s'imagina que le corrégidor était devenu amoureux de Préciosa, car la jalousie est un corps subtil et délié qui entre dans les autres corps sans les ouvrir, sans les partager, sans les rompre. Il répondit cependant : « Si elle a dit que je suis son époux, c'est une grande vérité ; et si elle a dit que je ne le suis pas, c'est encore la vérité, car il est impossible que Préciosa dise un mensonge. — Elle est à ce point sincère ? répondit le corrégidor. Ce n'est pas peu de chose pour une Bohémienne. C'est bon, jeune homme ; elle a dit, en effet, qu'elle était votre femme, mais qu'elle ne vous avait pas encore donné sa main. Ayant su que votre crime est tel qu'il doit vous faire perdre la vie, elle m'a demandé qu'avant votre mort, je vous mariasse avec elle, parce qu'elle veut se faire honneur de demeurer veuve d'un aussi grand voleur que vous. — Eh bien ! faites-le, seigneur corrégidor, comme elle vous en conjure, repartit Andrès. Pourvu que je l'épouse, je m'en irai content à l'autre vie, si je sors de celle-ci avec le nom de son époux. — Vous l'aimez donc beaucoup ? dit le corrégidor. — Tellement, répondit le prisonnier, que tout ce que j'en pourrais dire ne serait rien. Enfin, seigneur corrégidor, que mon procès s'achève. J'ai tué celui qui voulait m'ôter l'honneur ; j'adore cette Bohémienne ; je mourrai content si je meurs dans sa grâce, et je sais que celle de Dieu ne nous manquera pas, puisque nous avons tous deux honnêtement et fidèlement gardé la promesse que nous nous étions faite. — Eh bien, cette nuit je vous enverrai chercher, reprit le corrégidor, et, dans ma maison, je vous marierai avec Préciosa. Demain, à midi, vous serez à la potence. De cette façon, j'aurai satisfait à ce qu'exige la justice, et à ce que vous désirez tous deux. »

Andrès lui témoigna toute sa reconnaissance, et le corrégidor, de retour chez lui, rendit compte à sa femme de ce qui venait de lui arriver avec Don Juan, ainsi que d'autres choses qu'il pensait faire. Pendant son absence, Préciosa avait raconté à sa mère toute l'histoire de sa vie, et comment elle avait toujours cru qu'elle était Bohémienne et petite-fille de cette vieille, mais que toujours elle s'était mieux respectée qu'on ne pouvait l'attendre d'une Bohémienne. Sa mère lui demanda de dire en toute vérité si elle aimait beaucoup Don Juan de Carcamo. Elle, toute honteuse, et les yeux baissés à terre, répondit que, s'étant tenue pour Bohémienne, et considérant combien elle améliorait son sort en épousant un chevalier des ordres, aussi noble que Don Juan de Carcamo, qu'ayant d'ailleurs connu par expérience son bon caractère et sa vertueuse conduite, elle l'avait regardé quelquefois avec des yeux d'affection ; mais qu'enfin, et comme elle l'avait déjà dit, elle n'aurait d'autre volonté que celle que ses parents voudraient qu'elle eût.

La nuit vint, et quand il fut presque dix heures, on tira Andrès de sa prison, sans les menottes et le carcan, mais non sans une grande chaîne, qui lui ceignait le corps des pieds à la tête. Il arriva de cette façon à la maison du corrégidor, sans être vu de personne, sinon de ceux qui l'amenaient, et qui le firent entrer avec beaucoup de silence et de précaution dans un appartement où ils le laissèrent seul. Peu d'instants après entra un prêtre, qui lui dit de se confesser, parce qu'il allait mourir le lendemain. « Je me confesserai très volontiers, répondit Andrès ; mais pourquoi ne me marie-t-on pas d'abord ? et si l'on me marie, en vérité, c'est un bien mauvais lit nuptial qui m'attend. » Doña Guiomar entendait tout cela ; elle dit à son mari que les alarmes qu'il donnait à Don Juan étaient trop fortes, et qu'il ferait bien de les modérer, car le jeune homme pourrait y perdre la vie. Ce conseil parut bon au corrégidor. Il entra donc pour appeler le confesseur, et lui dit de marier d'abord le Bohémien avec Préciosa la Bohémienne ; qu'ensuite le fiancé se confesserait, et qu'il ferait bien de se recommander du fond de l'âme à Dieu, qui fait souvent pleuvoir ses miséricordes dans le temps où les espérances sont le plus desséchées.

Finalement, Andrès passa dans une salle où se trouvaient seulement Doña Guiomar, le corrégidor, Préciosa, et deux serviteurs de la maison. Mais quand Préciosa vit Don Juan enveloppé et étreint d'une si longue chaîne, le visage décoloré et les yeux gonflés de larmes, le cœur lui manqua. Elle s'appuya sur le bras de sa mère, qui se trouvait près d'elle, et qui, la pressant dans ses bras : « Reviens à toi, mon enfant, lui dit-elle, tout ce que tu vois doit tourner à ton plaisir et à ton profit. » Elle, qui n'était point au fait de tout cela, ne savait comment se consoler. La vieille Bohémienne était toute troublée, et les assistants attendaient avec anxiété la fin de cette aventure. « Seigneur desservant, dit le corrégidor, ce Bohémien et cette Bohémienne sont ceux que votre grâce doit marier. — Je ne pourrai le faire, reprit le desservant, si toutes les circonstances requises en pareil cas n'ont pas été remplies. Où ont été faites les publications de bans ? où est la licence de mon supérieur, pour que je fasse la cérémonie nuptiale ? — L'étourderie vient de moi, dit le corrégidor ; mais je ferai en sorte que le grand-vicaire donne la licence. — Eh bien ! jusqu'à ce que je la voie, reprit le desservant, qu'on veuille bien m'excuser. » Et sans ajouter un mot, crainte qu'il n'arrivât quelque scandale, il sortit de la maison, laissant tout le monde dans l'étonnement et l'embarras.

« Le Père a fort bien fait, s'écria le corrégidor. Peut-être est-ce une providence du Ciel pour que le supplice d'Andrès soit ajourné. En effet, il faut d'abord qu'il soit marié à Préciosa, et les bans doivent précéder ; pendant leur publication, l'on donnera, comme on dit, du temps au temps qui donne maintes fois une douce issue à d'amères difficultés. Toutefois, je voudrais bien savoir d'Andrès, au cas où le sort arrangerait ses affaires de façon que, sans alarmes et

sans terreurs, il se trouvât l'époux de Préciosa, s'il se tien-
drait pour complètement heureux, soit qu'il fût Andrès
Caballero, soit qu'il fût Don Juan de Carcamo. » Dès
qu'Andrès s'entendit appeler par son vrai nom, il s'écria :
« Puisque Préciosa n'a point voulu se tenir dans les bornes
du silence, et qu'elle a découvert qui je suis, je dirai que,
quand même un tel bonheur me trouverait souverain du
monde, il comblerait tellement mes désirs, que je n'oserais
plus désirer d'autre bien que le ciel. — Eh bien ! seigneur
Don Juan de Carcamo, reprit le corrégidor, pour ce courage
et cette dignité que vous avez montrés, je ferai en sorte,
quand le temps en sera venu, que Préciosa soit votre légitime épouse, et dès à présent je vous la donne et vous la
livre en espérance comme le plus riche bijou de ma maison,
de ma vie et de mon âme. Estimez-la autant que vous le
dites, car en elle je vous donne Doña Constanza de Menesès, ma fille unique, laquelle, si elle vous égale en amour,
ne vous cède point en noblesse. »

Andrès tomba de son haut, en voyant la tendresse qu'on
lui témoignait. Doña Guiomar lui raconta brièvement la
perte de sa fille, enfin retrouvée, ainsi que les preuves évi-
dentes que la vieille Bohémienne avait données de son vol,
ce qui jeta Andrès dans une surprise et une stupéfaction
plus grandes encore. Mais enfin, saisi d'une joie inexprima-
ble, il embrassa son beau-père et sa belle-mère, les appela
ses parents et ses seigneurs, et baisa les mains à Préciosa,
qui lui demandait les siennes en pleurant.

Le secret se divulgua ; la nouvelle de l'événement se
répandit avec la sortie des domestiques qui s'étaient trou-
vés présents. En l'apprenant, l'alcalde, oncle du mort, vit
bien que sa vengeance n'avait plus de chemins ouverts,
puisqu'il ne pouvait invoquer toutes les rigueurs de la
justice pour l'exercer sur le gendre du corrégidor. Don
Juan mit les habits de voyage qu'avait apportés la Bohémienne. L'emprisonnement et les chaînes de fer se changèrent en liberté et en chaînes d'or, et la tristesse des
Bohémiens arrêtés en allégresse, car le lendemain on les
relâcha sous caution. L'oncle du mort accepta la promesse
de deux mille ducats pour retirer sa plainte et pardonner
à Don Juan. Celui-ci, n'oubliant pas Clément, son cama-

rade, le fit chercher partout ; mais on ne le trouva point, et l'on n'eut qu'au bout de quatre jours la nouvelle certaine qu'il s'était embarqué sur l'une des deux galères génoises qui avaient mis à la voile du port de Carthagène. Le corrégidor dit à Don Juan qu'il savait avec certitude que son père, Don Francisco de Carcamo, était pourvu de la charge de corrégidor dans cette dernière ville, qu'ainsi il serait bon de l'attendre pour que les noces se fissent avec son consentement. Don Juan répondit qu'il ne s'écarterait point de ce qui lui serait ordonné ; mais qu'avant toutes choses, il fallait le fiancer à Préciosa. L'archevêque accorda dispense pour qu'on ne fît qu'une seule publication de bans. Le jour des fiançailles, la ville fit des fêtes, car le corrégidor y était fort aimé. Il y eut des illuminations, des jeux de bague, des courses de taureaux. La vieille Bohémienne, qui ne voulut point se séparer de sa petite-fille Préciosa, resta dans la maison. Les nouvelles de l'événement et du mariage de la petite Bohémienne parvinrent à la cour. Don Francisco de Carcamo apprit ainsi que le Bohémien était son fils, et que Préciosa était la Bohémienne qu'il avait vue ; le souvenir de sa beauté excusa à ses yeux la coupable étourderie de son fils, qu'il croyait perdu, sachant qu'il n'était point allé en Flandre ; et d'ailleurs il reconnut combien il était avantageux à celui-ci d'épouser la fille d'un gentilhomme aussi noble et aussi riche que l'était Don Fernando de Acevedo. Il pressa son départ pour arriver vite auprès de ses enfants, et au bout de vingt jours, il était déjà rendu à Murcie. Avec son arrivée, l'allégresse se renouvela, les noces se firent, les histoires furent contées, et les poètes de la ville, car il y en a quelques-uns, et de fort bons, prirent à tâche de célébrer cette étrange aventure, en même temps que la beauté sans égale de la Bohémienne. Entre autres, le fameux licencié Pozo l'écrivit de telle sorte, que la renommée de Préciosa durera dans ses vers autant que dureront les siècles[*]. J'oubliais de dire comment l'amoureuse aubergiste découvrit à la justice qu'il

---

[*] Peut-être Cervantes a-t-il fait ici une plaisanterie, car cet immortel licencié Pozo n'est plus connu de nos jours.

n'y avait rien de vrai dans le prétendu vol d'Andrès le Bohémien, comment elle avoua son amour et sa faute, à laquelle, du reste, aucune peine ne correspondit ; car, dans la joie d'avoir retrouvé les deux fiancés, la vengeance fut enterrée et la clémence ressuscita.

« Les Gitanes de Grenade »

Théophile Gautier, *Voyage en Espagne* (1843)

Maintenant que nous en avons fini avec l'Alhambra et le Generalife, traversons le ravin du Darro et allons visiter, le long du chemin qui mène au *Monte-Sagrado*, les tanières des *gitanos*, assez nombreux à Grenade. Ce chemin est pratiqué dans le flanc de la colline de l'Albaicín, qui surplombe d'un côté. Des raquettes gigantesques, des nopals monstrueux hérissent ces pentes décharnées et blanchâtres de leurs palettes et de leurs lances couleur de vert-de-gris ; sous les racines de ces grandes plantes grasses qui semblent leur servir de chevaux de frise et d'artichauts, sont creusées dans le roc vif les habitations des bohémiens. L'entrée de ces cavernes est blanchie à la chaux ; une corde tendue, sur laquelle glisse un morceau de tapisserie éraillée, leur tient lieu de porte. C'est là dedans que grouille et pullule la sauvage famille ; les enfants, plus fauves de peau que des cigares de La Havane, jouent tout nus devant le seuil, sans distinction de sexe, et se roulent dans la poussière en poussant des cris aigus et gutturaux. Les *gitanos* sont ordinairement forgerons, tondeurs de mules, vétérinaires, et surtout maquignons. Ils ont mille recettes pour donner du feu et de la vigueur aux bêtes les plus poussives et les plus fourbues ; un *gitano* eût fait galoper Rossinante et caracoler le grison de Sancho. Leur vrai métier, au fond, est celui de voleur.

Les *gitanas* vendent des amulettes, disent la bonne aventure et pratiquent les industries suspectes habituelles aux femmes de leur race : j'en ai vu peu de jolies, bien que leurs figures fussent remarquables de type et de caractère. Leur teint basané fait ressortir la limpidité de leurs yeux orientaux dont l'ardeur est tempérée par je ne sais quelle tristesse mystérieuse, comme le souvenir d'une patrie absente et d'une grandeur déchue. Leur bouche, un peu épaisse, fortement colorée, rappelle l'épanouissement des bouches africaines ; la petitesse du front, la forme busquée du nez, accusent leur origine commune avec les tziganes de Valachie et de Bohême, et tous les enfants de ce peuple bizarre qui a traversé, sous le nom générique d'Égypte, la société du Moyen Âge, et dont tant de siècles n'ont pu interrompre la filiation énigmatique. Presque toutes ont dans le port une telle majesté naturelle, une telle franchise d'allure, elles sont si bien assises sur leurs hanches, que, malgré leurs haillons, leur saleté et leur misère, elles semblent avoir la conscience de l'antiquité et de la pureté de leur race vierge de tout mélange, car les bohémiens ne se marient qu'entre eux, et les enfants qui proviendraient d'unions passagères seraient rejetés de la tribu impitoyablement. Une des prétentions des *gitanos* est d'être bons Castillans et bons catholiques, mais je crois qu'au fond ils sont quelque peu Arabes et mahométans, ce dont ils se défendent tant qu'ils peuvent, par un reste de terreur de l'Inquisition disparue. Quelques rues désertes et à moitié en ruine de l'Albaicín sont aussi habitées par des *gitanos* plus riches ou moins nomades. Dans une de ces ruelles, nous aperçûmes une petite fille de huit ans, entièrement nue, qui s'exerçait à danser le *zorongo* sur un pavé pointu. Sa sœur, hâve, décharnée, avec des yeux de braise dans une figure de citron, était accroupie à terre à côté d'elle, une guitare sur les genoux, dont elle faisait ronfler les cordes avec le pouce, musique assez semblable au grincement enroué des cigales. La mère, richement habillée et le cou chargé de verroteries, battait la mesure du bout d'une pantoufle de velours bleu que son œil caressait complaisamment. La sauvagerie d'attitude, l'accoutrement étrange et la couleur extraordinaire de ce groupe, en eussent fait un excellent motif de tableau pour Callot ou Salvator Rosa.

Les Bohémiens

Alexandre Pouchkine

Traduction de Prosper Mérimée (1852)

Des Bohémiens, troupe bruyante, vont errants en Bessarabie ; aujourd'hui, sur la rive du fleuve, ils plantent leurs tentes déchirées. Douce comme l'indépendance est leur nuitée ; qu'on dort bien à la belle étoile ! Entre les roues des chariots, derrière les lambeaux de tapis, on voit briller le feu. La horde alentour apprête son souper. Sur le gazon, les chevaux paissent à l'aventure. Un ours apprivoisé a pris son gîte auprès d'une tente. Tout est en mouvement au milieu du désert ; on part demain à l'aube et chacun fait gaiement ses préparatifs. Les femmes chantent, les enfants crient, les marteaux font résonner l'enclume de campagne. Mais bientôt sur la bande vagabonde s'étend le silence du sommeil et le calme de la steppe n'est plus troublé que par le hurlement des chiens et le hennissement des chevaux. Tout repose, leurs feux s'éteignent, la lune brille seule dans le lointain des cieux, versant sa lumière sur la horde endormie.

Dans une tente solitaire, un vieillard ne dort point encore. Assis devant quelques charbons, et recueillant leur mourante chaleur, il regarde la plaine où s'étend le brouillard de la nuit. Sa fille est allée courir la campagne déserte. Libre enfant, elle ne connaît que son caprice. Elle reviendra... mais voici la nuit et bientôt la lune va disparaître derrière les nuages à l'horizon. Zemfira ne revient pas, et l'humble souper du vieillard se refroidit à l'attendre.

Mais, la voici. Derrière elle, sur la steppe, un jeune homme s'avance ; il est inconnu au Bohémien :

— Père, dit la jeune fille, j'amène un hôte. Derrière le Kourgâne* là-bas dans le désert, je l'ai rencontré et je l'amène au camp pour la nuit. Il veut devenir Bohémien comme nous. La justice le poursuit, mais en moi il trouvera une bonne compagne. Il s'appelle Aleko ; il me suivra partout.

LE VIEILLARD. — Bien ; reste jusqu'à demain à l'ombre de notre tente, plus longtemps, si tu veux. L'abri, le pain nous les partagerons. Sois des nôtres. Tu t'accoutumeras à nos façons, à notre vie errante, à la misère, à la liberté. Demain, au point du jour, un même chariot nous emportera tous les trois. Prends un métier, choisis ; forge le fer ou chante des chansons en promenant l'ours de village en village.

ALEKO. — Je reste.

ZEMFIRA. — Il est à moi, qui pourrait me l'arracher ? mais il est tard. La jeune lune a disparu. La brume couvre la campagne et mes yeux se ferment malgré moi.

Il est jour. Le vieillard tourne à pas lents autour d'une tente silencieuse : « Debout, Zemfira, le soleil est levé ! Réveille-toi, mon hôte, il est temps, il est temps. Quittez, enfants, la couche de la paresse. » Aussitôt la horde s'épand à grand bruit. On plie les tentes, les chariots sont prêts à partir. Tout s'ébranle à la fois. Les voilà cheminant par les plaines désertes. Des ânes ouvrent la marche portant dans des paniers des enfants qui se jouent. Derrière viennent les maris, les frères, les femmes, les filles, jeunes et vieux. Que de cris ! quel tapage ! Aux refrains de la Bohême se mêlent les grognements de l'ours qui mord impatiemment sa chaîne. Quelle bigarrure de haillons aux couleurs éclatantes ! Les chiens hurlent à la cornemuse qui ronfle, tandis que les roues grincent sur le gravier. Cohue, misère, sauvagerie ! Mais tout cela est si plein de vie et de mouvement ! Fi de notre mollesse inerte comme la mort, fi de notre indolente langueur, monotone comme les chants de l'esclave !

_____

* Tumulus.

Le jeune homme promène un regard découragé sur la plaine déserte. Il n'ose s'avouer à lui-même la cause de sa tristesse. Pourtant, Zemfira, la belle aux yeux noirs, est à ses côtés. Maintenant, il est libre et le monde est devant lui. Sur sa tête un radieux soleil brille dans sa splendeur de midi. Pourquoi le cœur du jeune homme tressaille-t-il en sa poitrine ? quel secret ennui le tourmente ?

....

« L'oiselet du bon Dieu ne connaît ni souci ni travail. Pourquoi se fatiguerait-il à tresser un lit solide et durable ? La nuit est longue, un rameau lui suffit pour dormir. Vienne le soleil en sa gloire, l'oiselet entend la voix de Dieu, il secoue ses plumes et chante sa chanson.

« Après le printemps, splendeur de la nature, vient l'été avec ses ardeurs ; puis arrive le tardif automne amenant brouillards et froidure. Pauvres humains, tristes humains ! Vers de lointaines contrées, en de tièdes climats, au-delà de la mer bleue, l'oiselet s'envole jusqu'au printemps*. »

Il est comme l'insouciant oiselet, l'exilé nomade. Pour lui point de gîte fixé, point d'accoutumance. Tout lui est un chemin ; partout il trouve un abri pour sa nuitée. L'aube le réveille, il abandonne sa journée à la volonté de Dieu, et le travail de la vie ne troublera pas le calme indolent de son cœur. Parfois les enchantements de la gloire scintillent à ses yeux comme une étoile lointaine ; parfois il se ressouvient du luxe et des plaisirs. Souvent la foudre gronde sur sa tête isolée, mais sous la tempête, comme sous un ciel serein, il s'endort insouciant. Ainsi vit Aleko, oubliant la malice de l'aveugle destin. Autrefois, grand Dieu ! quelles passions se jouèrent de cette âme docile ! Comme elles bouillonnaient en ce cœur bourrelé ! Elles l'ont abandonné depuis longtemps... Pour longtemps ? Se réveilleront-elles un jour ? — Qu'il attende !

ZEMFIRA. — Ami, dis-moi, ne regrettes-tu pas ce que tu as quitté pour toujours ?
ALEKO. — Qu'ai-je donc quitté ?

_____

* Les deux strophes entre guillemets sont d'une autre mesure que le reste du poème.

ZEMFIRA. — Tu sais... une famille, les villes...

ALEKO. — Moi des regrets ! Si tu savais, si tu pouvais t'imaginer l'esclavage de ces villes où l'on étouffe ! Là, les hommes parqués, entassés, n'ont jamais respiré l'air frais du matin, ni les parfums printaniers des prairies. Ils ont honte d'aimer. La pensée... ils la chassent loin d'eux. Ils font marchandise de leur liberté. Rampants aux pieds des idoles, ils leur demandent de l'argent et des chaînes. Qu'ai-je quitté ? Trahisons impudentes, préjugés sans appel, haines insensées de la foule, ou bien le déshonneur au pinacle et resplendissant.

ZEMFIRA. — Mais là on voit de grands palais, des tapis aux mille couleurs, des jeux, des fêtes bruyantes... et les habits des femmes, comme ils sont riches !

ALEKO. — La joie des villes, vain bruit ; là point d'amour, point de vraie joie. Les femmes... ah ! que tu vaux mieux qu'elles, toi qui n'as besoin ni de leurs riches parures ni de leurs colliers. Tu ne me tromperas pas, mon amie... Si jamais !... Mon seul désir c'est de partager avec toi, amour, paix, exil volontaire.

LE VIEILLARD. — Tu nous aimes, toi, bien que né parmi les riches ; mais celui-là ne s'habitue pas facilement à la liberté, qui a connu les délices du luxe. Chez nous, on conte cette histoire. Un jour, dans ce pays, vint un homme du sud, exilé par un roi. Autrefois j'ai su son nom bizarre, mais je l'ai oublié. Vieux d'années, il était jeune de cœur, ardent pour le bien. Il avait le don divin des chansons et sa voix était comme le bruit des eaux. Tous l'aimaient. Il vivait aux bords du Danube, ne faisant de mal à personne, charmant jeunes et vieux par ses récits. Il ne s'entendait à rien, timide et faible comme un enfant. Il fallait que des étrangers lui apportassent gibier et poissons pris dans leurs filets ; et quand le fleuve rapide se couvrait de glaces, quand soufflaient les rudes autans, ils préparaient au saint vieillard une couche moelleuse avec de chaudes toisons. Mais, lui, jamais il ne s'accoutuma à cette vie de misère. Il était pâle, desséché. La colère d'un Dieu, disait-il, le poursuivait pour une faute. Toujours il attendait et la délivrance ne venait pas. Errant sur la rive du Danube, il se lamentait sans cesse, et des larmes amères coulaient de ses yeux au souvenir de son lointain pays. Enfin, mourant, il voulut qu'on portât ses os vers le sud, croyant que, même après sa mort, ils ne pourraient trouver le repos dans la terre de l'exil.

ALEKO. — Voilà donc le sort de tes enfants, ô Rome, ô souveraine du monde ! Chantre des amours, chantre des Dieux, dis-moi qu'est-ce que la gloire ? un écho sortant d'une tombe, un cri d'admiration, une rumeur qui retentit d'âge en âge, où bien sous l'abri d'une hutte enfumée, le récit d'un sauvage Bohémien !

Deux ans se passent, et toujours la Bohême joyeuse et vagabonde ; partout, comme naguère elle trouve la paix et l'hospitalité. Aleko a secoué les chaînes de la civilisation : libre comme ses hôtes, sans soucis, sans regrets, il prend place à leurs bivouacs. Il n'a pas changé ; ses amis sont les mêmes. Oubliant ses jours d'autrefois il a pris les mœurs des Bohémiens. Comme eux, il se plaît sous l'abri d'une tente ; il goûte les enivrements de leur éternelle paresse ; il aime jusqu'à leur langue, pauvre et sonore. Déserteur de sa bauge des bois, l'ours est devenu l'hôte bien fourré de sa tente. Dans les villages, sur la route qui traverse la steppe et mène à la capitale de la Moldavie, l'ours danse lourdement au milieu d'une foule circonspecte. Il beugle et mord impatiemment sa chaîne. Appuyé sur son bâton de voyage, le vieillard marque nonchalamment la mesure sur son tambourin. Aleko conduit la bête en chantant des chansons. Zemfira passe devant les villageois et recueille leurs offrandes volontaires. Vient la nuit : tous les trois font bouillir le grain qu'ils n'ont pas moissonné. Le vieillard s'endort, le feu s'éteint ; tout repose, tout est tranquille sous leur tente.

Aux rayons d'un soleil de printemps le vieillard réchauffe son sang déjà engourdi ; devant un berceau sa fille chante une chanson d'amour ; Aleko écoute et pâlit.

ZEMFIRA. — Vieux jaloux, méchant jaloux, coupe-moi, brûle-moi, je suis ferme, je n'ai peur ni du couteau ni du feu. Je te hais, je te méprise, j'en aime un autre ; je meurs en l'aimant.

ALEKO. — Finis. Ce chant me fatigue. Je n'aime pas ces chansons sauvages.

ZEMFIRA. — Cela ne te plaît pas ? que m'importe ! je chante la chanson pour moi.

Elle chante :

« Coupe-moi, brûle-moi, je ne dirai rien, vieux jaloux, méchant jaloux, tu ne sauras pas son nom.

« Il est plus frais que le printemps, plus ardent qu'un jour d'été ; qu'il est jeune et hardi ! comme il m'aime.

« Comme je l'ai caressé quand tu dormais la nuit ! comme nous avons ri tous les deux de tes cheveux blancs. »

ALEKO. — Tais-toi, Zemfira ! j'en ai entendu assez.

ZEMFIRA. — Ha ! tu prends la chanson pour toi ?

ALEKO. — Zemfira !

ZEMFIRA. — Fâche-toi si tu veux... Oui, je chante la chanson pour toi.

(Elle sort en chantant le refrain.)

LE VIEILLARD. — Oui, il m'en souvient. C'est de mon temps qu'on a fait cette chanson ; on s'en amusait, on en faisait rire les gens. Quand nous campions dans la steppe de Kagoul, par une nuit d'hiver, ma pauvre Maryoula la chantait en berçant sa fille auprès du feu. Dans mon esprit les années qui ne sont plus, heure par heure, deviennent toujours plus confuses. Cette chanson s'est glissée dans ma mémoire et n'en est plus sortie.

Tout est silencieux. Il est nuit. La lune resplendit au sud dans un ciel azuré ; Zemfira réveille le vieillard.

— Père ! Aleko est effrayant. Écoute. Dans un sommeil de plomb il geint et sanglote.

LE VIEILLARD. — Ne le touche pas. Ne fais pas de bruit. Sais-tu ce que dit le Russe ? A l'heure de minuit l'esprit familier serre la gorge aux dormeurs. Devant l'aube il s'enfuit. Reste auprès de moi.

ZEMFIRA. — Père, il parle, il appelle Zemfira.

LE VIEILLARD. — Il te cherche même en rêve. Tu lui es plus chère que la vie.

ZEMFIRA. — Son amour me fatigue. Il m'ennuie. Mon cœur reveut sa liberté et déjà... Mais, chut, écoute, il prononce un autre nom.

LE VIEILLARD. — Quel nom ?

ZEMFIRA. — Écoute ; quel râle douloureux ! Il grince des dents... Il fait peur. Je vais le réveiller.

LE VIEILLARD. — Tu l'essayerais en vain. Ne trouble pas l'esprit de la nuit. Il s'en ira de lui-même.

ZEMFIRA. — Il s'agite, il se soulève, il m'appelle, le voilà réveillé. Je vais à lui. Adieu. Dors.

ALEKO. — Où étais-tu ?

ZEMFIRA. — J'étais à veiller auprès de mon père. Tout à l'heure un esprit te tourmentait. En songe ton âme souffrait la torture. Tu m'as effrayée. Tu râlais, tu grinçais des dents, et puis tu m'as appelée.

ALEKO. — J'ai rêvé de toi. Il me semblait qu'entre nous... J'ai fait un rêve horrible.

ZEMFIRA. — Menteries que ces rêves-là. N'y crois pas.

ALEKO. — Ah ! je ne crois à rien, ni aux rêves, ni aux doux serments, non plus même à ton cœur.

LE VIEILLARD. — Pourquoi, jeune insensé, soupirer toujours ? Ici les hommes sont libres, le ciel est serein, et les femmes se vantent de leur beauté. Ne pleure pas. Le chagrin te tuera.

ALEKO. — Père ! elle ne m'aime plus !

LE VIEILLARD. — Console-toi, ami. C'est un enfant. Ta mélancolie n'a pas de raison. Aimer, c'est un jeu pour un cœur de femme. Regarde : sous cette voûte là-haut la lune erre en liberté. À toute la nature, tour à tour, elle verse la lumière. Elle entrevoit un nuage : soudain elle l'éclaire, il resplendit ; mais voilà qu'elle passe à un autre, où elle ne s'arrêtera pas longtemps. Qui lui assignerait une place au ciel ? Qui lui dirait : Reste là ? Qui peut dire au cœur d'une jeune fille : Rien qu'un amour, jamais de changement ?... Console-toi !

ALEKO. — Comme elle m'aimait autrefois ! Comme elle se pressait tendrement sur moi, dans nos haltes au milieu de la steppe ! Que les heures de la nuit passaient vite ! Gaie comme un enfant, d'un mot bégayé à l'oreille, d'un baiser enivrant, elle chassait ma mélancolie. Zemfira infidèle !... Ne plus m'aimer !...

LE VIEILLARD. — Écoute ; je te raconterai une histoire de moi-même. Il y a longtemps, lorsque le Moscovite n'ef-

frayait pas encore le Danube, — vois-tu, je rappelle de
vieux ennuis, — alors nous tremblions au nom du sultan ;
un pacha commandait au Boudjak, du haut des tours
d'Akerman. J'étais jeune, mon cœur bouillonnait dans sa
joie, et sur ma tête, dans mes tresses touffues, on n'eût pas
trouvé un poil blanc. Parmi nos jeunes beautés, il y en avait
une... et longtemps elle fut le soleil pour moi. Enfin, mienne
elle devint.

Ah ! ma jeunesse a passé rapide comme l'étoile qui file,
mais pour toi le temps de l'amour s'est encore plus vite
écoulé. Maryoula m'aima un an.

Une fois, près des eaux de Kagoul, nous fîmes rencontre
d'une horde étrangère. C'étaient des Bohémiens. Ils plantè-
rent leurs tentes près de nous, au pied de la montagne. Deux
nuits nous campâmes ensemble. Ils partirent la troisième
nuit : Maryoula partit avec eux... Je dormais tranquille. Le
jour vint : je m'éveille. Elle n'est plus là. Je cherche, j'appelle ; la trace même avait disparu. La petite Zemfira pleu-
rait ; moi, je pleurai aussi...

Depuis ce jour toutes les filles du monde ne furent rien
pour moi. Jamais, parmi elles, mon regard ne chercha une
compagne, et mes loisirs solitaires, je ne les partageai avec
personne.

ALEKO. —   Mais pourquoi ne pas courir aussitôt sur les
traces de l'infâme ? Comment n'as-tu pas plongé ton couteau dans le sein du ravisseur et de ta fausse compagne ?

LE VIEILLARD. —   Pourquoi ? La jeunesse n'est-elle pas
plus volontaire que l'oiseau ? Quelle force arrêterait
l'amour ? Le plaisir se donne à chacun, tour à tour. Ce qui
a été ne sera plus.

ALEKO. —   Telle n'est pas mon humeur. Je ne renonce pas
à mes droits sans dispute, ou du moins, je goûte les plaisirs
de la vengeance. Non ! Je rencontrerais au bord de la mer
mon ennemi endormi, près d'un gouffre sans fond, que je
sois maudit, si mon pied ne le poussait dans l'abîme ! Il
serait à ma merci, sans défense, je le précipiterais dans les
flots, j'insulterais à l'épouvante de son réveil, je jouirais de
son agonie, et longtemps le bruit de sa chute retentirait à
mon oreille et me serait un souvenir de joie et de risée.

Un jeune Bohémien. — Encore un seul, un seul baiser !

Zemfira. — Adieu ! mon mari est jaloux et méchant.

Le jeune Bohémien. — Un seul, mais plus long, pour adieu...

Zemfira. — Adieu ? J'ai peur qu'il ne vienne...

Le Bohémien. — Dis, quand nous reverrons-nous ?

Zemfira. — Cette nuit ; quand la lune sera couchée, là-bas, au Kourgâne, près du tombeau.

Le Bohémien. — Menteuse ! Elle ne viendra pas.

Zemfira. — Cours ami. Le voilà ! Je viendrai.

Aleko dort ; une inquiète vision l'obsède. Il se réveille en criant. Le jaloux étend la main, mais sa main effrayée n'a saisi qu'une couverture froide. Sa compagne n'est plus auprès de lui. Tremblant, il se lève. Tout est tranquille. Il frémit, il transit, il brûle. Il sort de sa tente, et, pâle, tourne autour des chariots. Nul bruit ; la campagne est muette. L'obscurité règne, la lune s'est plongée dans le brouillard. À la tremblante lueur des étoiles, sur la rosée, il a deviné des pas. Ils mènent au Kourgâne. Il se précipite sur ces traces funestes. Voilà le tombeau blanc qui se dresse au bord du sentier. Un sinistre pressentiment l'agite, il marche en chancelant. Ses lèvres tremblent, ses genoux fléchissent : il avance, et... Est-ce un rêve ? Deux ombres sont là, près de lui, et il entend le murmure de voix qui se parlent sur la tombe profanée.

Première voix. — Il est temps.

Deuxième voix. — Demeure encore...

Première voix. — Il le faut, ami, séparons-nous.

Deuxième voix. — Non, non, restons jusqu'au jour.

Première voix. — L'heure nous presse.

Deuxième voix. — Quelle timide amoureuse ! Un instant !

Première voix. — Tu me perds !

Deuxième voix. — Un moment.

Première voix. — Si mon mari se réveillait sans moi !...

Aleko. — Il s'est réveillé. Où allez-vous ? Demeurez tous les deux. Vous êtes bien là ; oui là, sur cette tombe.

Zemfira. — Ami, sauve-toi, fuis !

Aleko. — Arrête ! Où vas-tu, beau galant ! Tiens.

(Il le frappe de son couteau).

ZEMFIRA. — Aleko !

LE BOHÉMIEN. — Je suis mort !

ZEMFIRA. — Aleko ! ne le tue pas ! Mais tu es couvert de sang ? Qu'as-tu fait ?

ALEKO. — Rien. À présent respire son amour.

ZEMFIRA. — Eh bien, je ne te crains pas ! Je méprise tes menaces. Assassin, je te maudis.

ALEKO *la frappant.* — Meurs donc aussi !

ZEMFIRA. — Je meurs en l'aimant.

L'orient s'éclaire de ses premiers feux. Sur le tertre, Aleko tout sanglant, le couteau à la main, est assis sur la pierre du tombeau. A ses pieds gisent deux cadavres. Les traits du meurtrier sont effrayants. Une troupe effarée de Bohémiens l'entoure. Sur le Kourgâne même, à ses pieds, ils creusent une fosse. Les femmes, l'une après l'autre, s'avancent et baisent les yeux des morts. Le vieillard, le père, est assis, regardant la victime, immobile, silencieux. On soulève les cadavres, et le jeune couple est déposé au sein froid de la terre. Aleko les contemple à l'écart, et quand la dernière poignée de terre est jetée sur la fosse, sans dire un mot, il glisse de la pierre, et tombe sur le gazon.

Alors le vieillard :

« Loin de nous, homme orgueilleux ! Nous sommes des sauvages qui n'avons pas de lois. Chez nous point de bourreaux, point de supplices ; nous ne demandons aux coupables ni leur sang, ni leurs larmes. Mais nous ne vivons pas avec un assassin. Tu es libre, vis seul. Ta voix nous ferait peur. Nous sommes des gens timides et doux ; toi, tu es cruel et hardi. Séparons-nous. Adieu ; que la paix soit avec toi ! »

Il dit ; à grand bruit toute la horde se lève et s'empresse de quitter son campement sinistre. Bientôt tout a disparu dans le lointain de la steppe. Seulement un chariot, couvert d'un tapis déchiré, demeure en arrière sur la plaine.

Ainsi, aux approches de l'hiver, devant les premiers brouillards, on voit s'envoler à grands cris, vers le sud, une volée de grues retardataires. Atteinte par un plomb funeste, une seule demeure, traînant son aile blessée sur la terre.

La nuit vint. Devant le chariot abandonné, nul feu ne brilla cette nuit : sous la couverture du chariot, personne ne dormit jusqu'à l'aurore.

ÉPILOGUE

Ainsi par le pouvoir des vers, dans ma mémoire obscurcie, revivent les visions des jours écoulés parmi la liesse ou l'ennui. Dans ces lieux, longtemps, longtemps a retenti l'effrayante voix de la guerre. Là le Russe a marqué une frontière à Stamboul. Là notre vieil aigle, à la double tête, entend redire encore ses gloires passées. C'est là, au milieu de la steppe, sur des retranchement en ruines, que je rencontrai les chariots des Bohémiens, ces paisibles fils de la liberté.

Mais le bonheur ne se trouve pas même parmi vous, pauvres enfants de la nature, et sous vos tentes trouées il y a des rêves qui sont des supplices. Nomades, le désert même n'a pas d'abri contre la douleur ou le crime. Partout les passions, partout l'inexorable destin.

BIBLIOGRAPHIE

Trahard (P.) - Josserand (P.), *Bibliographie des œuvres de Prosper Mérimée*, Paris, Champion, 1929.

Œuvres de Mérimée

Mateo Falcone et autres nouvelles de Mosaïque, éd. J. Balsamo, Paris, Le Livre de Poche classique, 1995.

Carmen, éd. A. Dupuy, Paris, H. Champion, 1927.

Romans et nouvelles, éd. M. Parturier, tome II, Paris, Garnier, 1967.

Œuvres. Théâtre de Clara Gazul, Romans et Nouvelles, éd. J. Martin - P. Salomon, Paris, Gallimard, « La Pléiade », 1978.

Nouvelles, éd. M. Crouzet, Paris, Imprimerie Nationale, 2 volumes, 1987.

Histoire de don Pèdre Ier, roi de Castille, éd. G. Laplane, Paris, Didier, 1961.

Études de littérature russe. I. Pouchkine - Lermontov, éd. H. Mongault, Paris, Champion, 1931.

Correspondance générale, éd. M. Parturier, Paris, Le Divan, Toulouse, Privat, 1941-1964, 17 volumes.

Études biographiques

Autin (J.), *Prosper Mérimée, écrivain, archéologue, homme politique*, Paris, Librairie Académique Perrin, 1983.

FREUSTIÉ (J.), *Prosper Mérimée*, Paris, Hachette, 1982.

MOREL (E.), *Prosper Mérimée. L'Amour des pierres.* Paris, Hachette, 1988.

TRAHARD (P.), *Prosper Mérimée de 1834 à 1853*, Paris, Champion, 1928.

Études littéraires

BATAILLON (M.), « L'Espagne de Mérimée d'après sa correspondance », *Revue de Littérature comparée*, XXII, 1948, pp. 35-66.

BOWMAN (F.-P.), *Mérimée. Heroism, Pessimism and Irony*, Berkeley, 1962.

CHABOT (J.), *L'autre moi. Fantasmes et fantastique dans les nouvelles de Mérimée*, Aix-en-Provence, Edisud, 1983.

DALE (R.-C.), *The Poetics of Prosper Mérimée*, La Haye-Paris, Mouton, 1966.

FERNADEZ-HEER (E.), *Les Origines de l'Espagne romantique. Les Récits de voyage (1775-1823)*, Paris, Didier, 1973.

FAHLIN (C.), « Mérimée et ses amis espagnols : la comtesse de Montijo et Estébanez Calderon », *Studia neophilologica*, 1959.

FIORENTINO (Fr.), *I gendarmi e la macchia. L'esotisme nella narrativa di Mérimée*, Padoue, 1978.

GEORGE (A.-J.), *Short Fiction in France, 1800-1850*, New York, 1964.

HOFFMANN (L.-F.), *Romantique Espagne. L'Image de l'Espagne entre 1800 et 1850*, Princeton-Paris, 1961.

HOVENKAMP (J.-W.), *Mérimée et la couleur locale*, Nimègue, 1928.

MOREAU (P.), « Deux remarques sur la phrase de Mérimée », *Revue d'Histoire littéraire de la France*, 1924.

OZWALD (T.), « La nouvelle mériméenne : entre atticisme et mutisme », *La Licorne*, XXI, 1991.

RAITT (A.-W.), *Prosper Mérimée*, Londres, Eyre and Spottiswoode, 1970.

REES (M.), *French Authors on Spain (1800-1850) : a checklist*, Londres, 1977.

SAN MIGUEL (M.), *Mérimée ; erudicion y creacion literaria*, Salamanque, 1984.

STEUBER (E.), « *Carmen*. Eine psychologische ästhetische Betrachtung der Novelle von P. Mérimée », *Zeitschrift für französchischen Sprache und Literatur*, 1926.

TRAHARD (P.), *Prosper Mérimée et l'art de la nouvelle*, Paris, 1941.

WILSON-SERVER (A.), *L'Espagne dans la* Revue des Deux Mondes *(1829-1848)*, Paris, 1939.

Table

Achevé d'imprimer en janvier 2007 en France sur Presse Offset par

BRODARD & TAUPIN

GROUPE CPI

La Flèche (Sarthe).
N° d'imprimeur : 38586 – N° d'éditeur : 81446
Dépôt légal 1re publication : juillet 1996
Édition 08 – janvier 2007
LIBRAIRIE GÉNÉRALE FRANÇAISE – 31, rue de Fleurus – 75278 Paris cedex 06.